LES GRANDES AVENTURES

LOUIS BOUSSENARD

LES ROBINSONS

DE

LA GUYANE

M. Combes

41

DEUXIÈME PARTIE

LE SECRET DE L'OR

PARIS

GEORGES DECAUX, ÉDITEUR

7, RUE DU CROISSANT, 7.

1882

LES

ROBINSONS DE LA GUYANE

DEUXIÈME PARTIE

LE SECRET DE L'OR

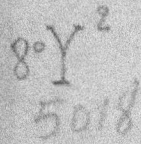

ÉVREUX, IMPRIMERIE DE CHARLES HÉRISSEY

LOUIS BOUSSENARD

LES ROBINSONS

DE

LA GUYANE

DEUXIÈME PARTIE

LE SECRET DE L'OR

PARIS

GEORGES DECAUX, ÉDITEUR

7, RUE DU CROISSANT, 7.

1882

LE

SECRET DE L'OR

CHAPITRE PREMIER [1]

— Passe-moi le Peau-Rouge.

— Attends... Une minute.

— Est-il bien ficelé, au moins.

— Trop bien, j'en ai peur. Il ne remue plus.

[1] L'épisode qui précède le *Secret de l'or*, et qui porte
pour titre : le *Tigre blanc*, forme un volume du même format et du même prix que le présent ouvrage.

— Il n'est pas mort !...

— Hum !...

— Pas de bêtises. Il représente un capital. Notre fortune à tous..... Des millions.

— Faut-il desserrer ?

— S'il nous échappe !

— Mais.... s'il étouffe.

— Tu as raison. Il ne faut pas tuer la poule aux œufs d'or. Largue un peu les amarres, reprend le premier interlocuteur, qui à une légère teinture littéraire semble joindre quelque connaissance des vocables maritimes.

« Allons, dépêchons.

L'Indien inerte est enlevé sans efforts.

— Voilà qui est fait.

— Eh bien ?

— Il ne bouge ni pieds ni pattes.

— Tonnerre !... Nous voilà jolis garçons, s'il a avalé sa langue.

— Dame...

— Dame... quoi ? Je te confie ce particulier-là. Tu m'en réponds. Tu sais ce qu'il vaut, n'est-ce-pas. Tu te charges d'avoir l'œil sur lui, de l'empêcher de se donner de l'air..... et....

— Et le meilleur moyen de lui en ôter l'envie étant de le ficeler, je l'ai habillé avec quinze brasses de bitord première qualité.

— C'est pas une raison pour l'étriper.

— Tu en parles à ton aise, toi. Depuis huit jours que nous trimballons ce cadet-là, il nous aurait joué le tour si je n'avais pas pris toutes mes précautions.

— Voyons..... Une fois..... deux fois..... Est-il mort, oui ou non ?

— S'il est mort, il ne vaut pas un chien en vie; et nous.... eh bien! nous sommes f....ichus.

— Et le secret de l'or avec nous !... Alors, mon camarade, je te déclare que tu paieras pour lui. Je t'arracherai morceau par morceau la peau de dessus les os, je te.....

— T'es bête. Un Peau-Rouge ne meurt pas comme ça. Ces vermines-là, ça vous a l'âme chevillée aux flancs. Attends un peu. Tu vas voir.

Le second interlocuteur tire aussitôt de la poche de son pantalon de grosse toile, un petit briquet et une de ces longues mèches jaunes employées par les fumeurs. Deux coups secs font jaillir d'un silex des gerbes d'étincelles, la mèche s'enflamme. L'homme détache les poignets de l'Indien toujours inerte, et autour desquels la corde goudronnée a tracé deux sillons livides. Il rapproche les pouces et les serre violemment après avoir glissé entre eux la mèche incandescente.

La chair pétille. Une écœurante odeur de grillé

se répand dans l'atmosphère. La poitrine du Peau-Rouge se soulève légèrement. Un soupir douloureux s'échappe de sa gorge. Il semble reprendre lentement ses sens sous le contact du feu qui mord et calcine ses chairs.

— Petit bonhomme vit encore, reprend avec un gros rire le bourreau qui semble ravi de l'infamie qu'il vient de commettre.

— A la bonne heure. Accroche-le solidement sou les bras.

— Voilà. C'est paré. Surtout, ne le laisse pas tomber à l'eau. Veille aux pagayes, vous autres.

« Oh !... Hisse.....

Le malheureux Indien, dont la peau fume encore, est enlevé comme un ballot de linge par l'homme, qui semble doué d'une vigueur athlétique, et qui, ce tour de force accompli, le dépose près de lui sur le roc nu.

— Allons, camarades, à votre tour. Et de l'ordre.

Quatre hommes s'apprêtent à franchir une de ces murailles rocheuses, qui coupent fréquemment les cours d'eau de la Guyane et qui sont connues sous le nom de « rapides ». Il y a près de quatre mètres de contre-bas. L'un d'eux, celui entre les mains duquel se trouve l'amarre, ayant servi à hisser l'Indien, a escaladé le premier la barre. Il se tient sur un îlot granitique de trois mètres de diamètre. A droite et à gauche, les eaux de la rivière se précipitent en cascades écumantes.

La pirogue amarrée au bas de cette roche, oscille au milieu du remous. Les vivres prennent le même chemin que le prisonnier. Barils de « couac », caisses de biscuits, tonneaux de petit-salé et de ba caliau, l'approvisionnement est abondant, sans oublier les armes, les munitions et les outils.

C'est ensuite le tour des hommes. Puis les amarres de la pirogue sont doublées. Les quatre canotiers réunissent leurs efforts, l'embarcation, soulevée par leurs bras comme par un palan, s'élève lentement, et vient poser sa quille sur la petite plate-forme, encombrée de fusils de chasse, de pics, de pioches, de haches, et de ballots de toute sorte.

L'Indien, allongé sur le roc nu, chauffé par le so-leil, reste toujours immobile. On le croirait éva-noui, n'était le léger mouvement de sa poitrine, n'était aussi le regard de haine farouche que darde son œil noir un peu bridé aux tempes, sur les quatre hommes quand ils ont le dos tourné. Il est tout jeune, vingt-deux ans à peine, de taille moyenne, mais bien prise. Il est simplement vêtu d'un calimbé, et ne porte pas de ces peintures au suc de génipa, dont ses compatriotes ont l'habitude

de barioler leur corps et leur face. Sa peau n'est
même pas enduite de roucou. Elle est couleur café
au lait, et à peine aussi foncée que celle des inconnus qui le tiennent en leur pouvoir.

Ceux-ci sont des Européens. Trois sont en bras
de chemise, leurs manches relevées au dessus du
coude, et leurs pantalons, retroussés jusqu'aux
genoux, laissent apercevoir des jambes sèches,
couturées de cicatrices plus ou moins anciennes.
Leurs figures, maigres, pâlies, à l'expression dure
et cruelle, sont abritées par des chapeaux à bords
plats, en paille grossièrement tressée. Détail particulier, leurs barbes longues à peine de deux mois,
ajoutent encore à la dureté de leurs traits. Impossible de leur assigner un âge exact. Nul parmi
eux ne semble pourtant avoir dépassé la trentaine.

Le quatrième, celui qui semble le chef, a les
épaules démesurément larges. Son torse d'athlète
a comme un dandinement d'ours, sur ses deux
jambes arquées, aux muscles énormes. Il est
chaussé de ces souliers lacés, bas de quartiers, appelés « godillots » en usage dans l'armée, coiffé
d'une casquette blanche à couvre-nuque, et vêtu
d'une chemise de laine rouge. Une immense barbe
noire, semée de fils blancs, lui couvre la face. C'est
un homme d'environ quarante-cinq ans.

Bien qu'il commande toutes les manœuvres, et

que les autres les exécutent sans observation, on voit qu'ils vivent sur un pied de parfaite égalité, et que cette égalité est basée sur de mutuelles nécessités, de mutuelles espérances. Il n'est en outre nullement besoin d'avoir été témoin des traitements infâmes infligés au jeune Indien, pour comprendre que leur solidarité n'emprunte rien à l'accomplissement d'un devoir, mais qu'elle est produite par des appétits désordonnés, dont la satisfaction peut être empruntée au crime lui-même.

En somme, le jugement qu'un spectateur désintéressé eût porté de prime abord sur cette équipe se fût résumé dans ces cinq mots: « La superbe collection de gredins ! »

Ils semblent d'ailleurs tout à fait à l'aise, en dépit du soleil qui darde sur la crique des rayons brûlants, et complétement adaptés à ce climat sous lequel eut infailliblement succombé un Européen non acclimaté. La facilité avec laquelle ils ont accompli ces différentes manœuvres indique des hommes depuis longtemps habitués à des travaux de force.

— Dis-donc « chef », s'écrie familièrement l'un d'eux, si nous cassions une croûte?

— Quand le canot sera paré.

Comme les figures des affamés trahissent une

sorte de mécontentement, le « chef » reprend rudement, non sans une légère pointe de narquoiserie :

— Allons, mes agneaux, embarque les provisions et tout le bibelot.

« Vous savez bien que je mets la main à la pâte comme pas un, et que j'ai aussi un beau coup de fourchette. Eh bien! je vais comme toujours prêcher d'exemple.

Et, joignant l'effet à la parole, il saisit un baril de couac, pouvant peser cinquante kilos, et le dépose doucement, sans effort apparent, dans l'embarcation qui se balance mollement en amont de la barre. L'arrimage est l'affaire d'un quart d'heure.

Les quatre hommes commencèrent alors leur frugal repas. Quelques poignées de couac délayées dans un peu d'eau, avec un morceau de petit salé cuit de la veille, composèrent tout le menu. Le jeune Peau-Rouge avait peu à peu repris connaissance, ou plutôt il n'affectait plus cette immobilité plus simulée que réelle, depuis l'emploi du traitement révoltant infligé par un des aventuriers. Il absorbait lentement quelques maigres bouchées, et semblait ne rien voir, ne rien entendre.

Un cri bizarre, aigre, ressemblant au grincement d'une poulie mal graissée, mieux encore

d'une roue de charrette adaptée à un essieu de
bois, retentit sous la feuillée, non loin du rapide.
Nul n'y fit attention pourtant, sauf l'Indien, dont
l'oreille infaillible savait démêler peut-être d'im-
perceptibles modulations dans cet appel bruyant,
jovial, qui signale la présence du *toucan* appelé
aussi *gros-bec* par les créoles guyanais.

Une fugitive expression de curiosité, d'espérance peut-être, anima pendant une seconde son
visage, qui reprit aussitôt son masque de morne
impassibilité. Puis, une voix pleine, sonore, bien
timbrée, s'éleva: et les quatre notes : Do... Mi...
Sol... Do!... que l'on eût dit poussées par le
larynx d'un baryton de l'opéra, vibrèrent longuement, avec une incroyable justesse d'intona-
tion.

Le Peau-Rouge fit un brusque mouvement qui
faillit le trahir.

— Eh bien! qu'est-ce qui te prend, Kalina?
fit brutalement l'homme à la longue barbe, que
les autres appelaient le « chef ». Est-ce que la musique te fait mal aux nerfs? C'est le toucan qui s'a-
muse, et l'honoré [1] qui lui répond.

« Il est vraiment curieux, avec ses quatre notes,
cet oiseau. On parierait que c'est un homme. »

[1] L'Honoré est le *Botorus-Tigrinus* des naturalistes.

1.

La voix du toucan grinça de nouveau. Do, mi, sol, do! reprit « l'honoré ».

Puis, l'impénétrable forêt rentra dans le silence.

— Drôle d'idée qu'ils ont de chanter ainsi en plein midi. Je n'ai jamais vu ça.

— Dis-donc, chef, si c'était un signal? observa un des pagayeurs.

— Un signal de qui, imbécile; et adressé à qui?

— Est-ce que je sais, moi? Est-ce que nous ne correspondions pas de la même façon, là-bas? Est-ce que les imbéciles comme toi y voyaient quelque chose?

Les deux autres, silencieux jusqu'alors, eurent un gros rire approbateur.

— Qui te dit qu'il n'y a pas là, dans les herbes, sous la feuillée, derrière les arbres, quelques paires d'yeux grands ouverts sur nous. Es-tu bien sûr que ce cri de toucan, suivi du chant de l'honoré, n'ait pas une signification qui nous échappe?

« C'est d'autant plus extraordinaire que, comme tu viens de le dire, il est midi. Les oiseaux, sauf le moqueur, ne chantent pas à pareille heure. J'ai beau écarquiller les yeux, je ne vois pas le toucan. Son cri a pourtant retenti assez près de nous.

Le même phénomène, puisque cet incident futile en apparence semblait prendre les proportions d'un évènement, se reproduisit, mais en sens inverse. Ce fut l'honoré qui commença, et le toucan qui répondit aussitôt.

Les quatre hommes dévisagèrent l'Indien, toujours muet et impassible.

— Si je savais, gronda le « chef », que cet appel s'adresse à lui, je le baillonnerais d'une paire de giffles.....

— Tu serais bien plus avancé. Ce ne serait pas le moyen de le faire parler. Ces animaux-là, c'est plus entêté que des bourriques. Quand une fois ça a mis quelque chose dans sa cervelle, du diable si on peut l'en déloger.

— Laisse faire. Je m'en charge. Nous sommes bientôt arrivés à notre but, ou plutôt, nous touchons au moment où il nous sera impossible de nous diriger. Lui seul connaît la route, et s'il ne veut rien dire..... Quand je devrais lui griller les jambes jusqu'au ventre, et les bras jusqu'aux épaules, il nous conduira.

— A la bonne heure. Voilà qui est parler. Tu as entendu, Kalina?

L'Indien ne lui fit même pas l'aumône d'un regard.

— Allons, en route, reprit d'une voix rude le chef.

Les quatre hommes reprirent leur place dans l'embarcation, placèrent l'Indien, toujours gar-

rotté, au centre, et se mirent à pagayer vigoureusement.

La crique, resserrée à la hauteur de la barre,
allait s'élargissant graduellement.

— Côtoyons la rive gauche, dit le chef. N'aper-
cevez-vous pas une montagne, là-bas, ou cette
tache sombre n'est-elle qu'un nuage?

— C'est une montagne.

— Bon, je gouverne dessus. Je crois que nous
approchons.

Pour la quatrième fois, le cri du toucan retentit,
mais avec une telle intensité, que les quatre
hommes relevèrent simultanément la tête, comme
si l'oiseau se fût tenu à quelques mètres au-dessus
d'eux. Le chef étouffa un juron, saisit son fusil et
l'arma précipitamment. La pirogue frôlait la berge.
On entendit comme un imperceptible bruit de
branches froissées, auquel succéda soudain une
détonation. Le patron du canot avait fait feu
au juger, à travers les broussailles, à hauteur
d'homme. Les feuilles tombèrent hachées par le
plomb, mais le toucan ne poussa pas ce cri effa-
rouché qui lui est habituel quand il est surpris.

— Tu avais raison. C'est un signal. Le proverbe
dit qu'un homme averti en vaut deux; nous en
valons alors huit à nous quatre. Je crois que,
avant peu, nous allons avoir à batailler.

« Je vais continuer à râser la côte, puis nous allons atterrir sur un point favorable.

Ce plan, qu'on eût dit si facile, ne put être mis à exécution. L'homme avait à peine eu le temps de déposer dans le canot son fusil encore fumant, et repris sa pagaye, qu'un arbre immense, complètement desséché, paraissant mort depuis longtemps, mais maintenu de tous côtés par des lianes, oscilla violemment, puis s'abattit avec un fracas terrible dans les eaux qui rejaillirent en poussières irisées.

Fort heureusement pour les aventuriers, cette chute avait eu lieu à près de cent mètres en avant de l'embarcation. Cinq minutes plus tard elle était broyée net. Il leur fallut prendre du large et passer en frôlant l'autre rive, pour éviter cette barricade qui venait de s'interposer si malencontreusement.

— Sacrebleu ! nous venons de l'échapper belle. Si ce « wacapou » était plus long de deux mètres, je me demande comment nous passerions.

« Allons, voilà qui est fait. Nous allons reprendre notre route et tâcher de trouver un point favorable au débarquement. Surtout ouvre l'œil pour éviter la chute de ces arbres morts qui s'élèvent encore çà et là sur la berge.

— Tu ne voudrais pas que ça recommence. C'est

bon une fois, et d'ailleurs, ils n'attendent pas
notre passage pour nous tomber dessus.

— Mille millions de tonnerres!... hurla le chef.

Trois autres imprécations retentirent en même
temps, poussées par les canotiers terrifiés à la vue
d'un phénomène absolument inusité.

— Du calme, ou nous sommes perdus. Nage
ferme. A la côte. Veille à l'Indien.

Ces cris et ces commandements furent couverts
par un bruit formidable. Un pan tout entier de
forêt sembla s'écrouler soudain. Cinq ou six géants
végétaux éloignés l'un de l'autre de vingt à vingt-
cinq mètres, desséchés comme celui qui venait de
tomber, avaient, comme lui tout à l'heure, oscillé.
Il semblait qu'une invisible main venait tout à
coup de les couper. Une série de craquements sonores se fit entendre, les colosses s'inclinèrent lentement d'abord du côté de la rivière, soutenus encore par leur chevelure de lianes inextricablement
enlacées à leurs voisins. Les amarres, tendues à
éclater, tinrent bon. Les arbres vivants, entraînés,
déracinés par les morts, s'inclinèrent à leur tour
et s'effondrèrent avec un fracas dont rien ne saurait
égaler l'intensité. Puis, la trombe de verdure roula
dans la crique, dont les eaux disparurent sous
un indescriptible pêle-mêle de branches, de feuilles
et de fleurs.

Pâles, stupides d'épouvante, les quatre hommes se taisaient, affolés par ce phénomène inexplicable et terrifiant. C'est à peine s'ils pensaient à maintenir en équilibre la pirogue, qui dansait follement sur les vagues produites par cette subite dislocation de la couche liquide.

Devaient-ils attribuer à une cause purement accidentelle ce cataclysme dans lequel ils pouvaient être anéantis? N'y avait-il que l'inconsciente révolte de cette terre encore mystérieuse, aux futaies inexplorées, contre l'invasion de ces infiniment petits qui osaient arracher son voile de vierge? Quels Titans eussent pu d'ailleurs culbuter ainsi ces arbres plusieurs fois centenaires, et les fracasser, comme les mâts d'un navire emporté par l'ouragan?

Le lit de la crique était complètement obstrué. Les quatre aventuriers ne pouvaient ni remonter le courant, ni aborder où ils en avaient d'abord l'intention. Ils tentèrent vainement de toucher à la rive opposée. Une savane noyée, repaire insondable de couleuvres géantes et d'anguilles tremblantes, s'étendait à perte de vue. Le seul plan praticable était de s'ouvrir un chemin à travers ces branches et ces troncs broyés. Il fallait jouer de la hache, de la scie et du sabre d'abatis, pour pratiquer un chenal ; travail écrasant qui nécessiterait au moins trois ou quatre jours.

Inutile de dire qu'ils ne pensaient pas à reculer. Ces gredins avaient des tenacités d'honnêtes gens. Ils avaient des vivres en abondance, pour plusieurs mois, et ne prétendaient pas s'arrêter aux incidents de la première heure. Le remous des flots était à peine apaisé, que leur décision était prise, leur plan tracé.

— Eh bien ! chef, qu'est-ce que tu dis de ça ?

— Je dis... je dis que je n'y comprends rien.

—Prétendras-tu encore que ces cris d'oiseau ne signifiaient rien ?

— C'est bien possible, après tout. Pourtant, s'il y avait dans le bois une troupe de Peaux-Rouges, il est à supposer que, au lieu de s'amuser à couper ces arbres pour barrer la crique, ils nous auraient simplement envoyé à chacun une bonne flèche de deux mètres de long à travers les côtelettes.

« Nous étions si près du rivage, et ils sont si sûrs de leur coup !

« C'est à n'y rien comprendre, d'autant plus que ces arbres morts devaient être depuis longtemps coupés sur pied.

— C'est peut-être la première ligne de fortifications défendant le *Pays de l'Or !*

— Nous la franchirons, elle et les autres, continna le chef d'un ton bref. Et maintenant, à l'ouvrage.

— Dis-donc, chef, une idée. Nous ne pouvons raisonnablement camper dans la pirogue. D'autre part, il nous est impossible d'accrocher nos hamacs aux arbres qui bordent la savane ; si nous redescendions à la barre ? Nous pourrions décharger les provisions sur la roche, et élever un « *patawa* ».

— Ton idée est parfaite, mon fils, et nous allons la mettre à exécution. Nous installerons bien gentiment dans un hamac ce brave Peau-Rouge, que nous amarrerons solidement, pour lui enlever toute idée de fuite. Nous sabrerons ensuite à travers ce fouillis, et alors, au petit bonheur.

La pirogue rallia les roches, puis deux des canotiers gagnèrent la rive, abattirent rapidement trois arbres de la grosseur de la jambe, et les ébranchèrent, pendant que leurs compagnons s'empressaient de décharger de nouveau la cargaison.

Ces deux opérations furent achevées en même temps. Les trois arbres furent apportés sur le rocher, on les amarra solidement au sommet, puis, trois hommes en saisirent chacun un, les dressèrent simultanément d'un mouvement rapide en les écartant à la base, de façon à former un triangle isocèle d'environ trois mètres cinquante de côté.

L'appareil resta debout tout naturellement, et trois hamacs en occupèrent bientôt les trois côtés. Cette installation si simple, si commode, et d'un usage fréquent chez les noirs et les Peaux-Rouges de la région équinoxiale, se nomme *patawa*. Le *patawa* rend de grands services en ce qu'il procure un coucher parfait dans les lieux humides et dépourvus d'arbres. Car en Guyane, il est impossible de reposer sur la terre, sous peine d'être exposé aux désagréables et souvent dangereuses visites des hôtes de la forêt : scorpions, mille-pattes, araignées-crabes, fourmis, serpents, etc.

Le chef, après avoir minutieusement examiné les entraves de l'Indien prisonnier, le déposa comme un enfant dans un hamac. Comme le soleil dardait sur cet étroit espace des rayons brûlants contre lesquels rien ne le défendait, l'aventurier coupa quelques larges feuilles de « barlourou », les attacha ensemble, en fit une sorte d'écran qu'il étala au-dessus de sa tête. Le malheureux n'avait, de cette façon, rien à redouter de l'insolation.

— Une ombrelle... Une ombrelle à cet enfant, ricana le misérable. Je suis un père pour toi, n'est-ce pas, un vrai père ?

« Ne t'imagine pas que c'est pour tes beaux yeux, va, mon chérubin; si tu ne représentais pas pour nous un capital, et un sérieux, il y a beau temps

que je t'aurais envoyé chez « *Gadou*[1] », le bon
Dieu des bonshommes noirs et rouges.

« Au revoir et porte-toi bien ; moi, je m'en vais
bûcher. N'oublie pas surtout que j'ai l'œil sur toi. »

Les quatre coquins remontèrent incontinent vers
le barrage végétal qu'ils attaquèrent avec une sorte
d'énergie farouche, à grands coups de sabre et de
hache. La besogne était dure, et avançait bien
lentement ; mais, en somme, leurs peines n'étaient
pas perdues. Ils pouvaient même prévoir qu'après
quarante-huit heures d'efforts, ils sortiraient de
cette impasse. Ainsi, quand le soleil déclina, ils revinrent au *patawa* en chantant gaiement comme de
braves ouvriers auxquels le labeur du jour a été
agréable.

La dernière note du joyeux refrain se perdit
dans un hurlement de rage, à la vue du hamac
vide. Le Peau-Rouge, si bien ficelé par le chef, avait
brisé ses liens. Il avait disparu.

Il n'y avait pourtant rien de mystérieux dans
cette absence, bien qu'elle semblât le résultat d'un
véritable escamotage. Le jeune Indien, voyant ses

[1] *Gadou*, ou plutôt *Massa Gadou*, « monsieur Dieu », est
en effet le nom que les sauvages de la Guyane donnent à
leur divinité. Leurs croyances religieuses se bornent d'ailleurs à une sorte de manichéisme grossier, qu'ils accom-
modent à leurs besoins avec la plus franche désinvolture.
Ils sont surtout indifférents, et craignent beaucoup plus le
diable qu'ils n'honorent le bon Dieu.

bourreaux occupés à se frayer une route, songea à profiter de ce premier moment de répit. Il se mit incontinent à ronger les cordes qui enserraient ses poignets ; ses dents blanches, aiguës comme celles d'un paque, travaillèrent tant et si bien, qu'après une heure d'efforts surhumains il avait pu couper la dure tresse de bitord.

La première partie de la besogne était achevée. C'était malheureusement celle qui offrait le moins de difficultés. Il lui fallait maintenant se débarrasser non seulement des entraves qui bleuissaient ses jarrets, mais encore ses genoux. Il était aussi industrieux que brave et possédait au suprême degré cette inaltérable patience qui, trop souvent chez les siens, dégénère en apathie.

Il portait un petit collier en dents de « *patira*[1] », de ces dents pointues, à arêtes tranchantes, avec lesquelles ces animaux fouillent à d'incroyables profondeurs, et coupent des racines énormes. Il cassa le fil d'aloès qui les traversait à la base, en saisit une et se mit séance tenante à scier, ou plutôt à user fil par fil les brins de bitord.

De temps en temps, il lançait à la dérobée, à travers les tresses du hamac, un regard à ses bourreaux toujours occupés à leur travail de sape.

---

[1] Mammifère pachyderme, du genre cochon, très commun en Guyane.

Ceux-ci, de leur côté, avaient à chaque instant l'œil ouvert sur lui, mais il sut si bien, tout en activant l'œuvre de sa libération, conserver une apparente immobilité, qu'ils ne se doutèrent de rien. Il touchait enfin au moment suprême. Ses jambes étaient dégagées. Il s'allongea voluptueusement dans le hamac, se reposa près d'un quart d'heure, frotta doucement ses membres endoloris pour leur rendre l'élasticité, puis, profitant d'un moment où les quatre hommes avaient le dos tourné, il s'accroupit au bord du hamac, bondit sur le roc, et se précipita la tête la première du haut de la barre au beau milieu du rapide.

Après avoir franchi, sans remonter à la surface de l'eau, l'espace qui le séparait du rivage, vingt-cinq mètres environ, il prit pied au milieu des « héliconias » aux fleurs de pourpre et disparut dans l'épaisse forêt.

La fureur des aventuriers ne connut plus de bornes. Bien que la poursuite fût une chose folle, impraticable, ils la tentèrent. A droite et à gauche de la crique s'étendaient des savanes noyées ; le terrain solide qui donnait accès à la forêt n'avait pas plus de cent cinquante mètres de large et formait comme une chaussée entre les deux savanes. C'est sur cette partie, bordant la rivière, que les arbres, culbutés par une force mystérieuse, venaient de s'abattre.

Le chef et trois hommes s'élancèrent sur les troncs aux trois quarts submergés, et tentèrent d'aborder, pendant que le quatrième restait à la garde des provisions. Ils étaient près de toucher terre, quand un sifflement aigu retentit, aussitôt suivi d'un cri d'angoisse et de douleur, poussé par celui qui se trouvait le premier.

Une longue flèche, à hampe de gynérium, empennée de noir, et partie du fourré, venait de lui traverser la cuisse de part en part. En dépit de l'atroce douleur qui le terrassait, le blessé essaya, mais vainement, de l'arracher.

— Laisse, fit le chef, puisqu'elle a traversé, je vais casser la pointe de l'autre côté.

L'opération fut bientôt accomplie, et l'aventurier regardait curieusement cette pointe longue de près de cinq centimètres, barbelée d'un côté, et qui, malgré le sang qui la rougissait, lançait de fauves reflets. Il l'essuya machinalement sur sa manche...

— Mais!... c'est de l'or!... s'écria-t-il stupéfait.

. . . .

Depuis la découverte du Nouveau-Monde, une fièvre ardente s'était emparée de l'Europe entière aux récits merveilleux des premiers navigateurs.

Après l'illustre Colomb (1492) et ses intrépides suc-
cesseurs, Jean et Sébastien Cabot (1497-1498),
Americ Vespuce (1499), Vincent Pinçon (1500), qui
furent eux du moins des conquérants pacifiques,
la troupe des aventuriers se rua sur cette terre
opulente, comme une bande de vautours à la curée.

Sans parler des Fernand Cortez (1519) ou des
François Pizarre (1531), aventuriers de large en-
vergure, et qui savaient « faire grand » en opérant leurs conquêtes, c'est-à-dire en ravageant,
le premier, le Mexique, le second, le Pérou, pour
la plus grande gloire et le meilleur profit de leur
royal maître, arrivons d'emblée à ceux qui, les
premiers, explorèrent la partie Est de l'Amérique
équatoriale.

François Pizarre avait péri en 1541, assassiné,
à Cuzco. Un de ses lieutenants, Orellana, rêvant
des pays plus riches encore, et où l'or devait être
aussi commun que chez nous les métaux les plus
vulgaires, descendit l'Amazone jusqu'à son embouchure, et fouilla la côte depuis l'Équateur jusqu'à l'Orénoque.

Orellana fut-il de bonne foi? Prit-il pour une
réalité sa chimère longtemps caressée? Entrevit-il
un coin de cette terre fortunée dont sa relation
trace un tableau si enchanteur?... Toujours est-il,
que vers l'an 1548, le mot magique d'*El-Dorado*

sonnait dans toutes les bouches, comme une opulente onomatopée.

En traversant les mers, en volant de bouche en bouche, le récit s'altéra, se grossit. Le point géographique du Paradis de l'or subit en outre de nombreuses et souvent considérables variations. S'agissait-il de la Guyane ou de la Nouvelle-Grenade, alors si peu connues ? On chercha à travers les solitudes immenses. Du Nord au Sud, de l'Est à l'Ouest, la région équatoriale fut fouillée par les assoiffés d'or dont les cadavres jonchèrent la terre. De déception en déception, on tomba enfin d'accord. C'est dans la Guyane que se trouvait l'*El-Dorado*, le fabuleux trésor des Fils du Soleil. On précisa, et quelques-uns s'en allèrent jusqu'à dire que, après la chute des Incas, le plus jeune frère d'Atabalépa s'empara des trésors, et descendit jusqu'à l'Amazone, non loin des sources de l'Oyapock.

Ce monarque de l'or s'appela le grand Paytité, le grand Moxo, le grand Parou.

On prétendit l'avoir vu. Walter Raleigh, le favori d'Elisabeth, entre autres, poussé sans doute par des motifs personnels ou même d'un ordre plus élevé, attesta à la reine d'Angleterre la réalité de ces fables. L'Espagnol Martinez alla plus loin. Il déclara avoir passé sept mois à *Manoa,* la

capitale de ce royaume imaginaire. La description
qu'il en donne est trop extraordinaire pour ne pas
en fournir un extrait : « La ville est immense, la
population innombrable. La rue des Orfèvres ne
compte pas moins de trois mille ouvriers. Le
palais de l'empereur, construit en marbre blanc, se
dresse dans une île verdoyante et se réfléchit dans
un lac aux eaux plus transparentes que le cristal.
Trois montagnes l'environnent, l'une en or massif,
la seconde en argent, la troisième en sel. Il est sup-
porté sur des colonnes d'albâtre et de porphyre,
et entouré de galeries d'ébène et de cèdre aux in-
nombrables incrustations de pierreries. Deux tours
en gardent l'entrée. Elles sont appuyées chacune
sur une colonne de vingt-cinq pieds, et surmon-
tées d'immenses lunes d'argent. Deux lions vivants
sont attachés aux fûts par des chaînes d'or ; au
milieu, se trouve une grande cour carrée, ornée
de fontaines aux vasques d'argent et dans lesquelles l'eau s'écoule par quatre tuyaux d'or. Une
petite porte de cuivre (pourquoi seulement de cuivre ?) creusée dans le roc cachait l'intérieur du palais dont les splendeurs dépassent toute description.

« Le maître s'appelle *El-Dorado*, mot à mot,
Le Doré, à cause de la splendeur de son costume.
Son corps nu était chaque matin frotté d'une

2

gomme précieuse, puis, enduit d'or jusqu'à ce
qu'il présentât l'aspect d'une statue d'or », etc., etc.

Sans nous arrêter plus longtemps à ces puéri-
lités, expliquons en deux mots, ce qui, d'après
Humboldt, a pu donner lieu à cette dernière fable.
On sait que dans la Guyane, la peinture remplace
le tatouage. Les Indiens de certaines tribus, aujourd'hui décimées par l'alcool, ont conservé l'habitude de s'oindre de graisse de tortue, puis ils se
couvrent de paillettes de mica, dont l'éclat métal-
lique a les miroitements de l'or et de l'argent.
Cette parure élémentaire semble effectivement les
habiller de vêtements tissés en fils d'or et d'argent.

Quel que soit le motif qui l'ait fait agir, Walter
Raleigh, fatigué des réalités moroses du vieux
monde, n'hésita pas à poursuivre sa chimère au
delà de l'Océan immense, et partit en 1595 à la
conquête de l'idéal rêvé. De 1595 à 1597, il ne fit
pas moins de quatre voyages, et fouilla, mais inutilement, tous les recoins encore inexplorés. L'El-
Dorado fuyait toujours devant lui.

Plus de vingt expéditions tentées dans le même
but n'eurent pas plus de succès, et pour cause. Enfin quelque incroyable que paraisse le fait, la dernière fut sérieusement organisée en 1775 ! Tant
était robuste la foi en cette région imaginaire.

Bien que fertile en déboires, la fiction d'El-Dorado fut féconde en résultats, comme la recherche
de la pierre philosophale. Elle permit de connaître la Guyane et ses véritables richesses. C'est
ainsi, qu'en 1604, quelques Français, sous la conduite de La Rivardière, se fixèrent dans l'ile de
Cayenne.

Chose étonnante et pourtant admissible, la
légende d'El-Dorado s'est perpétuée chez les
Indiens de la Guyane française entre autres, avec
une incroyable intensité. Cette tradition a-t-elle
pris naissance grâce aux récits des explorateurs
européens, a-t-elle pris cette consistance à la
suite des recherches acharnées qui en furent la
conséquence, les Indiens avaient-ils rêvé l'El-Dorado avant leurs conquérants? C'est ce que nul ne
saura jamais.

Mais si le fabuleux trésor des Incas n'était pas,
ne pouvait pas se trouver en Guyane, il n'en était
pas moins vrai que les colonies guyanaises tou-
chant au Brésil, au Pérou et au Vénézuéla, devaient, comme ces contrées, renfermer des mines
d'or. C'est *dans l'espoir de découvrir des gisements,*
que les Anglais et les Hollandais s'emparèrent
de la Guyane au XVIIᵉ siècle. Le fait est constaté
par une correspondance déposée aux archives du
gouvernement. En 1725, un moine portugais du

pays des mines du Brésil vint s'offrir aux auto-
rités de Cayenne, leur promettant de trouver les
terres aurifères, mais il fut éconduit.

Enfin, bizarrerie plus étonnante encore peut-être
que l'aveugle crédulité des rêveurs d'El-Dorado,
les descendants de ces derniers ne voulurent plus
entendre parler d'or. On trouvait partout de l'or
dans la Guyane française, et on nia même l'évi-
dence! A l'excessive crédulité, succéda l'extrême
scepticisme.

En 1848, la question de l'or eut comme un regain
d'actualité. Le gouverneur de la Guyane, M. Pariset, contrôleur en chef de la marine, se trouvait
en inspection au bourg de Mana. On lui amena un
Indien de l'Oyapock qui était venu se fixer depuis
quelques années à Mana. C'était un homme actif,
intelligent. Il était devenu le chef du village indien.
On disait qu'il connaissait un gisement aurifère
très riche.

Le gouverneur l'interrogea. Le rusé Peau-Rouge,
flairant une bombance de tafia, ne voulut rien dire
tout d'abord. Mais sa discrétion ne put tenir devant une bouteille qu'il absorba délibérément.
Après de nombreuses circonlocutions et de multiples réticences, il finit par dire :

— Oui, je connais le secret de l'or.

Puis, regrettant tout aussitôt ce premier aveu, il

essaya bien vite de le démentir, malgré son
ivresse.

— Tu m'as menti, dit alors le gouverneur avec
une feinte colère. Il n'y a pas d'or. Et s'il en existe,
tu ne sais pas où il est.

L'Indien piqué au jeu riposta :

— Ah ! tu dis que j'ai menti ! Eh bien ! attends-
moi ici sept jours et tu verras.

Puis, il partit au milieu de la nuit. Le gouverneur patienta une semaine entière. Le chef ne revenait pas. Il resta vingt-quatre heures de plus.
De guerre lasse, il était déjà remonté sur la goëlette
qui devait le ramener à Cayenne, quand le canot fut
signalé.

Le Peau-Rouge descendit de sa pirogue, grave,
impassible, et s'avança vers M. Pariset. Puis, sans
mot dire, il décrocha son calimbé attaché par une
liane- à sa ceinture. Un petit paquet enveloppé
d'une feuille tomba avec un bruit mat sur le pont
du bâtiment. C'était une pépite d'or absolument
pur, et pouvant peser vingt-cinq à trente grammes.

A toutes les questions que lui posa le gouverneur, relativement à sa découverte, l'Indien répondit ces simples mots :

— Tu as dis que j'étais un menteur. Jamais je
ne te révèlerai le secret de l'or.

2.

Les promesses les plus brillantes ne purent le fléchir. Il se retira sans ajouter une parole.

La question fut encore une fois enterrée, jusqu'en 1851, époque où un Indien portugais nommé
Manoël Vicente, qui connaissait M. Lagrange,
commissaire-commandant du quartier d'Approuague, vint lui affirmer un jour qu'il y avait de l'or
dans le haut de la rivière. Il avait travaillé aux
mines du Brésil et il avait fabriqué avec du
« bâche » des instruments propres à l'exploitation
et analogues à ceux dont on se sert dans son pays.
Il priait M. Lagrange d'en faire construire de pa-
reils, et de traiter sans plus tarder les alluvions.

M. Lagrange parla de cette révélation à deux
propriétaires d'Approuague, MM. Couy et Ursleur
père. Ceux-ci lui dirent que l'Indien n'avait d'autre
but que d'exploiter sa crédulité, et la déclaration de Vicente demeura sans résultat.

A la fin de l'année 1854, le même Manoël Vicente partit au Brésil. Il y vit M. de Jardin à qui
il renouvela la confidence, faite trois années auparavant à M. Lagrange. M. de Jardin fréta aussitôt une goëlette montée par six hommes, parmi
lesquels l'indien Paoline, réputé comme un excellent chercheur d'or. Il débarqua à Approuague,
vit M. Couy à son habitation de la Ressource, et
lui cacha le but de son voyage. Il partit bientôt

pour le haut de la rivière, et s'installa en plein
pays perdu, dans le carbet de l'Indien portugais
Juan Patawa, beau-père de Manoël Vicente. M. de
Jardin trouva de l'or. Malheureusement il fut
atteint de la dyssenterie au bout de quelques jours,
et il dut rester couché près de trois semaines.
Quand il put se lever, son premier soin fut d'aller
à son bateau. Il constata avec désespoir que toutes
ses provisions et ses marchandises avaient été
volées. Il fallait revenir au plus vite sous peine de
mourir de faim.

Ses hommes lui ayant dit que le coupable était
Paoline, il s'embarqua pour retourner aux provisions, abandonna le voleur et partit en emportant
son secret. Sa santé ne lui permettant pas de revenir continuer l'exploitation, il dut rester au Brésil
pendant plus de six mois.

Si l'auteur insiste de la sorte sur tous ces détails,
c'est qu'ils ont une grande importance, tant au
point de vue historique qu'au point de vue philo-
sophique. L'histoire de la découverte de l'or dans
notre colonie est à peine connue, et *nul ne l'a encore écrite* depuis 1848 jusqu'à nos jours [1]. Quant

---

[1] Tous ces détails, absolument inédits, ont été recueillis
par moi, de la bouche de M. Louvrier Saint-Mary.

L. B.

à la morale que l'on peut en tirer, toutes ces fins
de non recevoir opposées il y a trente ans et moins
aux plus formelles affirmations, aux plus évidentes
certitudes, ne sont-elles pas étranges, comparées
à la furie des recherches opérées jadis, alors que la
découverte du précieux métal n'existait qu'à l'état
d'irréalisable utopie?

Nous touchons au dénouement. En 1855, le
même Paoline s'adjoignit l'Indien portugais Théo-
dose, Nicolas son beau-père, et sa sœur, la femme
de ce dernier. Ils remontèrent l'Approuague, jusqu'à un affluent nommé l'*Arataye*, et lavèrent les
terres à l'endroit appelé *Aïcoupaïe*. Ils trouvèrent
quelques grammes d'or, revinrent à Cayenne, et
montrèrent leurs échantillons à M. Chaton, consul
brésilien. L'analyse démontra que c'était bien de
l'or.

M. Chaton douta pourtant encore. Mais M. Couy,
averti de cet évènement, se rappela la communication faite antérieurement par M. Lagrange. Il fit
un rapport à M. Favard, directeur de l'Intérieur,
obtint un subside de 3,000 francs, partit avec dix-
sept hommes et trois canots, nomma chef de l'expédition M. Louvrier Saint-Mary, et le 12 avril
1856, la troupe arrivait à cinq heures du soir à
Aïcoupaïe. Le lendemain matin Paoline se mettait à l'œuvre et lavait plusieurs *battées* contenant

de la poudre d'or. Le chef de l'expédition essaya
de l'imiter, en dépit des protestations de l'Indien
qui, appréhendant son inexpérience, lui disait :
« Laissé-çà. L'or li parti marron ».

A huit heures du matin, les premiers grains d'or
recueillis pour la première fois en Guyane par un
Français, se trouvaient au fond de la *battée*[1] de
M. Louvrier Saint-Mary.

La Guyane française n'avait plus rien à envier à
la Californie et à l'Australie.

. . . .

La découverte de l'or en Guyane passa presque
inaperçue. L'ancien monde ne ressentit aucun de
ces tressaillements qui l'agitèrent quand il apprit
que les fleuves de la Californie et de l'Australie
charriaient le précieux métal. La fièvre de l'or
fut inconnue dans notre colonie, qui végéta
comme par le passé. On laissa dormir les opulents
gisements de la région équinoxiale. La métropole ne fit rien pour tirer parti de ces richesses dont
la majorité du public en France ignora et ignore
encore même aujourd'hui l'existence.

Les premiers concessionnaires de terrains ex-

[1] On nomme « *battée* » le plat de bois servant à laver
les terres aurifères. Il a environ quarante centimètres de
diamètre, sa forme rappelle assez bien celle d'un abat
jour très évasé, et dont le sommet n'aurait pas d'ouverture.

ploitèrent bien modestement leurs placers, trop
heureux, quand la production atteignait un maxi-
mum de quelques kilos d'or par mois. L'apathie
de tous fut telle, que cette production totale n'était
que de 132 kilos pour l'année 1863. En 1872 elle
monta à 725 kilos, et enfin, grâce aux ressources
de l'industrie privée, elle atteignait en 1880 le
chiffre officiel de 1,800 kilos. Comme l'or doit
payer à la sortie de la colonie un droit de 8 p. 100,
la contrebande est très active. Il convient, en conséquence, d'augmenter d'un quart ce chiffre relevé
au budget des recettes de la colonie, soit 2,250
kilos d'or représentant la somme brute de *six millions sept cent cinquante mille francs* (6,750,000 fr.).

Un mot encore avant de reprendre notre récit.
L'or recueilli en Guyane est l'or alluvionnaire
provenant des lavages; les filons, nombreux et
très riches, ne sont pas encore exploités en 1881 !

En l'an 186., époque où se passe le drame au
prologue duquel nous venons d'assister, l'exploitation était limitée aux rivières d'Approuague de
Sinnamarie et de Mana. Le bassin du Maroni n'avait
pas encore été exploré; on racontait tout naturellement des choses merveilleuses relativement à
sa fécondité. L'El-Dorado semblait s'être déplacé.
De vagues rumeurs circulaient dans le public, un
événement imprévu vint bientôt leur donner plus

de consistance. Vingt-deux ans auparavant, le docteur V..., résidant au bourg de Mana, rencontra au
bord de la rivière un Indien tenant entre ses bras
un enfant moribond. Il s'approcha et demanda à
l'Indien où il allait.

— Je vais, répondit-il, jeter à l'eau cet enfant
qui m'embarrasse!...

Et comme le docteur se récriait, l'Indien reprit :

— Sa mère vient de mourir. Je n'ai pas de lait à
lui donner, moi. Que veux-tu que j'en fasse? Il vaut
bien mieux lui attacher une pierre au cou. Les
aïmaras lui enlèveront les soucis de la vie.

— Veux-tu me le donner? Je l'élèverai.

— Tiens.

Le Peau-Rouge disparut. Le docteur confia l'enfant à une négresse. Il grandit. Son père adoptif
l'instruisit autant que le permit la nature du petit
sauvage. Quinze ans après, son père revint, le ré-
clama et l'emmena. Le jeune homme qui adorait
son bienfaiteur, mais que le mystérieux besoin de
la vie nomade sollicitait depuis longtemps, ne passait jamais plus de trois mois sans revenir à Mana.
Il atteignit l'âge de vingt ans, et épousa la fille
du chef de sa tribu qui passait aussi pour connaître
le secret de l'or. Le docteur V... quitta sur ces en-
trefaites le bourg de Mana et vint se fixer à Saint-
Laurent. Jacques, c'est le nom qu'il avait donné à

son fils d'adoption, désirant prouver sa reconnaissance à son bienfaiteur, lui avoua, au cours de sa
dernière visite, en 186., qu'il connaissait enfin, lui
aussi, ce fameux secret de l'or.

Le docteur accueillit avec réserve cette confidence et voulut, avant d'avoir des détails, en
conférer avec son ami le commandant du pénitencier. Il amena un soir Jacques avec lui ; mais le
jeune homme, comme jadis l'Indien de M. Pariset,
chercha à se rétracter. Le commandant le traita
de menteur et le mit au défi de rapporter une parcelle d'or.

Alors, Jacques, honteux de voir suspecter sa vé-
racité, s'écria :

— Non ! Je n'ai pas menti. Vous savez, commandant, quelle vénération j'ai pour mon père
adoptif. Eh bien ! Je vous le jure sur sa tête, avant
un mois, je veux vous conduire là-bas... où se
trouve l'or, termina-t-il d'une voix devenue tout
à coup tremblante.

— Que crains-tu donc, mon enfant ? demanda
affectueusement le docteur.

— C'est que vois-tu, père, mon amour pour toi
me rend parjure. J'ai révélé le secret de l'or !...
Le secret de l'or est mortel !...

« Il tue ceux qui le révèlent. Le diable me fera
mourir !... »

Sa voix devenue rauque, ses yeux égarés, ses traits crispés, tout indiquait qu'un violent combat se livrait en lui.

Il reprit peu après d'un ton plus calme :

— Tu m'as sauvé tout petit. Ma vie t'appartient, ô mon père ! Et d'ailleurs, je n'irai pas jusque-là. Tu iras, toi, avec le commandant. Le diable des Peaux-Rouges a peur des blancs.

« Nous partirons... dans un mois... Tu emporteras des pioches, des marteaux.

— Des marteaux, et pourquoi ?

— C'est que l'or n'est pas dans la terre, comme celui d'Aïcoupaïe et de Sinnamarie. Il est dans la roche.

— Dans la roche ! s'écrièrent, surpris, le docteur et le commandant. Mais, on n'a pas découvert jusqu'à présent un seul filon en Guyane.

— Je ne sais pas ce que vous appelez un filon, mais il y a des roches blanchâtres, veinées de bleu, dans lesquelles on trouve de gros grains d'or. Il y a aussi des roches noires ; les morceaux d'or reluisent là-dedans comme des yeux de tigres !

« Il y a une grande caverne pleine de bruit. On y entend toujours le tonnerre, on ne voit jamais les éclairs. C'est là que demeure le diable qui tue celui qui révèle le secret de l'or.

— Et il en y a beaucoup ? As-tu pu en recueillir ?

3

— Quand je t'y aurai conduit, tu pourras avec
l'or que tu ramasseras mettre des cercles d'or aux
roues de ta voiture, donner des sabres et des fusils
en or aux soldats, manger dans la vaisselle d'or,
tu pourras convertir en or tout ce qui est en fer.

Les deux Européens écoutaient en souriant ce
récit enthousiaste, où l'emphase côtoyait par moments la vérité.

— Et quelle direction prendrons-nous pour arriver là-bas?

— Je te le dirai à mon retour.

— Tu vas donc nous quitter?

— Je pars cette nuit. Je veux revoir encore une
fois ma femme. Elle est avec son père et ma famille
près de la caverne du démon de l'or, j'ai peur pour
elle, je la ramènerai ici.

— Le voyage est-il bien long?

Le jeune Peau-Rouge réfléchit un moment. Il
tira ensuite de son calimbé plusieurs petits morceaux de bois d'inégale longueur. Il y en avait six
de même dimension. Il compta :

— Six journées de canotage sur le Maroni.

Il en prit deux un peu plus courts et ajouta :

— Deux journées dans la crique.

Il en restait trois, longs à peine comme le doigt.
Il les aligna près des autres en disant :

— Trois journées de marche dans la forêt. Puis,

on trouve sept montagnes, ce sont les montagnes de l'or......

« Adieu, dit-il sans autre préambule. Je reviendrai dans un mois avec ma femme.

— Attends au moins le jour. Il fait nuit noire.

Jacques sourit.

— L'œil du Peau-Rouge perce les ténèbres. Il ne craint pas la nuit. Le jour est traître, la nuit est discrète. Nul ne pourra suivre ma trace, adieu.

— Au revoir, mon enfant, et à bientôt, dit le docteur en l'embrassant.

Le commandant l'accompagna jusqu'à la guérite du factionnaire qui ne l'eût pas laissé passer sans le mot de ralliement, puis, il disparut dans les ténèbres.

La vaste demeure du commandant du pénitencier était déserte. La retraite était sonnée depuis longtemps, les forçats dormaient au camp, sous la garde des surveillants, du poste d'infanterie de marine et des factionnaires échelonnés, l'arme chargée.

En dépit de ces précautions minutieuses, malgré les rondes et les appels, cette conversation que les deux amis étaient autorisés à regarder comme secrète, avait eu un auditeur. Tapi au milieu d'un splendide bouquet d'ixoras et de rosiers de Chine, un homme dont nul n'eût pu soupçonner la pré-

sence, avait avidement écouté les propos échangés
entre les deux blancs et l'Indien.

Quand ce dernier sortit accompagné du commandant, le rôdeur profita du moment où s'échan-
geait le mot de ralliement pour quitter sa cachette
et se glisser, en rampant, sans faire plus de bruit
qu'un félin à la chasse, hors de l'habitation. Puis,
il bondit sur ses pieds nus, passa précipitamment
derrière l'avenue de manguiers conduisant au
fleuve distant d'environ quatre cents mètres. Il
courait à perdre haleine et put dépasser de beaucoup l'Indien qui devait suivre nécessairement ce
chemin pour se rendre au *dégrad*¹ où se trouvait
son canot.

Arrivé aux deux tiers à peu près de l'avenue, il
s'arrêta soudain, et sifflota doucement entre ses
dents. A ce signal que l'oreille exercée d'un sauvage eût pu percevoir à peine à quelques mètres,
deux hommes également pieds nus, cachés derrière les manguiers, se détachèrent silencieusement.

— Attention, murmura-t-il d'une voix étouffée.
Le voici. Crochons-le sans bruit. Il y va de notre
vie.

L'Indien avait dit : « Le regard du Peau-Rouge

¹ Débarcadère.

perce les ténèbres, le jour est traître, la nuit est discrète ». Les paroles du pauvre enfant allaient bientôt recevoir un cruel démenti. Ses yeux encore éblouis par la lumière, n'avaient pas eu le temps de s'habituer à l'obscurité.

En pleine forêt, où le danger multiplie ses formes et augmente sa fréquence, il n'eût pas été pris au dépourvu. Mais pouvait-il soupçonner une embûche, en plein pays civilisé, au milieu d'un pareil déploiement de forces.

Aussi, ne put-il même pas pousser un cri, quand une main de fer, s'abattant à l'improviste sur lui, l'étreignit à la gorge, et étouffa jusqu'à son râle. En moins de temps qu'il n'en faut pour le raconter, il était bâillonné, garrotté et ficelé au point que tout mouvement lui fut impossible. Un des ravisseurs le chargea sur son épaule, et tous trois, fuyant comme des ombres, enfilèrent en courant le sentier qui remonte le cours du Maroni et se perd dans les bois, près de la crique Balété. Certains de n'être pas poursuivis, — ce rapt avait été opéré avec tant d'audace et d'habileté ! — ils ralentirent leur course, et arrivèrent bientôt à l'embouchure de la crique sans avoir prononcé une parole.

— Le canot, demanda à voix basse l'homme qui portait l'Indien.

— Le voici, répondit laconiquement un des deux

autres, en hâlant sur une liane qui servait d'amarre.

La coque noire d'une pirogue émergea des plantes aquatiques; une de ses pointes, recourbée comme celle des gondoles, dépassa la rive de quelques centimètres.

L'Indien, inerte comme un cadavre, fut déposé au milieu du léger esquif.

— Embarque. Vous autres,... aux pagayes. C'est paré?

— Tout est paré.

— Pousse !

Le canot déborda sous l'effort des pagayes manœuvrées silencieusement par les trois inconnus qui semblaient connaître à fond cette «nage» ordinairement ignorée des Européens. Puis, sans plus tarder, ils abandonnèrent le territoire français, s'élancèrent sur le fleuve en se dirigeant obliquement vers la rive hollandaise. La marée montante les poussait vers le haut du fleuve. Ils dépassèrent bientôt l'habitation Kœppler d'environ un kilomètre, longèrent la rive pendant quelques minutes, puis cessèrent de pagayer.

— Nous y sommes, dit le patron, sans pourtant accoster.

Il lança plusieurs coups de sifflet perçants, modulés et rhythmés d'une certaine façon dont la sonorité rappelait les notes aiguës du fifre, et qui devaient s'entendre fort loin. Il attendit quelques minutes sans que son signal obtînt de réponse. Il recommença patiemment et attendit encore. Au bout d'un grand quart d'heure, une voix rude, semblant sortir de dessous terre, cria brutalement, « qui vive !...

— Fagots marrons ! (forçats évadés) répondit-il.

— Accoste.

Il amarra la pirogue, chargea l'Indien sur son épaule, et prit pied sur une petite langue de terre formant débarcadère. Ses deux complices le suivirent sans mot dire.

— Ton nom ? reprit la voix, pendant que la faible lueur des étoiles faisait scintiller dans l'ombre le canon d'un fusil.

— C'est moi, Benoît, je suis Tinguy, le domestique du commandant. Je suis avec Bonnet et Mathieu.

— Si tu voulais avaler ta langue et ne pas prononcer mon nom.

— Oui, « chef », tu as raison.

— A la bonne heure. Venez au carbet.

Eh quoi ! ce solitaire, tapi comme un sanglier dans sa bauge, qui échange des signaux avec les forçats, qui entretient avec eux des relations familières, au point d'être tutoyé par eux, ce « Benoît », ce « chef », est-ce le même homme que nous

avons vu, il y a dix ans, revêtu de l'uniforme des
surveillants militaires ? Benoît, le brutal porte-
bâton, le bourreau de Robin ? Est-il assez dégradé
pour être aujourd'hui devenu le complice des infâmes prisonniers du pénitencier ?

Depuis quatre ans, Benoît, chassé comme indigne
du corps des surveillants militaires, avait dû quitter
honteusement Saint-Laurent, honni de ses anciens
collègues.

Nous n'avons pas besoin d'insister sur les causes
de son renvoi que de nombreuses incartades avaient
surabondamment motivé. Il disparut un beau jour
en annonçant qu'il allait chercher fortune à Surinam. Il se contenta de traverser le Maroni, s'installa mystérieusement dans la forêt, construisit un
carbet, se procura un canot, et se livra à une série
d'opérations d'une nature plus que douteuse. Sa
moindre peccadille était la contrebande.

Mais, on disait tout bas qu'il favorisait les évasions, que les forçats trouvaient chez lui des armes
et des provisions, qu'il était enfin devenu leur
pourvoyeur et leur banquier. Que le lecteur ne s'é-
tonne pas de cette appellation de « banquier ». Les
forçats ont tous de l'argent. Quelques-uns possèdent
même des sommes considérables, produites par des
vols antérieurs. Ces sommes leur parviennent mystérieusement, ils les enterrent ou les confient à des

libérés qui les font valoir, et qui les restituent fidè-
lement en temps et lieu. Il est rare d'ailleurs qu'ils
se dépouillent entre eux. La profession de banquier des voleurs étant fort lucrative, les affaires
de Benoît prospéraient. Telles étaient son habileté,
son audace et son énergie, tel était aussi le luxe de
précautions dont il entourait son existence, que
nul ne put jamais non seulement le prendre en défaut, mais encore l'aborder à portée de la voix,
sauf bien entendu ses complices. Il vivait retiré et
ne se montrait pas pendant le jour.

L'arrivée des trois fugitifs le combla de joie. Il
comprit d'emblée l'importance de la capture de
l'Indien, quand il eut appris qui il était, et les circonstances dans lesquelles son enlèvement avait été
opéré.

— Mais c'est une trouvaille que vous avez faite là,
mes gars, disait-il en riant d'un rire sinistre qui se
perdait dans l'épaisse broussaille de sa barbe noire.

« C'est une fortune. Et, c'est toi, Tinguy, qui as
fait ce joli coup. Allons, mon fils, un bon coup de
tec (tafia). Eh! vous autres, les endormis, trem-
pez-moi votre nez là dedans.

— A ta santé, chef.

— A la vôtre, mes petits agneaux.

— Raconte-moi donc comment tu t'y es pris pour
le mettre comme ça dedans.

3.

— Voilà l'histoire, répondit Tinguy en prenant une pose de narrateur : c'est bête comme tout, et ça n'est pas long.

« Tu sais que j'étais le domestique du commandant. Ça me permettait d'entrer et de sortir à chaque moment. Comme j'étais libérable dans un an, on ne se défiait pas de moi. De plus, comme je servais à table, je pouvais faire mon profit des histoires qu'on racontait.

« Je ne me suis pas fait faute d'ouvrir les oreilles, et de loger dans ma cervelle tout ce qui pouvait avoir de l'importance. C'est ainsi que je saisis au vol la confidence faite il y a quelques jours à mon patron par le vieux docteur. Ils ont pris rendez-vous pour aujourd'hui. Quand le dîner fut fini, ils se réunirent sous la galerie. Je m'étais embusqué déjà sous la fenêtre, au milieu des fleurs. Je n'ai pas perdu un mot de leur conversation. Alors quand le Peau-Rouge est sorti, je lui ai mis le grappin dessus, avec Mathieu et Bonnet que j'avais prévenus la veille, et qui montaient la garde ou bout de l'avenue de manguiers.

« Tu vois que c'est simple comme bon jour.

— C'est très bien, dit le chef avec un gros rire. Très bien. Et vous avez pensé à amener votre capture à ce vieux chef qui est homme de bon conseil,

et qui possède la mise de fonds nécessaire à l'entreprise ?

— Dame oui, répondit Tinguy, l'orateur de la
bande, pendant que ses complices opinaient gravement de la tête.

— Vous avez bien fait, mes gars, et je vous réponds qu'avant peu votre confiance sera justifiée.
Nous serons riches, riches à millions... Nulle fantaisie ne sera trop chère. Nous pourrons, le diable
m'emporte, nous payer chacun un diplôme d'honnête homme.

— Oui sans doute, mais à une condition :

« Il faut que l'Indien parle.

— Il parlera, reprit le chef d'une voix sourde.

— ... Qu'il nous conduise.

— Il nous conduira, termina-t-il d'un ton plus
lugubre encore.

CHAPITRE II

Pendant quatre jours et quatre nuits l'Indien
résista. Rien ne put faire fléchir sa froide énergie.
Ses bourreaux lui refusèrent jusqu'à la plus petite
parcelle de substance alimentaire. Il endura la faim
sans proférer une plainte. Il n'eut pas une goutte
d'eau à boire. Ses lèvres desséchées laissaient échapper un râle saccadé, mais elles gardèrent le secret

de l'or. Les misérables se relayèrent pour l'empêcher de dormir, l'insomnie faillit le tuer. Il fut pris
de crampes, de nausées, de syncopes. Il ne parla
pas.

Benoît assistait impassible à cette longue agonie.
Dix années écoulées n'avaient rien enlevé à sa
brutalité ; mais, comme il le disait avec son hideux
sourire de tortionnaire, il avait plus de « méthode »
que jadis. Maintenant qu'il opérait pour son propre compte, et sans entraves, il pouvait donner
carrière à sa cruauté.

Il était né féroce, et comme ses instincts se trouvaient d'accord avec ses intérêts, il éprouvait une
véritable jubilation de bourreau amateur qui trouve
une occasion de donner l'essor à son dilettan-
tisme.

— Tu vas le tuer, disait Tinguy. La belle avance,
s'il meurt entre nos mains.

— Tais-toi donc, poule mouillée. Est-ce que ça
crève comme ça, un Peau-Rouge ! Et d'ailleurs, il
est pour le moment à point. Je te garantis qu'il va
être raisonnable avant ce soir. La preuve, c'est que
pendant que Bonnet va l'empêcher de dormir, soit
en lui chatouillant les pieds avec des épines d'aouara,
soit en lui ratissant le cuir avec une branche de
counanan, nous allons tout préparer pour le
départ.

« Il nous faut au moins pour trois mois de provisions. Heureusement que ma soute aux vivres est
copieusement garnie. L'arrimage dans le canot
sera l'affaire de deux heures à peine. Allons, un
bon coup de « sec » pour vous remonter.

« Toi, Bonnet, mon fils, veille au grain.

— A pas peur, répondit le forçat avec un rire
semblable au glapissement d'une hyène.

Les trois gredins entassaient rapidement les
barils, les caisses et les ballots, quand un cri
qui n'avait rien d'humain, vibra dans la nuit.
C'était un appel déchirant, renfermant tout ce
qu'une créature peut endurer d'angoisses, une
révolte suprême de la matière animée contre la
souffrance arrivée à son paroxysme.

— Mais, il le tue, s'écria Tinguy, moins féroce,
ou peut-être plus rapace.

— Laisse donc, s'il crie si fort, il n'y a pas de danger. Jamais un homme qu'on tue ne vocifère de la
sorte. Tu devrais savoir, ricana-t-il, qu'on dit que les
grandes douleurs sont muettes.

— Tout ça, c'est possible. Mais, si à force de le
charcuter ainsi on lui colle une bonne fièvre.....

— La quinine n'a pas été inventée pour les
chiens, et bien qu'un Peau-Rouge ne vaille pas
mieux, on lui en administrera en temps et lieu.

— Tu as réponse à tout. Mais je voudrais bien ne pas l'entendre.....

Un second cri plus désespéré, qui se termina par un rauque hurlement lui coupa la parole.

— Je ne croyais pas que Bonnet fût si habile. Voyez-vous ça. L'Indien était allongé comme un Mouton-Paresseux, et le voilà qui chante comme le Héron-Butor.

« Décidément, il est à point. Rentrons à la case, puisque la pirogue est parée à marcher.

Ils arrivèrent au carbet à peine éclairé par les flammes du foyer. Jacques, tordu par la douleur, les yeux éteints, la face convulsée, claquait des dents et râlait. Son bourreau, assis en face, dardait sur lui son regard mauvais. Un sourire diabolique plissait ses lèvres minces, et sa face de putois aux joues plates, au menton absent, avait comme des crispations de bien-être.

Voici ce qu'avait inventé le misérable. Il s'aperçut que l'infortunée victime, abattue par le jeûne, terrassée par l'insomnie, ne sentait plus les piqûres des épines.

— C't'animal là a la peau plus dure qu'un maïpouri. Ça s'enfonce comme dans une pelote, et il ne fait seulement pas ouf ! Attends un p u, mon bonhomme.....

Il avisa un fusil à baguette accroché au-dessus du

foyer en prévision de l'humidité, retira cette baguette, assujettit le tire-bourre, puis hésita un moment. Il se tâta partout, se pinça comme s'il eut cherché l'endroit le plus sensible. Puis, il sourit. Il avait trouvé.

Saisissant alors une des mains de l'infortuné immobile, et ligotté comme un condamné à mort, il plaça le tire-bourre au bout de l'index, puis tourna lentement la baguette. L'instrument se compose, comme l'on sait, de deux spirales opposées, se terminant par deux pointes éloignées l'une de l'autre d'un demi centimètre. L'une pénétra sous l'ongle, pendant que l'autre s'enfonçait sous la peau. La chair blêmit, une goutte de sang perla. La torsion fut tellement énergique, que l'acier cria sur l'os.

Jacques, secoué par une terrible commotion, sortit de sa léthargie, et jeta le premier cri.

— Parleras-tu? lui dit d'une voix sifflante le bandit. Nous diras-tu où est l'or? Nous conduiras-tu?

— Non...... rugit l'héroïque enfant, les dents serrées, la poitrine haletante.

Le forçat donna encore un tour... puis un autre. La sueur ruisselait sur le corps du martyr. Sa bouche écumait. Un hurlement lui échappa.

— Puis, tu sais, quand on t'aura chatouillé

comme ça les mains, ce sera le tour des pieds.
Allons, ne fais pas la bête...

« Eh bien ! Kalina, es-tu décidé à nous servir de
guide ? termina-t-il en donnant un coup sec qui
faillit déraciner l'ongle.

Jacques râlait.

— Oui... oui...

Les trois complices arrivaient à ce moment.

— Jure-le.

— Oui... je le... jure.

— Où est l'or ?

— Remontez... le Maroni... pendant...

La voix devint inintelligible.

— Pendant combien de temps, reprit le bourreau en tordant le doigt mutilé.

— Six jours... Oh ! misérable !

— C'est bon... c'est bon... et après ?

— ... La crique !...

— Quelle crique ? A gauche, à droite. Allons,
dépêchons-nous.

— A gauche... la sixième... après... le rapide.

— Allons, en voilà assez, intervint Benoît. Nous
avons six jours devant nous. Quand nous aurons
bourlingué pendant ce temps sur la rivière, nous
aviserons.

« Sacrebleu ! Bonnet, quel bon juge d'instruction
tu fais, mon camarade.

— Peuh ! répondit modestement le bandit en
retirant doucement le tire-bourre, les *curieux*
(magistrats) ne savent pas leur métier.

— Oui, oui, je comprends. S'ils employaient des
petits moyens comme ceux-là, il n'y a pas un fagot
qui garderait sa tête sur ses épaules. Ils vous vide-
raient comme des lapins.

—Ça, c'est sûr. Aussi, l'on ne dit à l'instruction
que ce qu'on veut bien laisser perdre, et je t'assure
qu'il n'y en a pas un qui endurerait, pour sauver sa
peau, la millième partie de ce que ce Peau-Rouge
de malheur a souffert.

— Enfin, puisqu'il consent, cela m'épargnera
la peine d'employer mes petits moyens.

— Tiens, c'est vrai. Tu m'avais dis que tu avais
aussi un procédé pour le faire parler. Peut-on connaître ta recette?

— Comment donc, mais avec joie. Six pouces
de mèche soufrée autour des orteils, et je te garantis qu'il aura beau mettre à ses mâchoires la serrure
d'un coffre-fort, il faudra qu'il parle.

— C'est parfait, et tu t'y entends, répliqua le
bandit en accompagnant son hideux éloge d'un
sourire plus hideux encore.

— Et maintenant, en route, mes agneaux. Votre
évasion va être connue d'ici peu. Avant quatre
heures les embarcations du pénitencier fouilleront

les deux rives, et il ne fera pas bon ici. D'autant
plus que je ne dois pas être là-bas en odeur de
sainteté.

« Ah ! si j'étais encore là, grogna-t-il en fronçant
le nez comme un limier en quête.

— Avec ça que t'en ferais beaucoup plus long
que les autres, fit Tinguy, en versant le coup de
l'étrier. Je me suis laissé dire par les copains qu'il
y a une dizaine d'années, tu as été joliment refait
par un malin.

— Oui, riposta rageusement l'ancien garde-
chiourme. Un malin comme tu dis, et qui en aurait
mangé quatre comme vous. Pourtant si je n'avais
pas eu une patte croquée ce jour-là par un tigre, je
vous f…iche mon billet que je l'aurais bridé comme
ce Peau-Rouge de quatre sous.

— Un tigre, s'écrièrent les trois coquins, inté-
ressés comme les reclus à la perspective d'une
histoire dramatique. Il y avait un tigre.

— Oui, et il était de taille. Eh bien ! ce fagot de
malheur lui a coupé, d'un seul coup de sabre, le
cou comme à un poulet.

— Eh bien ! et toi, qu'est-ce que tu faisais pendant ce temps-là ?

— Moi, je me pâmais comme une carpe entre les
deux morceaux du tigre.

— Et le fagot marron… qu'est-ce qu'il t'a fait?

— C'est pas ton affaire... répondit brutalement
Benoît. En route.

Cinq minutes après, la pirogue immergée jusqu'à
cinq centimètres du plat-bord glissait silencieusement sur les flots du Maroni. Jacques, les jambes
entravées, avait les mains libres. Il dévorait avidement un morceau de gigot de kariacou. Son œil
noir reflétait une haine féroce.

— Le secret de l'or est mortel, avait-il dit en prenant pied dans le canot. Je vous conduirai, mais
il vous tuera. Nous mourrons tous, terminat-il avec
une joie sauvage.

— C'est bon, reprit Benoît avec son rire bestial.
Va toujours, mon garçon ; nous nous ferons assurer
sur la vie. Nos héritiers auront de quoi s'amuser.

« En attendant, bois, mange, dors si ça te fait
plaisir, mais tâche de ne pas nous mettre dedans,
car, tu sais, moi, je ne ris que quand je me brûle.

Jacques ne répondit pas.

Six jours après, l'embarcation avait franchi le
rapide, pénétré dans la crique indiquée par le
jeune homme et s'était arrêtée un moment devant
le saut. Les événements auxquels nous avons assisté
au commencement du chapitre précédent s'étaient
accomplis, Jacques était libre, et Bonnet venait de
tomber, frappé à la cuisse d'une flèche indienne.

— Mais, *c'est de l'or*, s'était écrié Benoît après avoir essuyé la pointe souillée de sang !

Les quatre bandits, les yeux luisants, regardaient ce morceau de métal grossièrement travaillé. Le blessé lui-même semblait avoir oublié sa douleur. Il ne pensait pas à étancher le sang qui coulait en filet noirâtre sur sa jambe nue.

De l'or !

A cette vue, leurs convoitises se réveillèrent plus ardentes que jamais. Ils touchaient enfin à ce mystérieux pays que nul parmi les blancs n'avait encore foulé. Leurs vœux allaient être comblés. La légende de l'El-Dorado devenait une réalité.

Qu'importait que ce premier échantillon du précieux métal arrivât sous la forme d'un sinistre messager de mort. Au contraire, cet emploi de l'or affecté à un usage aussi vulgaire, n'indiquait-il pas sa folle surabondance. Qu'importait aussi l'évasion de l'Indien, dépositaire du fameux secret. Ses premières déclarations, ajoutées à ce que Tinguy avait pu surprendre de sa conversation au pénitencier, suffisait à ces hommes résolus, bien pourvus d'armes, d'outils ainsi que de provisions et ignorant jusqu'à l'ombre d'un préjugé.

Jacques avait dit au docteur et au commandant : « Après deux jours dans la crique, on trouve sept montagnes ». Or, une éminence boisée se découpait en bleu intense sur l'horizon pâle. Ils pouvaient conclure avec d'autant plus de raison que cette montagne était une de celles désignées par l'Indien, que la provenance de la flèche envoyée par l'archer inconnu ne pouvait être douteuse.

— Rester ici, dit enfin Benoît, ne me semble pas sûr. Une pointe en or ne vaut pas mieux qu'une pointe de fer quand elle se trouve au beau milieu du torse.

« En retraite, mes gars, à moins que Bonnet ne veuille profiter de l'occasion pour servir de cible, et faire cadeau à chacun de nous d'une demi-douzaine de ces joujoux-là. Ça vaut cent francs comme un liard.

— Merci, je sors d'en prendre, riposta le bandit qui commençait à pâlir.

—Eh bien ! je le répète, en retraite. La nuit nous portera conseil.

Ils escaladèrent, en soutenant le blessé, les troncs et les branchages épars, retrouvèrent leur pirogue et atteignirent sans encombre le « patawa » dont les trois branches se dressaient toujours sur le roc.

Après une longue nuit agrémentée de rêves d'or, les aventuriers résolurent de pousser activement leur travail de sape et de s'ouvrir un passage. Bonnet fut laissé à la garde du campement. Sa blessure, peu grave en somme, nécessitait pourtant quelques jours de repos.

— Voyez-vous, disait Benoît en remontant la crique jusqu'au barrage végétal, leurs damnées flèches ne peuvent nous atteindre jusqu'ici. Nous sommes d'ailleurs protégés par les branchages. Quant à nous prendre à revers, ils n'oseraient pas. Puis, Bonnet est là avec son fusil.

— Je te l'avouerai entre nous, chef, dit à son tour Mathieu, une espèce d'abruti sinistre qui ne parlait guère, je voudrais bien voir un peu clair là dedans.

— Tu n'es pas dégoûté, toi. J'en dirais bien autant.

— Oh ! toi, t'as reçu de l'éducation, moi, pas.

— Qu'est-ce que ça vient faire là dedans, mon éducation ?

— Rien du tout. Je veux dire que je ne m'explique pas pourquoi les particuliers qui ont jeté les arbres dans l'eau, n'ont pas attendu que nous soyons dessous pour nous aplatir.

— Qui te dit que ces arbres ont été renversés à dessein et ne sont pas tombés tout seuls.

— C'est bien possible. Mais la flèche qui a traversé la cuisse de Bonnet, n'est pas partie toute seule. Eh bien ! pourquoi le particulier qui l'a lancée ne la lui a-t-il pas plantée au beau milieu de la poitrine ?

— Qui sait s'il n'y essayait pas.

— Mais non. Tu n'ignores pas qu'un Indien ne
rate jamais son coup. Nous les avons tous vus
décrocher du haut des arbres des *coatas* (singes
noirs) ou des *parraquâs* (sorte de faisan). Il en
est même qui ne manquent pas à trente mètres
un citron piqué au bout d'une flèche plantée en
terre.

— Alors, tu leur en veux de n'avoir pas traité
Bonnet comme un « coata » ?

— T'es bête. Je ne leur en veux pas. Je m'en
étonne. Il était si facile de nous démolir un à un.
Ça m'inquiète, moi. Et toi, Tinguy ?

— C'est ben la peine de se faire du mauvais sang
pour si peu de chose. Moi, je crois que s'ils ne nous
ont pas échenillés l'un après l'autre, c'est qu'ils
n'ont pas osé, ou bien...

—Ou bien, interrompit Benoît, qu'ils ne croyaient
pas qu'un gibier comme nous valût la flèche pour
le tuer.

« Allons, assez bavardé. A l'ouvrage. Il y a là
dedans de quoi sabrer ferme.

Les trois hommes s'escrimaient depuis près de
trois heures de la scie, du sabre et de la hache.
Tel était leur acharnement, telle était aussi la
vigueur de leurs corps endurcis à tous les travaux
de force, qu'ils ne semblaient pas sentir les ardentes

morsures du soleil. La sueur ruisselait sur leurs tor-
ses qui fumaient comme des solfatares. Mais aussi
la besogne avançait. Ces réprouvés étaient de rudes
travailleurs. Les coups se précipitaient, emplissant
l'étroite vallée de leurs sonorités, et se répercutaient à l'infini sur les cimes pressées des arbres
géants.

Pendant trente-six heures, ils bûchèrent avec
une énergie farouche, sans que rien ne vînt entra-
ver leur travail. La voie était libre. Un chenal large
d'un peu plus d'un mètre coupait le monceau de
troncs et de branches.

Ils rechargèrent patiemment les provisions dans
la pirogue, abattirent le « patawa », et installèrent
commodément Bonnet au centre, sur un matelas de
feuilles fraîches. La blessure du mécréant commençait à se cicatriser grâce à de continuelles affusions
d'eau froide, le meilleur des sédatifs.

— Tout est paré, n'est-ce pas, les enfants, dit le
chef.

« En avant, et au petit bonheur !

Le bonheur fut en effet de courte durée. Le
canot venait à peine de s'engager dans l'étroit chenal, et s'avançait lentement, pour éviter de heurter
les branches, qu'une singulière musique se fit entendre dans le lointain, à trois ou quatre cents mètres
en amont de l'obstacle.

C'était comme un solo de flûte, dont les notes
basses très douces, semblant glisser sur les eaux
tranquilles, devaient se répercuter fort loin. Cette
mélodie primitive, traînante, lente plutôt, peu
variée, n'était pas sans charme, bien que légèrement énervante. Quiconque eût vécu quelque temps
chez les Galibis de la côte, chez les Roucouyennes
ou les Oyampis de l'intérieur, eût de prime abord
reconnu le son de la grande flûte indienne, faite
avec un long tuyau de bambou.

La mélopée s'arrêta au bout de cinq à six minutes,
et reprit aussitôt, sans transition aucune, une
octave au-dessus. Les sons devinrent stridents, et
produisirent une impression tout autre. A la molle
langueur provoquée par le premier motif, succédait
brusquement une sensation désagréable d'agace-
ment. Des chiens mélophobes eussent poussé des
hurlements désespérés.

Les quatre aventuriers devinrent inquiets. Benoît,
la forte tête de l'association, rompit le premier le
silence.

— C'te musique-là ne me dit rien qui vaille.
J'aimerais mieux une franche attaque. Ces vermines nous voient parfaitement. Que diable peu-
vent-ils bien nous vouloir avec leurs sifflets de
montreurs d'ours.

« Mathieu, et toi, Tinguy, souque ferme. Moi, je vais veiller au grain.

Il saisit un fusil qu'il arma en disant à Bonnet :

— Eh ! toi, clampin, empoigne-moi aussi un flingot. Si tu n'es pas bon pour la nage, tu peux encore envoyer proprement un coup de chevrotines à son adresse.

— Oui, chef, répondit brièvement le blessé. Donne.

La musique recommençait avec des intonations basses d'une mollesse et d'une douceur infinies. Les sons qui semblaient se rapprocher partaient de la rive ennemie.

— Mais qu'est-ce qu'ils nous veulent, enfin ? gronda l'irascible aventurier.

Il sut bientôt à quoi s'en tenir. L'embarcation venait de franchir le barrage végétal, et les quatre hommes virent avec plus de surprise que de crainte, la rivière couverte de feuilles de moucou-moucou (*caladium arborescens*) qui, reliées ensemble par des lianes, formaient une série de petits radeaux d'une superficie de deux mètres carrés environ.

La flottille s'étendait à perte de vue et descendait très lentement en suivant le courant à peine sensible en cet endroit.

— Si c'est avec ça qu'ils prétendent nous arrêter, ils perdent vraiment leur temps, murmura Benoît.

Nous allons passer à travers ces feuillages, comme
une lame de sabre dans une motte de saindoux.

Comme les radeaux se rapprochaient en raison
de la vitesse imprimée à la pirogue, le chef s'aperçut bientôt qu'ils portaient des êtres vivants, ani-
més de singuliers mouvements. Il était debout. Ses
compagnons le virent tout à coup pâlir affreusement. Ses yeux dilatés par une folle épouvante
semblaient rivés sur un point invisible. Ses lèvres
tremblaient, sa respiration rauque et saccadée
pouvait à peine s'échapper de sa bouche tordue.
La sueur ruisselait en nappe de ses joues sur sa
barbe.

Cette terreur chez un tel homme était effrayante
à voir.

— Oh! Les démons, râla-t-il... fuyons!... nous
sommes... perdus.

« C'est la mort... la mort affreuse...

« Des serpents !... des milliers... de serpents...
j'ai peur !...

La musique reprit, aiguë, sifflante, enragée.
L'invisible virtuose descendait la rive, en même
temps que les radeaux à la vitesse desquels il
subordonnait sa marche. Les aventuriers n'étaient
plus qu'à vingt mètres.

Un spectacle terrible s'offrit à leurs regards.
Comme venait de le dire l'ancien garde-chiourme,

toute cette surface feuillue était littéralement
couverte de serpents. Il y en avait de toutes les
formes, de toutes les couleurs, de toutes les
grosseurs. Tous les ophidiens de la Guyane semblaient s'être donné rendez-vous sur cet étroit
espace.

Ce farouche équipage de l'étrange flottille descendait lentement, à la suite du flûtiste toujours
invisible, et dont la musique les faisait passer en
quelques instants du calme le plus complet à la
plus violente colère. Tantôt, ils retombaient rigides, comme cataleptiques sur les feuilles ; tantôt,
ils se dressaient prêts à s'élancer, repliés sur eux-
mêmes, la tête droite, les mâchoires béantes, la
langue mobile, sifflant furieusement. Là, le terrible *crotale* agitait ses grelots ; ici, le formidable
grage (*trigonocéphale*) tordait ses anneaux robustes
à côté de l'agile *serpent-corail*, à la morsure sans
remède, qui semblait jouer avec le petit *aye-aye*,
à la dent mortelle ; plus loin le *serpent-chasseur*,
à la peau tigrée, le plus audacieux de tous, semblait gourmander le *serpent-liane*, vert tendre, à
l'allure paresseuse, long de trois mètres, et gros à
peine comme un porte-plume.

De chaque côté, s'avançait, comme s'ils eussent
dédaigné ces frêles appuis, l'imposante troupe des
couleuvres colossales, des *boas* monstrueux, des

4.

pythons géants qui émergeaient de plus d'un mètre en arrondissant ainsi que des cous de cygne, leurs gorges jaunes, vertes, bleues, ou roses. Tout ce monde de reptiles se tordait, nageait, rampait, sifflait, entourant les forçats fugitifs d'un centre fantastique, et emplissant l'air d'une écœurante odeur de musc.

Les quatre hommes, glacés d'horreur, virèrent sur place en deux coups de pagayes. Il était temps. Quelques secondes plus tard, ils se trouvaient au beau milieu des ophidiens. Le haut de la rivière, fermé comme par une muraille à pic de cent pieds de haut, leur était absolument inaccessible. Ils enfilèrent, frissonnant de peur, l'étroit chenal qu'ils venaient de franchir et débouchèrent, haletants, suant de peur, claquant des dents, près de la barre rocheuse.

Comment descendre? La chute avait près de trois mètres de contre-bas. Il ne fallait pas songer à franchir ce rapide avec la pirogue qui se fût infailliblement brisée. D'autre part, comment s'échapper? A gauche, s'étendaient les grands bois, défendus par les hommes qui lançaient les flèches d'or; à droite, les savanes noyées; en bas, l'abîme écumant. La situation des bandits semblait désespérée. La musique continuait toujours. Les serpents avançaient avides d'entendre cette mélodie

fascinatrice. Les radeaux en feuilles de moucou-
moucou s'arrêtèrent devant l'obstacle formé par
les arbres abattus. Les reptiles les abandonnèrent
et se mirent à franchir les branchages épars.

Ce fut un spectacle vraiment étrange et terrible
que la vue de ces milliers d'ophidiens, de toute
espèce, de toute nuance, de toute grosseur, s'enrou-
lant aux branches, dardant leurs langues four-
chues, formant comme un lacis d'anneaux flexibles,
se nouant et se dénouant sans cesse, et avançant
toujours en suivant cette route aérienne.

L'implacable virtuose ne s'arrêtait pas, et les
aventuriers voyaient avec terreur se rapprocher
le moment où ils seraient complètement cernés.
Peu à peu, cependant, le rythme se ralentit, les
sifflements s'apaisèrent, et la terrible troupe fit
halte un peu en avant de l'abatis, mais tout en
semblant prête à repartir au premier signal.

L'avant-garde n'attaquait pas, mais l'attitude de
ceux qui la composaient indiquait clairement aux
aventuriers stupides d'épouvante, qu'il leur était
formellement interdit d'aller plus loin. Benoît s'en
aperçut. Loin de vouloir reconnaître que le mystérieux musicien, qui eût pu d'un seul coup le donner en pâture lui et ses compagnons aux monstres
énervés, se contentait de rester sur la défensive,

l'ancien garde-chiourme crut qu'il hésitait. Il eût volontiers taxé sa longanimité de faiblesse.

— Non, grognait-il, nous ne serons pas venus jusqu'ici pour nous en aller bredouille. Attendez une minute seulement. Je vais profiter de ce moment de répit pour relever à la boussole la direction des montagnes, et l'angle qu'elles forment avec la crique.

« On ne sait pas ce qui peut arriver. Là... voilà qui est fait, termina-t-il après avoir orienté rapidement sa boussole, et écrit au crayon quelques notes sur son carnet.

— Allons-nous-en, chef, gémissaient plaintivement Tinguy et Mathieu, qui, pâles, les lèvres blanches, la chemise collée au torse, grelottaient de terreur.

« Descendons le canot, puis les vivres, et retournons au Maroni, la partie est perdue pour le moment.

— Non, elle n'est pas perdue, riposta-t-il d'une voix brève. Il nous reste un atout en main.

— Que veux-tu donc encore nous faire faire?

— Ne voyez-vous pas qu'un de ces radeaux de moucoumoucou, arrêté d'abord par les arbres, s'en va lentement à la dérive, à travers la savane noyée.

— Tiens, c'est vrai, fit Bonnet en scrutant de

son regard aigu de putois les eaux piquées de joncs clair-semés.

— Mais, qu'est-ce que cela prouve? reprit Tinguy de son ton pleurard.

— Cela prouve, espèce de poule mouillée, qu'un courant, quel que faible qu'il soit, traverse la savane. Puisqu'il y a un courant, les eaux doivent nécessairement se déverser de l'autre côté. Je suis certain maintenant que cette savane est un lac plus ou moins grand, auquel aboutit nécessairement une rivière qui tombe ou dans le Maroni, ou dans une crique plus large que la première.

— Eh bien! après? A quoi cela peut-il nous servir?

— A ne pas descendre ce damné saut auquel nous sommes acculés par cette armée de serpents, dit-il non sans un frisson. Au lieu de revenir sur nos pas, nous allons obliquer sur la droite. Maintenant que j'ai la direction des montagnes, que nous pouvons appeler les montagnes de l'or, il nous sera facile de calculer notre route, et si par bonheur cette rivière qu'il nous faut trouver, remonte dans les terres au lieu d'aller se perdre dans le Maroni, nous sommes sauvés.

Bien que ce colloque eut été rapide, le meneur de serpents sembla s'impatienter. Il avait commandé la halte, mu sans doute par un sentiment de magnanimité dont les quatre mécréants profitaient, en dépit de leur indignité. Il espérait peut-être que la leçon leur profiterait, et qu'ils allaient séance tenante déguerpir. Voyant qu'ils n'accomplissaient pas la manœuvre indiquée par la configuration de la rivière, c'est-à-dire, comme l'avaient demandé Mathieu et Tinguy, le transbordement des vivres et de la pirogue, il tira de sa flûte un son aigu et prolongé.

Cette note sembla l'appel aux armes qui éveille un corps expéditionnaire, et fait bondir à leur poste de bataille les soldats enfiévrés par la perspective de la lutte prochaine.

— Tu vois, reprirent les forçats revenus soudain à leurs terreurs.

— La paix ! capons. Je n'en mène pas beaucoup plus large que vous. Vous êtes ici pour votre peau, moi aussi, et je n'ai pas plus que vous envie d'en laisser le moindre morceau entre les crocs de ces sales bêtes.

« Aux pagayes. Nous filons droit à travers la savane. Je gouverne sur cette grosse tache jaune, qui doit être une ébène en fleurs, et se trouve à près d'un kilomètre.

« C'est paré ?... Pousse !... »

La pirogue, sollicitée par huit bras vigoureux, — Bonnet, en dépit de sa blessure voulut collaborer

au salut commun, — vola sur les flots endormis de
la savane.

C'est en vain que le flûtiste tira de son instrument
les sons les plus propres à accélérer la marche des
serpents et à exciter leur colère, les bandits s'é-
chappaient sur la droite, et le charmeur immobilisé
sur l'autre rive ne pouvait pas les appeler sur leurs
traces.

— Va, mon bonhomme, siffle à ton aise. Si tu
n'as pas une bonne pirogue toute parée à marcher,
nous allons te brûler lestement la politesse.

« A une autre fois, et si jamais je te reconnais,
je ne veux pas te laisser sur les os un morceau de
peau grand comme une pièce de dix sous. »

L'imminence du premier péril étant conjurée,
les quatre malandrins se rassérénèrent. La savane
noyée avait jusqu'alors assez de fond pour leur permettre de naviguer sans encombre. Leur canot
glissait silencieusement sur les eaux lourdes, et
frôlait les plantes aquatiques d'où s'élevaient des
essaims de maringouins.

— Mais, cette savane est un lac, un vrai lac, dit
Benoît. Sacrebleu, on dirait du plomb fondu. N'im-
porte, à côté du plomb, il y a l'or, n'est-ce pas,
Bonnet.

« A propos, et ta jambe?

— Ça ne va pas mal. Je compte être prochaine-

ment guéri. Je continue les compresses d'eau mêlée d'un peu de tafia, et je m'en trouve bien.

— C'est parfait. Nous avons eu plus de peur que
de mal. Mais, il était grand temps, et nous l'avons
échappé belle. Après tout, on n'a rien sans peine.

« Il ne fallait pas nous attendre à voir tomber les
lingots d'or tout monnayés. En somme, nous avons
obtenu un résultat assez satisfaisant. Le temps et
la patience feront le reste.

— C'est égal, reprit Tinguy, sur les pommettes
émaciées duquel le sang ne revenait pas vite, je
donnerais bien quelque chose pour savoir quels
sont ceux auxquels nous devons cette terrible
échauffourée. Tu ne sais rien là-dessus, toi, chef,
qui connais tant de choses ?

— Que veux-tu que je dise, répondit celui-ci,
évidemment flatté dans son amour-propre par la
naïve admiration du coquin. Je donne ma langue
à tous les caïmans de la colonie. Mais si j'ignore
quels sont ceux qui veulent nous empêcher de
passer, je suis parfaitement édifié sur les motifs qui
les font agir.

« Pour moi, cela ne fait pas l'ombre d'un doute,
nous sommes sur les confins du pays de l'or. Nos
mystérieux ennemis ne se seraient pas mis ainsi
en quatre pour nous arrêter, si cela n'en eût pas
valu la peine.

« Aussi, nous allons par tous les moyens possibles chercher un trou pour nous glisser dans ce paradis des lingots. Mais, voyez donc, si tout ne semble pas en or ici. Cette ébène avec ses fleurs jaunes, ces cassiques avec leurs plumes d'or, ces plantes aquatiques recouvrant la savane d'une nappe d'or.

— Ça, c'est vrai, s'écrièrent comme un seul homme les trois pagayeurs, qui, en dépit de leur prosaïsme, se sentaient rémués à la vue de l'incroyable splendeur de la nature.

Il est vrai qu'elle revêtait avec une folle profusion la couleur du métal qu'ils allaient conquérir, et qu'elle se parait pour eux comme une sultane, peu scrupuleuse dans le choix de son entourage.

Cette étrange navigation sur des eaux mortes continua bien longtemps. La savane semblait interminable. Les aventuriers pagayaient toujours, sans que la fatigue pût avoir raison de leur farouche énergie. Ils contournaient des massifs immenses de plantes géantes d'où s'envolaient effarés des oiseaux aquatiques, troublés pour la première fois dans leur solitude. Ils s'enlisaient dans des bancs de vases molles, s'accrochaient à des racines, s'empêtraient dans des lianes. Rien n'arrêtait leur ardeur. Ils employaient à surmonter ces obstacles toute leur patience, cette patience de forçats qui

5

fait tomber les fers, ouvre les geôles et troue les murailles.

A peine s'ils prenaient le temps de manger. Toutes leurs forces, toutes leurs facultés se concentraient dans une seule fonction : la manœuvre des pagayes. Le soir, ils ralliaient la côte, amarraient les hamacs aux basses branches, et dormaient au dessus des flots tranquilles, avec autant de calme que si leur conscience eût été à l'abri de tout reproche, et que le linceul des Européens n'eût chaque nuit servi de drap à leurs corps de réprouvés.

Quels admirables résultats eussent produit cette force, cette intelligence honnêtement mises au service d'une bonne cause !

Benoît relevait toujours la route. Le bord extérieur de la savane, opposé à la rive de la crique aux serpents, décrivait une longue courbe qui ramenait les quatre hommes vers l'intérieur des terres. C'était une bonne fortune pour eux. Ils avaient parcouru un quart de cercle dont les rayons aboutissaient aux montagnes de l'or.

Les prévisions du chef étaient pleinement confirmées jusqu'à ce moment. Si les terres noyées affectaient encore pendant trois jours cette courbure, ils espéraient prendre à revers la région inconnue vers laquelle tendaient tous leurs efforts.

Ils auraient parcouru une demi-circonférence, et
devraient se trouver à l'autre extrémité de la
ligne passant par les montagnes dont Benoît avait
relevé la position.

Peu importait, d'ailleurs, que ce relevé fut
rigoureusement exact, la vue de ces montagnes
suffirait plus tard à les guider quand ils jugeraient
opportun de s'en rapprocher.

Le matin du quatrième jour, ils s'aperçurent que
la rive semblait s'enfuir sur la droite et qu'un
léger courant se faisait sentir. La chose était d'autant plus facile à constater, que les eaux tenaient
en suspension de nombreux corpuscules rouges
de peroxyde de fer. La ligne circulaire se rompait
lentement, et s'allongeait en forme d'estuaire.

— Allons, dit le chef, il faut prendre le temps
comme il vient, et le terrain comme il est. La
savane se dirige certainement dans une crique. Où
va cette crique? Nous le saurons avant peu.

Il était, en effet, impossible de rien préjuger
quant à sa marche. Les cours d'eau de la Guyane
offrent cette particularité, qu'ils ne suivent pas fatalement les vallées encaissées par les collines.
Souvent même ils affectent une direction perpendiculaire aux plans montagneux, et arrivent au
fleuve dont ils sont tributaires, en formant une
série de rapides.

La crique, alimentée par la savane noyée, pouvait aller indifféremment à gauche ou à droite. La
pirogue s'engagea donc dans cette dépression
analogue à la queue d'un étang, puis, les bords
plats, couverts de plantes aquatiques se resserrèrent.
Çà et là on vit émerger des roches à ravets. L'eau
devint de plus en plus chargée de peroxyde de fer.
Bientôt la rivière n'eut pas plus de dix mètres de
largeur.

La navigation dura une journée encore. Les
roches devenaient aussi plus nombreuses. Benoît,
qui avait l'expérience des grands bois, comprit
qu'avant peu l'on arriverait à une chute. Cette
perspective le contrariait d'autant plus qu'il tournait à ce moment le dos au pays de ses rêves. Un
grondement sourd vint bientôt l'avertir que ses
prévisions étaient réalisées.

Que faire? Descendre plus longtemps était im
possible. Revenir sur ses pas était périlleux pour
le moment. Le digne argousin était fort perplexe.
Ce furet de Bonnet, qui, en dépit de sa blessure,
avait pagayé sans relâche, sauva la situation.

— Si nous enfilions cette petite crique que j'aper-
çois là-bas un peu au-dessus des grosses roches ?

— Tu vois une crique, toi?

— Dame, à moins d'être aveugle. Tiens, là, près
de l'arbre mort.

— C'est pourtant vrai, répondit le chef radieux ;
pour comble de bonheur elle s'enfonce sur la gauche. Allons, ça va bien, mes gars. Décidément
nous avons plus de chance que des honnêtes gens.

La pirogue s'engagea sans plus tarder dans la
crique large de cinq mètres environ, mais bien
encaissée par des berges de soixante centimètres
de hauteur. Cette crique est un joli cours d'eau,
profond, dont le courant ni trop lent ni trop rapide
est extrêmement favorable à la navigation. Elle est
en outre fort poissonneuse, ce qui permet de varier
l'ordinaire, composé depuis longtemps de con-
serves et de salaisons.

Benoit pense, et avec juste raison, que les
montagnes entrevues jadis, les terrains qui les
avoisinent, la grande savane noyée, et les vases
molles qui l'entourent forment un massif relativement élevé, d'où coulent en rayonnant dans toutes
les directions une grande quantité de cours d'eau.
Les montagnes forment le point culminant, les
savanes sont le réservoir naturel rempli à la saison
des pluies, et servant à l'alimentation des criques.

Ajoutons, pour l'intelligence de ce véridique
récit, que ce massif constitue un véritable plateau, borné au Nord et à l'Ouest par la crique Sparwine, à l'Ouest par le Maroni, au Sud par la crique
Abounami.

La limite Est, mal connue, est à environ quinze
kilomètres de la crique Araouni, affluent de la
Mana. Ce plateau se trouve par 5° 45 et 5° 20
de latitude Nord. Le côté Ouest passe à peu près
par 56° 40 de longitude Ouest. Enfin, son point
culminant, très élevé, se dresse presque en face le
saut Singa-Tetey, non loin du lieu où la réunion
de l'Awa et du Tapanahoni, forme le Maroni. Cette
montagne, qui s'aperçoit de fort loin, porte le
nom de Montagne-Française.

Un des officiers les plus distingués de la marine
française, M. Vidal, lieutenant de vaisseau, avait
quelques années auparavant, en 1861, exploré
cette région complètement inconnue avant lui.
Benoît ne devait pas ignorer cette brillante expédition, car la mission Vidal était rentrée à Saint-
Laurent près d'une année avant l'expulsion de
l'indigène surveillant. Quoi qu'il en soit, il semblait
marcher maintenant à coup sûr, et répétait à
satiété :

— Nous tenons le secret de l'or !... C'est sur ce
plateau qu'est le clou, le point central vers lequel
doivent tendre tous nos efforts. Nous fouillerons ce
plateau, nous chercherons une brèche... c'est bien
le diable, après, tout si les gardiens du trésor entre-
tiennent de tous les côtés une armée permanente
de serpents.

Ses compagnons, partageant ses espérances, fouillaient sans relâche de leurs pagayes les flots tranquilles.

Après deux jours d'énervante et monotone navigation, ils aperçurent une légère colonne de fumée s'élevant d'une des rives de la crique. Quelques hamacs de coton blanc se balançaient aux branches, et une douzaine d'Indiens émergèrent brusquement du lit de la crique, au milieu de laquelle ils prenaient leurs ébats.

Il était trop tard pour reculer. Les aventuriers résolurent de payer d'audace. L'attitude des Peaux-Rouges n'était d'ailleurs rien moins qu'agressive, et Benoît, qu'un séjour de quatre années avec les Galibis de la côte avait familiarisé avec le langage et les habitudes des Indiens, ne désespérait pas de tirer parti de la rencontre.

On apprêta pourtant les armes afin d'être prêt à toute éventualité, puis, la pirogue avança lentement. Les quatre hommes étaient à peine à cent mètres du campement qu'une bruyante fanfare éclata soudain sous la feuillée. C'était un solo de notes peu variées, mais poussées par un souffle puissant dans l'inévitable flûte de bambou, sans laquelle ne marche jamais le chef d'un clan.

Tinguy et Mathieu, les moins résolus de l'équipage, frissonnèrent de la tête aux pieds. Cette mélopée de sauvage allait-elle faire surgir encore un formidable escadron d'ophidiens ?

Benoît se mit à rire.

— Allons, dit-il, tout marche à souhait, nous sommes signalés, et nous allons être reçus en amis. Surtout, laissez-moi faire, et témoignez-moi un respect exagéré. Il faut que je sois regardé comme un grand chef.

— Mais, qu'est-ce que ça veut dire ? demanda Mathieu, dont la face, en dépit des affirmations de son complice, se marbrait de plaques verdâtres.

— Cela veut dire, mon camarade, que chaque chef possède un flûtiste attaché à sa personne, et qu'il annonce sa présence par une fanfare qui lui est spéciale.

« Mon Dieu, c'est tout simple. Dans les pays civilisés, il y a la marche des régiments, des divisions et des corps d'armée. C'est ici à peu près la même chose.

« Diable ! La sonnerie est longue. C'est un grand chef. Moi aussi, bien que ma troupe soit peu nombreuse. Quel malheur de n'avoir pas la moindre trompette !

« Bah ! ça ne fait rien. Je les ferai souffler chacun dans un flacon de genièvre, ils aimeront mieux ça.

— Dis-donc, fit Bonnet, si on les saluait de quelques coups de fusil ?

— C'est une idée. Mais attendons une minute encore. Attention, et préparons-nous.

« Laisse aller ! »

Les pagayes furent rentrées dans la pirogue qui rasait le rivage.

— Feu !... cria la voix de l'aventurier.

Et huit détonations éclatèrent à la grande joie des Indiens, qui, ravis de tant d'honneur, se mirent à cabrioler comme des clowns, pendant que le tambour mêlait ses plan ! plan ! plan ! sonores aux notes aiguës de la flûte.

Benoît descendit le premier, suivi à distance respectueuse par ses trois compagnons qui rechargèrent lestement leurs fusils. Comme le bâton est l'insigne du commandement dans toute l'Amérique équatoriale, le chef tenait à la main gauche une longue gaffe à pointe de fer, munie d'un croc. Il avait son fusil en bandoulière, portait le sabre de la main droite, et n'avait pas, en somme, une trop mauvaise tournure.

Il fit quelques pas, et s'arrêta, à la vue d'un Indien immobile, à vingt mètres d'un grand carbet. Cet Indien, la tête ceinte d'un diadème en plumes jaunes de cassique, le col entouré d'un superbe collier en plumes de poule blanche, mélangé de

5.

plumes rouges et bleues, enlevées au poitrail du
toucan, et aux ailes de l'ara, portait également un
bâton. C'était le chef. Il fit deux ou trois pas
encore, et s'arrêta aussi. Une complication d'étiquette allait surgir, et amener une question de
préséance.

Voici pourquoi. Quand un Indien visite un de
ses congénères, sa sonnerie particulière indique
son rang. S'il est supérieur à celui chez lequel il
descend, ce dernier, répond par sa fanfare, sort
de son carbet, vient à sa rencontre et ne s'arrête
que le plus près possible du canot. Il salue,
prononce quelques mots de bienvenue, et attend
d'être présenté par le nouvel arrivant aux personnes de son escorte. Cela fait, il l'amène à son
carbet, ses femmes tendent les hamacs, on apporte
des cigarettes avec du *cachiri*, et la fête commence.

Si les deux chefs sont du même rang, le visité
s'arrête à mi-chemin du carbet au lieu de débarquement. Le visiteur s'avance jusqu'à lui, la pré-
sentation a lieu, et la cérémonie se termine comme
ci-dessus. Si le visiteur est un chef d'un rang
inférieur, l'autre ne sort pas de son carbet, et il le
reçoit debout. Si c'est enfin un pauvre diable, un
infime roturier, le capitaine reste tranquillement
couché dans son hamac, ses femmes vaquent à

leurs travaux habituels. On l'envoie s'installer dans une case vide où il est, d'ailleurs, comme chez lui; on lui donne des vivres, mais nul honneur ne lui est rendu.

Ces cérémonies s'accomplissent avec une gravité sans égale, et jamais grand chambellan, la clef d'or lui battant les reins, jamais introducteur d'ambassadeurs, n'ont pontifié avec plus de souci des règles de l'étiquette, que ces braves Peaux-Rouges, enluminés de roucou comme des soldats d'Epinal.

Benoît était traité d'égal à égal par le capitaine Indien. C'était beaucoup, mais il s'attendait à mieux. Aussi, resta-t-il immobile, en fixant sur son hôte un regard hardi jusqu'à l'impudence. Celui-ci, — dernière concession péniblement arrachée à son orgueil, — fit quelques pas.

— Quel est ce capitaine qui reçoit ainsi le grand chef blanc? dit avec hauteur l'aventurier, en employant l'idiome indien.

« Ne sait-il pas que je suis le seul grand maître de tous les Tigres-Blancs de la pointe Bonaparte? L'Indien n'est-il jamais venu à Saint-Laurent? Ignore-t-il que mes hommes, cent fois plus nombreux que les siens, sont à trois jours à peine d'ici? »

Le Peau-Rouge, stupéfait d'entendre un blanc parler sa langue, s'avança en s'excusant. Ce n'était

pas sa faute. Le nouveau venu n'avait pas annoncé
son arrivée par sa fanfare. Il avait entendu dire
que le chef de Saint-Laurent avait des flûtes de
cuivre.....

— On t'a trompé. Je t'ai salué avec mes fusils.
En as-tu fait autant ?

La raison était d'autant plus péremptoire qu'il
n'avait pas d'armes à feu. Aussi, le pauvre diable,
confus de cette infraction au formulaire de l'étiquette équatoriale, s'avança-t-il avec les marques
du plus profond respect vers cet être d'essence
supérieure, qui possédait en réserve des arguments
sans réplique.

— Dis-donc, Bonnet, dit-il prosaïquement au
blessé qui s'avançait en boitant légèrement, envoie-
lui donc quelques coups de sifflet, ça lui fera plaisir.

Le forçat porta aussitôt ses doigts à sa bouche,
poussa quelques notes stridentes qui déchirèrent
l'air, puis, comme il était passé maître dans cet
art pratiqué par ses anciens compagnons de geôle,
il imita le cri du coata (singe noir), le grincement
du toucan, le glapissement du moqueur, le sifle-
ment du cassique, mais avec une intensité susceptible de déchirer les tympans les plus endurcis.

Les Indiens restaient en extase. Leur admiration
fut d'autant plus vive que le virtuose n'ayant pas

le moindre instrument de musique, accomplissait
ce tour de force en mettant simplement ses doigts
dans sa bouche. Aussi, l'auréole du chef en reçut-
elle du coup un lustre tout nouveau.

— Que le capitaine blanc soit le bienvenu chez
Ackombaka.

Benoît tendit la main au chef dont il avait
entendu parler, car sa réputation de bravoure était
arrivée jusque chez les Galibis du Bas-Maroni.
Ackombaka signifie : « *Qui vient déjà* ». Ce nom
lui avait été donné, parce qu'il accourait toujours
le premier au lieu du péril, soit à la chasse, soit à
la guerre.

Il commandait une fraction importante d'Indiens
Emerillons qui avaient émigré du bassin de
l'Approuague, et s'étaient réunis aux débris d'une
tribu de Thïos décimés par l'alcool et la variole.

L'ancien garde-chiourme et ses compagnons
furent conduits en grande pompe au carbet
d'Ackombaka, et la fête commença par une
plantureuse absorption de *cachiri*. Quand la coupe
de l'amitié eut été vidée, quand la cigarette eut été
fumée, Benoît, qui avait d'excellentes raisons pour
se faire bien venir des Peaux-Rouges, ordonna
généreusement une ample distribution de genièvre et de tafia: largesse qui le fit bientôt révérer
à l'égal d'un Manitou de première classe, tant

la passion de l'alcool est invétérée chez ces malheureux.

La tribu d'Ackombaka, assez nombreuse pourtant, présentait un aspect misérable. L'armement
des guerriers consistait en casse-tête de bois de lettre, en flèches à pointes fabriquées soit avec un
os tiré de la tête de l'aïmara, soit avec un éclat de
radius de coata. Le métal manquait. A peine si
l'on comptait trois ou quatre sabres, autant de
haches, et quelques couteaux de cinq sous.

Ces Indiens étaient maigres, comme après une
famine, et Ackombaka ne fit aucun mystère à son
nouvel ami de la pénurie dans laquelle il se trouvait. Des Bonis de Cotica, alliés pour la circonstance avec les Poligoudoux, avaient ravagé ses
abatis, puis s'étaient retirés sans livrer de bataille.
Il attendait du renfort et la récolte prochaine pour
prendre une éclatante revanche.

Benoît vit tout à coup le parti qu'il pouvait tirer
de la misère des Indiens, et de leur désir de vengeance. Il avait des provisions, des armes, des
haches et des sabres en notable quantité. Troc
pour troc, il offrait à Ackombaka de l'aider à
combattre les noirs, à la condition que celui-ci
l'accompagnerait dans son expédition.

Le Peau-Rouge enthousiasmé accepta. Il fut
convenu que l'on enivrerait la crique. L'on chas-

serait ensuite le maïpouri, puis les poissons et les pachydermes seraient boucanés. L'on récolterait la plus grande quantité possible de manioc et d'ignames, et l'on partirait à la suite du chef blanc.

Ackombaka eût bien désiré être, comme l'on dit vulgairement, servi le premier, mais Benoît fut inflexible. Le misérable se réservait d'ailleurs, une fois son but atteint, de se retirer de l'association, et de laisser son allié se débrouiller comme il l'entendrait. Le traité, qui jamais n'est violé, fut signé à la manière indienne. Le *piaye* (sorcier de la tribu) leur tira quelques gouttes de sang et mélangea ce sang à une large rasade de cachiri, contenu dans un coui. Les deux alliés en burent chacun la moitié, l'alliance était conclue.

Quinze jours après, une troupe nombreuse, composée de vingt-cinq Indiens répartis dans six canots, prenait, sous la conduite de Benoît, la direction présumée des montagnes de l'or.

Ce ne fut pas sans de vives appréhensions que les Thïos et les Emerillons le suivirent vers ce lieu sur lequel couraient de sinistres légendes. Mais l'aventurier leur ayant affirmé que les blancs pénétreraient seuls dans le repaire de l'esprit des ténèbres, qu'ils auraient ensuite de quoi acheter tout le tafia des Guyanes réunies, leurs hésitations tombèrent bientôt.

Le voyage se fit sans encombre, et fut couronné
d'un plein succès. L'ancien surveillant avait si bien
pris ses mesures, et la configuration du sol fut à ce
point favorable, qu'il put accomplir son évolution
avec une rectitude pour ainsi dire mathématique.
Il reconstruisit du côté opposé sa ligne hypothé-
tique, devant passer par la montagne entrevue
jadis de la crique aux serpents, et se prolonger
par le rapide. Il calcula l'angle formé jadis par
cette ligne et l'aiguille de sa boussole, puis consulta
ses notes. On abandonna les canots, qui restèrent
confiés à la garde d'une partie de l'équipage, et
les hommes se dirigèrent à travers bois emportant
huit jours de vivres.

Douze heures après, la montagne était en vue.
Les quatre blancs laissèrent leur escorte et escaladèrent rapidement la colline. Ils rencontrèrent
bientôt des traces de culture. Benoît fit signe à ses
compagnons de s'arrêter, et, rampant comme un
fauve à la chasse, il s'avança sans bruit. Après une
heure de marche silencieuse, il s'arrêta cloué
au sol et faillit laisser échapper une exclamation de surprise, presque de terreur.

— Mais, je connais cette figure-là ! murmura-
t-il...

CHAPITRE III

L'Indien Jacques, son audacieuse évasion accomplie, s'enfonça lentement sous bois, en cassant de
la main droite quelques menues branches, de façon
à laisser une trace presque invisible de son passage.
Comme il était sans armes, sans provisions, il serait
peut-être forcé de revenir à la rivière, qui pouvait

lui offrir plus de ressources que la forêt. Il était en
conséquence urgent de pourvoir aux moyens d'en
retrouver la direction.

Il était à peu près certain d'ailleurs de ne s'être
pas trompé sur l'origine du mystérieux signal qui
l'avait décidé à brusquer les évènements, et à
jouer son va-tout afin de recouvrer sa liberté. Ce
signal, employé par les Indiens de l'intérieur, pour
communiquer ensemble à l'insu des étrangers, lui
indiquait, à n'en pas douter, la présence d'amis
inconnus, qui depuis longtemps peut-être suivaient
la trace de ses ravisseurs.

Sa supposition allait bientôt se changer en certitude. Après s'être prudemment avancé à travers
les tiges d'arbustes et d'herbes géantes qui cou-
vraient les terrains alluvionnaires bordant la crique,
il entendit sur sa droite un sifflement doucement
modulé. Obéissant aux instincts des hommes de
sa race, il s'arrêta, bien que ce bruit n'eût aucune provenance suspecte. S'étant tapi derrière
un gros tronc, il attendit un moment, puis avisant
à terre un fragment de roche dioritique, il prit
cette roche et en frappa quelques coups secs sur
un des arcabas de l'arbre.

Le sifflement se faisant entendre de nouveau,
mais plus rapproché, Jacques quitte hardiment sa
cachette et s'avance dans la direction d'où il est

parti. Il débouche bientôt dans une clairière, et se trouve tout à coup en présence d'un jeune homme de haute taille, qui, un grand arc et un faisceau de longues flèches à la main, le regarde en souriant.

L'Indien, en dépit de son flegme habituel, est brusquement surpris, presque effrayé. L'inconnu est pourtant d'aspect non seulement rassurant, mais encore fort engageant. Il peut avoir une vingtaine d'années. Sa figure, aux traits réguliers, énergiques, respire une expression de franchise, d'audace même, que tempère le regard un peu voilé de deux grands yeux noirs à fleur de tête, aux sourcils épais, aux longs cils. La bouche, meublée de dents éblouissantes, est entr'ouverte par un bon et cordial sourire. Une forêt de longs cheveux noirs, aux boucles d'ébène, s'échappe d'une petite toque blanche, crânement inclinée sur l'oreille, et ornée d'une plume noire de hocco.

Des bras d'athlète, aux biceps énormes, sortent, brunis, dorés par l'ardent soleil de l'équateur, d'une petite veste sans manches, en tissu blanc analogue au tricot rayé de bleu des matelots. Le pantalon, de même étoffe, s'arrête au genou, laissant toute leur liberté aux jambes musclées propor tionnellement aux bras. Les pieds sont nus.

Jacques fait en somme assez piètre figure, avec ses membres grêles et lisses, devant ce jeune homme à la taille imposante, aux muscles puissants, qui semble réaliser l'idéal de la force et de l'agilité. Il a entendu dire que l'on trouve sur les rives de l'Awa, une tribu d'Indiens farouches, qui n'ont avec leurs voisins nul contact. Ils sont blancs comme les hommes d'Europe, forts comme eux, enfin, ils ont de la barbe. On les nomme les Oyacoulets. La légende, grossie par la terreur qu'ils inspirent, leur attribue des actes inouïs de férocité. Jacques est d'autant moins rassuré, que le visage de l'inconnu est agrémenté d'une barbe brune naissante, fine, duveteuse, une de ces barbes qui adoucissent les traits au lieu de les durcir. Enfin, bien que son épiderme ait contracté une teinte violente, fauve, couleur croûte de pain, l'Indien voit bien que ce n'est pas la nuance mate, sans transparence, qui caractérise la peau café au lait de ceux de sa race.

— Si c'était un Oyacoulet... se dit le pauvre diable, osant à peine lever les yeux, incapable de proférer une syllabe.

Le jeune homme rompit enfin le silence.

— Eh! bé, dit-il en employant le patois créole, to qu'à vini côté mo. To savé parlé créole.

Un immense soupir de soulagement s'échappa de la poitrine du Peau-Rouge.

— Mais, je parle français aussi, s'écria-t-il radieux, en s'avançant enfin rassuré et en laissant tomber sa main dans celle que lui présentait son interlocuteur. J'ai appris le français à Mana. J'ai été élevé par le docteur V..., qui habite maintenant Saint-Laurent.

« Vous ne connaissez pas le docteur V..., l'ami du commandant supérieur du pénitencier? » ajouta-t-il non sans une nuance de fierté.

Le front du jeune homme s'assombrit à ces mots. Il répondit d'une voix sourde, et comme altérée, en employant toujours le langage habituel aux créoles :

— Non, je ne le connais pas, je ne connais aucun blanc de la colonie.

Jacques, se rappelant soudain les horreurs de sa captivité, son enlèvement, les indignes traitements infligés par les forçats fugitifs, saisit de nouveau la main de l'inconnu en s'écriant avec une franchise et une émotion inusitées chez les Indiens :

— Et moi, qui ne vous remerciais pas tout d'abord du service que vous m'avez rendu! Pardonnez-moi, vous, mon bienfaiteur, vous qui m'avez arraché aux mains des bandits! Grâce à vous, je pourrai revoir ma femme et mon père adoptif.

« Je vous dois la vie... Je vous appartiens comme à lui. »

Chose étrange, c'était l'Indien ordinairement

taciturne, sobre de paroles, et peu susceptible
d'élan qui parlait, tandis que le jeune homme, évi
demment d'origine européenne, se taisait et conservait une impassibilité complète. Il y avait comme
un chassé-croisé, une substitution d'habitudes et
de maintien. L'Indien vivant chez les blancs, s'était
en quelque sorte francisé. Le blanc menant la vie
sauvage des habitants des bois s'était pour ainsi
dire indianisé. L'un possédait la loquacité de ses
parents d'adoption, l'autre conservait la taciturnité
des autochtones de la zône équatoriale.

Depuis que Jacques avait dit qu'il connaissait les
blancs de Saint-Laurent, un motif secret, très impérieux sans doute, semblait accentuer encore ce mu-
tisme exempt d'ailleurs de froideur.

Le Peau-Rouge, tout entier à sa reconnaissance,
n'avait rien remarqué. L'immensité du service
rendu lui interdisait toute question indiscrète. Si
son bienfaiteur ne jugeait pas à propos de lui faire
de confidences, c'est qu'il avait ses raisons, et
Jacques n'en demandait pas davantage.

Ils s'étaient remis en marche. L'inconnu s'avançait le premier, avec une agilité indiquant qu'il
était depuis longtemps rompu aux pénibles pérégrinations à travers les grands bois. Il suivait sans
hésiter une direction absolument rectiligne, sans
même avoir besoin de chercher des points de

repère, comme si tous les recoins de la sombre
immensité lui eussent été depuis longtemps familiers. L'Indien ne pouvait assez s'étonner de cette
force, de cette souplesse, de cette assurance devant
laquelle il restait tout interdit, en dépit de sa subtilité d'enfant de la nature. Il ne pouvait comprendre une telle habileté chez un homme d'une
autre race, et, loin d'en être jaloux, il manifestait
à chaque instant l'admiration que lui inspirait son
compagnon.

Un sourd grondement arrêta soudain le flux de
ses paroles. Il chercha machinalement une arme
absente, et s'écria tremblant :

— Le tigre !...

Le jeune homme sourit sans répondre et s'avança
en sifflant.

Un énorme jaguar, à la robe éblouissante, aux
yeux luisants, à la gueule hérissée comme une
palissade, bondit aussitôt, puis, à la vue du nouveau venu, fit entendre un ronron de chat en belle
humeur en présentant son front à une caresse qui
ne se fit pas attendre.

Jacques, pétrifié, la bouche sèche, la langue pa-
ralysée, les yeux dilatés par l'épouvante, n'osait
plus faire un seul mouvement. Le redoutable félin
jetait de temps en temps vers lui un regard qui le
faisait claquer des dents, et le pauvre diable

croyait réellement sa dernière heure arrivée, en dépit du sourire encourageant de son mystérieux bienfaiteur.

— La paix, *Cat*, dit ce dernier, en employant une langue totalement inconnue à l'Indien. La paix ! Cet Indien est un ami, vous l'aimerez aussi, vous entendez.

« A propos, reprit-il en créole, comment t'appelles-tu ?

— Jacques, articula-t-il faiblement.

— Eh bien ! Jacques, mon ami, n'aie pas peur de Cat. Il est aussi doux qu'une biche. — Li plis doux passé kariakou. — Allons, caresse-le donc un peu, pour faire connaissance.

Jacques étendit machinalement une main moite et crispée. Le jaguar, en animal bien élevé, baissa la tête, s'allongea sur le dos et se mit à folâtrer.

— Là, tu vois bien qu'il ne te veut pas de mal. Cat n'est méchant qu'avec les mauvaises gens.

Plusieurs voix joyeuses, mais contenues, se firent entendre derrière un rideau de lianes, le jaguar s'échappa dans la direction d'où elles venaient, suivi bientôt du jeune homme et de l'Indien un peu rassuré, mais toujours stupéfié de l'étrange familiarité de son nouvel ami avec le farouche quadrupède.

Au milieu d'un pêle-mêle inouï de branchages

fracassés, de troncs broyés, de lianes rompues, se tenaient, immobiles, six hommes. Cinq blancs et un noir. Les blancs, vêtus à peu près comme le nouvel arrivant, étaient armés d'arcs, de flèches, et de sabres grossiers. Celui qui paraissait le chef, pouvait avoir quarante-cinq ans.

Il avait avec le jeune compagnon de l'Indien une étonnante ressemblance. Mêmes traits, mêmes yeux, même sourire triste et doux, même vigueur d'athlète. Mais, les traits étaient fouillés, les cheveux blancs aux tempes, la barbe grise.

Près de lui se tenaient trois beaux jeunes gens, dont l'un presque un enfant, âgé de treize à quatorze ans, avait déjà la stature et la force d'un homme. Les deux autres avaient environ seize et dix-huit ans.

A leur air de famille, on les reconnaissait de prime abord pour les quatre frères, et celui qui les couvrait en ce moment d'un regard d'orgueilleuse tendresse, pouvait se montrer fier d'une telle descendance.

Le cinquième était un homme de trente-deux à trente-quatre ans, à la barbe blonde, fauve, emmêlée, aux pommettes d'un rouge brique, aux yeux bleus, à la figure un peu narquoise, mais franche et sympathique. Le sixième enfin, était un vieux nègre, aux cheveux blancs de neige, ébouriffés,

6

crépus, tordus, produisant un singulier effet sur
sa bonne vieille face luisante et ratatinée. Il semblait être parvenu aux extrêmes limites de la
vieillesse, et pourtant, il évoluait encore avec rapidité, en dépit de sa jambe droite atteinte d'élé
phantiasis.

L'Indien marchait de surprise en surprise. Son
compagnon s'avança rapidement vers le chef, en
mettant un doigt sur sa bouche. On entendait à
cent mètres à peine le bruit produit sur la rivière
par les forçats occupés à tracer leur chenal à travers les arbres abattus.

— Père, dit en anglais le jeune homme, voici
l'Indien. Il me paraît bon et honnête, mais, ce
n'est pas un Indien ordinaire. Puissions-nous n'a-
voir jamais à nous repentir plus tard du service que
nous venons de lui rendre !

— Mon cher Henri, reprit doucement l'homme,
jamais il ne faut regretter une bonne action. Je
sais bien que les Indiens ne pèchent pas par excès
de reconnaissance, mais celui-là est si jeune !

— Sans doute, mais il vient de me dire qu'il
a été élevé par les blancs de Mana ; qu'il connaît particulièrement des fonctionnaires du pénitencier... Tu entends, père, du pénitencier, ce lieu
maudit qui nous fait verser tant de larmes, dont

le nom me déchire aujourd'hui la gorge, et où tu
as tant souffert !

« Il m'a déjà parlé de la joie qu'il aura de revoir
sa femme ainsi que son bienfaiteur. Nous ne pouvons le garder éternellement avec nous, il retour-
nera chez les blancs, et qui sait s'il ne révèlera pas
notre secret ! Voici donc notre sécurité compromise,
et le mystère de notre retraite bien près d'être
connu.

« Aussi, lui ai-je laissé ignorer notre origine
française, et l'histoire du passé. J'ai affecté de ne
parler que le langage créole, commun à tous les
habitants du pays, afin qu'il ne puisse même pas
soupçonner que nous ayons eu des rapports, quelque
indirects qu'ils fussent, avec la France.

— Tu as agi en cette circonstance avec le plus
grand discernement, mon cher enfant, et je ne saurais trop louer ta prudence. Nous allons aviser.
Ce jeune homme a certainement des choses bien
importantes à nous raconter, ne fût-ce que la relation de sa captivité, et du motif qui amène ces
hommes dans un pays jusqu'alors inexploré.

« Nous continuerons donc jusqu'à nouvel ordre
à nous entretenir en anglais quand nous aurons
une communication secrète à nous faire.

« L'essentiel est accompli pour le moment. La
route est barrée, le prisonnier délivré. Puisque ces

inconnus nourrissent incontestablement de mauvaises intentions, nous allons leur envoyer la réserve
de nos troupes. La leçon sera, je pense, suffisante
pour que nous ne les revoyions de longtemps.

« Casimir, dit-il au vieux noir, le moment est
venu, mon ami, fais ce dont nous sommes con-
venus.

Le bonhomme radieux s'agita, en clopinant sur
sa jambe piédestal, et dit :

— Çà même compé. Mo content envoyer toutes
bêtes à méchant mouns-là. Pitit mouché Sarles
qu'à vini côté mo.

Le plus jeune des quatre fils s'approcha de son
père.

— Tu veux bien, n'est-ce pas, papa, que j'accompagne Casimir ?

— Certainement, mon cher Charles, Casimir a
fait de toi un charmeur passable, je ne t'empêche
pas d'utiliser tes talents.

Le vieillard et le jeune homme saisirent chacun
une longue flûte indienne en bambou, et disparurent bientôt dans la direction du Nord-Ouest.

Pendant ce temps, l'homme à barbe blonde, qui
n'avait rien dit, tout en ne perdant pas une syllabe
de l'entretien d'Henri avec son père, prit la parole
à son tour.

— Vous savez, m'sieu Robin, si je suis un homme cruel et si le sang me répugne.

— Je sais, mon cher Nicolas, que tu es le meilleur garçon du monde, et que tu te ferais un cas de conscience de molester qui que ce soit.

« Où veux-tu en venir ?

— A ceci. Que ces quatre paroissiens-là sont les plus abominables coquins, parmi les coquins éméérites dont cet estimable pays est la patrie d'adoption !… forcée.

« Leur peau ne vaut pas quatre sous. Ils viennent ici pour piller, brûler, voler, et peut-être faire pis. A votre place, je n'en ferais ni une ni deux. Henri et ses frères manient l'arc comme pas un Indien, je leur commanderais d'envoyer à ces lascars-là chacun une bonne flèche de deux mètres à travers les flancs.

« Voyez-vous, patron, morte la bête, mort le venin. Moi, je ne connais que ça.

— Tu as raison en principe, Nicolas. Mais, je réprouve absolument les moyens violents, sauf, bien entendu, dans le cas de défense légitime. La vie humaine, vois-tu, est une chose tellement sacrée, qu'elle est respectable même chez l'être le plus indigne. Il faut toujours laisser au coupable le temps de se repentir, et fournir, si l'on peut, au criminel le moyen de s'amender.

6.

« Mon existence a toujours été consacrée à ce principe, l'amour de l'humanité. Il ne m'appartient pas de m'ériger en arbitre suprême et de trancher du justicier. Je veux convertir, non châtier. L'homme, quelque misérable qu'il soit, est susceptible de repentir, et je ne veux pas que ce coin de France, créé par nous de toutes pièces, soit souillé d'une goutte de sang.

« Ces inconnus, dis-tu, ont de mauvaises intentions. Cela n'est, hélas! que trop visible. Mais crois-tu que l'épouvante causée par le subit écroulement des arbres ne suffise pas à leur démontrer la folie de leur entreprise, que ces flèches mystérieuses qui les frappent quand ils veulent atterrir, et surtout, cette terrible armée que Casimir va mettre en marche, ne les fassent à jamais renoncer à leur projet.

« Tiens, tu entends les flûtes de nos deux charmeurs... Dans quelques minutes, ces aventuriers seront en fuite et forcés, bon gré mal gré, de rebrousser chemin.

« Eh bien, qu'as-tu à répondre à cela?

— Que vous ayez raison comme toujours, et que pour une fois, je crains bien de ne pas avoir tort dans la suite.

— Enfant! Que peux-tu bien appréhender de leur part pour l'avenir? Ils ignorent et notre nombre et notre nationalité. Le mystère qui nous entoure les éloigne bien plus qu'une attaque de vive force, et la puissance des moyens que nous venons d'employer pour leur barrer la route, leur démontrera l'inutilité de nouvelles tentatives.

« Ils croiront avoir devant eux une tribu puissante, peu disposée à tolérer la moindre incursion sur son territoire. L'étrangeté de nos procédés de défense donnera naissance à une sorte de légende, qui, colportée dans le voisinage, grossie par des gens affolés, se répandra de proche en proche, et vaudra mieux pour nous que la présence d'un corps d'armée.

Le duo de flûte, éloigné d'abord, allait en se rapprochant. Les Européens et l'Indien pouvaient, par une éclaircie, apercevoir la formidable flotille s'avancer lentement, emportée par le courant. Les coups de sabre et de hache cessèrent. Ils entendirent les cris de terreur des aventuriers chassés par l'invasion des reptiles. Ils les virent monter dans leur pirogue, et s'enfuir épouvantés à travers la savane.

— Tu vois bien, reprit Robin, que tout s'est passé selon nos prévisions. Nous voici pour longtemps, je l'espère, à l'abri de nouvelles incursions, à moins toutefois, ce qui est peu probable, que nos hommes ne s'avisent de revenir par l'intérieur des terres.

Sinon, il leur faudra prendre d'assaut la citadelle et chasser la garnison que Casimir et Charles vont reconduire chez elle par le même procédé.

« Maintenant, interrogeons notre Indien qui, je le vois, grille d'envie de nous raconter la série d'événements grâce auxquels il se trouve sur le territoire jusqu'alors inviolé des « *Robinsons de la Guyane* ».

Jacques, on le comprend facilement, ne se fit pas prier pour dire ce qu'il savait sur ses ravisseurs. Sa confidence fut complète. Il raconta sa vie tout entière depuis le jour où le docteur V... l'avait adopté, jusqu'au moment où il rompit ses liens sur le rapide. Il ne fit aucun mystère de la connaissance qu'il avait du secret de l'or, et de son intention de le révéler à son bienfaiteur.

Des forçats avaient entendu sa conversation avec le docteur et le commandant supérieur, il avait été enlevé par eux, emmené sur la rive hollandaise du Maroni, et remis aux mains d'un homme plus brutal encore que ses complices. Celui-là était l'âme damnée de l'entreprise ; ses complices lui obéissaient aveuglément.

Le proscrit interrogea longuement et minutieusement l'Indien sur cet homme, mais il ne put en obtenir que des renseignements fort vagues. Jacques n'étant venu que depuis peu de temps à Saint-Laurent, ne pouvait connaître ni l'ancienne position

de Benoît, ni sa radiation du cadre des surveillants.
Il le regardait comme un transporté marron, ayant
des intelligences avec ceux du pénitencier.

— Mais, son nom, insista Robin, ses compagnons
avaient une façon de l'interpeller ?

— Je ne l'ai jamais entendu appeler que *Chef*.

— « Chef »... c'est l'appellation des surveillants.

— Je ne sais pas, répondit naïvement Jacques.
Ils ne lui ont pas donné d'autre nom.

— Qu'importe d'ailleurs. C'est sans doute quelque forçat évadé.

« Écoute, Jacques, tu vois ce qu'il en coûte de
violer un serment. Tu as révélé, dans une excellente
intention sans doute, un secret important que tu
avais juré de garder. Comme si l'or faisait le bonheur !

— Oh ! oui, interrompit l'Indien revenu soudain
à toutes ses terreurs. Le *secret de l'or* est mortel !...
Je l'avais bien dit à mon père adoptif ! mais je l'aime
tant !... Il est si bon...

— Je te comprends, et la reconnaissance que tu
as voulu témoigner rendrait ton action excusable,
si la violation de la foi jurée pouvait l'être ! mais,
crois-moi, soit discret à l'avenir, et ne divulgue
jamais la chose cachée.

« Jacques, nous t'avons arraché à tes bourreaux.
Tu es libre de retourner près des tiens. Tu peux

rester près de nous autant qu'il te plaira. Un motif
impérieux nous force depuis longtemps à nous
cacher ici. Nul ne doit savoir ni qui nous sommes,
ni où nous habitons.

Montrant les jeunes gens immobiles près de lui :

— Ceux-là sont mes enfants; tu verras bientôt
leur mère. Celui-ci, il désignait Nicolas, est mon
fils adoptif; quant à ce vieux noir, je l'aime comme
s'il était mon père.

L'Indien attendri, écoutait avidement ces paroles
prononcées avec un incomparable accent de no-
blesse.

— Tu vois que nous ne sommes pas des méchants
et que le motif de notre exil ici n'a rien de répré-
hensible, jure-moi donc, sur la vie de ton père
d'adoption, jure-moi sur la vie de ta compagne
que tu reverras grâce à nous, que jamais tu ne
révèleras à aucune créature humaine le secret de
notre existence.

Le jeune Peau-Rouge sembla se recueillir un
instant; il saisit dans ses deux mains la main du
proscrit, puis, d'une voix lente et grave prononça
les paroles suivantes :

— Que mon bienfaiteur expire à l'instant, que
la mort enlève Aléma, la perle des Aramichaux,
que Yolock (le diable) me prenne, si jamais ma

bouche laisse échapper le mystère de votre vie, le
lieu de votre retraite.

« J'ai dit ! L'esprit de mes pères a entendu !...

— C'est bien. Je prends acte de tes paroles, et je
te crois. Mes chers enfants, nous n'avons plus rien
à faire ici. En route pour la *Bonne-Mère*.

Le jaguar s'étira paresseusement, prit la tête de
la colonne, et les Robinsons de la Guyane, après
avoir ramassé leurs armes, s'avancèrent en plein
bois, en file indienne, suivis de leur nouvelle
recrue.

Quelques lignes d'explication rapide, que com-
plètera l'intelligence du lecteur, sont ici nécessaires.
On se rappelle de quelle façon le proscrit, le Parisien Nicolas et Casimir, fortifièrent dix ans avant le
point découvert situé près de l'*anse aux Cocotiers*.
Cette espèce de défilé, enserré entre deux savanes
marécageuses, donnait seul accès du côté de la
rivière à l'étroit sentier conduisant à l'habitation
de la Bonne-Mère. Les trois hommes l'avaient
hérissé de plantes vertes qui croissaient à profusion aux environs. Pendant cette longue période,
les cactus, les euphorbes, les agaves, les aloës
avaient fait merveille. Cette plantation offrait maintenant l'aspect d'un plan bastionné, d'une épaisseur de près de cent mètres sur une longueur de
plus de deux cents. Ni le fer ni le feu n'eussent pu

avoir raison de ces feuilles épaisses, grasses, lourdes, enchevêtrées, hérissées de millions de dards épineux, et sous lesquelles vivaient en paix une innombrable quantité de serpents de toute sorte.

De l'habitation située à mi-côte, et enfouie sous les arbres, on avait vue sur le rapide, grâce à une petite éclaircie ménagée à travers la forêt, et dont il eût été impossible, même à un œil prévenu, de constater la présence. La crique étant la seule voie pour parvenir au territoire des Robinsons, il était tout naturel que ceux-ci aient pensé à fortifier ce point faible, et aussi à le surveiller.

L'on ne pouvait songer à défendre par le même procédé l'espace compris entre le rapide et l'anse aux Cocotiers. Les plantes vertes n'eussent pu croître dans ce terrain vaseux. Pendant les premières années, le lit de la crique fut obstrué par des arbres simplement jetés en travers. Ils pourrissaient après un temps plus ou moins long, et on les remplaçait en temps et lieu.

Peu de temps avant l'époque où se passe la seconde partie du drame, le proscrit et ses fils, s'étaient mis en demeure d'abattre de nouveaux arbres, par leur procédé habituel qui dispense de tout travail : un brasier allumé au pied de chacun d'eux. Grâce à un phénomène assez fréquent, les arbres, enchevêtrés par les cimes, reliés les uns aux autres par les lianes, ne tombèrent pas, même après l'entière destruction de leur base. Ils restèrent debout sur leurs troncs charbonnés, maintenus en équilibre par leurs voisins. Comme cette portion de territoire se trouve abritée de tous côtés contre le vent, ils tinrent bon et se desséchèrent dans cette position.

Il suffisait, si besoin en était, de couper les lianes qui les maintenaient comme les étais et les haubans d'un navire, pour les jeter à terre, et même entraîner avec eux ceux qui leur prêtaient appui. C'est ce qui advint lorsqu'un beau matin, Henri, debout le premier, aperçut, de son œil d'enfant des bois, le campement des forçats, qui s'élevait comme un trépied gigantesque sur les roches coupant la crique.

On tint conseil et le jeune homme fut envoyé à la découverte.

Grâce à sa prodigieuse habileté, qui eût dépassé celle d'un Indien rompu à toutes les ruses des habitants de la forêt vierge, il se glissa à travers les lianes et les herbes. Il s'approcha du campement au point de voir les infâmes traitements infligés au captif et même de saisir quelques bribes de conversation.

Sa mission d'éclaireur remplie, il revint à la case, et l'on convint séance tenante d'empêcher

7

le passage et de délivrer l'Indien par tous les
moyens possibles. Tous les membres de la petite
colonie, sauf, bien entendu, Mme Robin, arrivèrent
en toute hâte vers la crique. Le temps pressait, les
bandits allaient passer. Trancher en quelques coups
de sabre les lianes accrochant le premier arbre
mort fut l'affaire d'un instant. Puis, le premier
moment de surprise occasionnée par sa chute étant
passé, comme les forçats allaient quand même
continuer leur route, les sept hommes jouèrent
leur va-tout et précipitèrent toute la rangée dans
la rivière.

Rien enfin ne pouvant avoir raison du farouche
entêtement des aventuriers, Casimir proposa de
leur envoyer le corps expéditionnaire que l'on sait.
On se souvient que la rivière fait un coude très
brusque en face l'anse aux Cocotiers, de façon que
la redoute de plantes vertes se trouve dans la ligne
perpendiculaire à celle de la rivière.

La nuit entière fut consacrée à la confection
de radeaux en feuilles de moucoumoucou, qui
furent amarrés juste en face du repaire des serpents. Le vieux noir eut soin d'y répandre à profusion une herbe qui les attire comme les chats
la valériane. Quand tout fut prêt, les amarres
furent larguées, le charmeur, accompagné de
Charles, son élève favori, attira les retardataires

par sa musique, ainsi que ceux qui, en raison
de leur grosseur, n'auraient pu se tenir sur les
feuilles.

La formidable flotille sollicitée par le courant
se mit bientôt en marche, et s'avança, conduite
comme les régiments écossais, par le joueur de
pibroch. On a vu la panique produite par cette
intervention de la réserve.....

Et maintenant, reprenons notre récit.

La troupe s'avançait rapidement, bien que le
bois n'offrît pas le moindre vestige de chemin
tracé. C'est que tous possédaient depuis longtemps
cette faculté rare, si difficile à acquérir, nécessaire
pour traverser les solitudes équatoriales. La course
dans la forêt vierge est en effet moins une marche
qu'une gymnastique. Le voyageur doit avoir un
organisme de fer. La marche proprement dite est
la moindre des choses. Bien qu'il doive être un
incomparable piéton, ne lui faut-il pas franchir
d'un bond une crique, escalader les troncs renversés, contourner les massifs épineux, trouer les
rideaux de lianes, ramper sous les basses branches,
enjamber les racines, éviter les vases molles, et
quand la ligne vient aboutir à un cul-de-sac de
verdure, à une impasse de broussailles, la rude et
monotone manœuvre du sabre d'abatis s'impose

d'elle-même pour des heures, des journées quelquefois, à son bras courbaturé.

A cette écrasante fatigue du corps, centuplée par une température de fournaise, se joint une terrible préoccupation. C'est celle de la direction. Où doivent aboutir tant d'efforts? Quel sera le résultat de ce formidable labeur? Un moment d'oubli, un tour sur lui-même, une chute, et le malheureux qui ne peut apercevoir le soleil couvert par l'opaque muraille de verdure, s'en va en aveugle, revient sur ses pas, tourne indéfiniment dans la même enceinte, marche toujours et finit par s'apercevoir qu'il est perdu sans retour. A moins d'un miracle, de la rencontre fortuite d'un Indien en chasse, ou d'un chercheur d'or en *prospection*, c'est la mort! La mort à plus ou moins longue échéance, avec son lugubre cortège de fauves, d'insectes et de reptiles, son glas funèbre sonné sous l'immense coupole par les félins et les hurleurs, et que l'oreille de l'agonisant perçoit encore à sa dernière heure. Trop heureux s'il trouve une rivière que ses forces lui permettent de descendre jusqu'à l'affluent principal, jusqu'au fleuve. S'il a des vivres, si la fièvre ne le ronge pas, si l'invisible marais ne s'entrouvre pas sous ses pieds, peut-être aura-t-il la chance d'échapper à cette terrible destinée, mais il lui faut des provisions, sous peine de succomber aux atteintes de la faim, qui, je ne saurais trop le répéter, règne en souveraine maîtresse au milieu de ces stériles magnificences.

Seuls, peuvent évoluer sans crainte à travers ces solitudes, les Indiens et quelques blancs privilégiés, qu'un long et pénible apprentissage a familiarisés avec les mystères des grands bois. Les points de repère apparents, les signes de reconnaissance paraissent manquer, et pourtant, grâce à une sorte d'instinct divinatoire, comparable à celui de certains marins, ils vont droit au but, sans dévier d'une ligne, guidés comme les vieux caboteurs bretons ou les navigateurs des îles Malaises, par cette espèce de double vue qui fait le marin et le batteur d'estrade.

Tels les Robinsons qui précédaient l'Indien avec une rectitude et une rapidité qu'il n'eut jamais soupçonnées chez des hommes d'une autre race.

Aussi, ne pouvait-il s'empêcher de témoigner son admiration, à la vue de ce tour de force, qu'il appréciait en véritable dilettante.

— Oh! ça blancs là! Oh!... répétait-il.

Mais, ce fut bien autre chose, quand il déboucha dans la vaste clairière, où s'élevait l'habitation de ses nouveaux amis. Il avait vu de puissants villages indiens, avec des cases nombreuses, vastes, bien

aménagées, et renfermant tous les objets nécessaires
à la vie de ces primitifs enfants de la nature.
Quelques-unes, étaient relativement luxueuses, et
il s'imaginait que leur magnificence ne pouvait
s'effacer que devant les seules habitations des blancs
de Saint-Laurent ou de Mana.

Mais, les blancs, possédaient des ressources incon-
nues aux Indiens. Ils avaient des ouvriers habiles,
des bras nombreux, des instruments de toute sorte,
et les navires leur apportaient de France des objets
que l'industrie créole, n'eut pu créer. Tandis que
les industrieux artisans dont les mains avaient
improvisé ce confort, édifié ces merveilles, avaient
nécessairement dû tirer tout cela des simples
produits de la nature, modifiés, façonnés, transformés à leur usage.

Quant aux plantations, le Peau-Rouge, expert en
agriculture équatoriale passait sans transition de
l'étonnement à la stupeur. En effet, ses congénères,
paresseux avec délices, ne travaillent, avons-nous
dit, que talonnés par la faim. Le meilleur de leur
temps se passe dans le hamac, soit qu'ils attendent
que leurs femmes aient préparé le repas, soient
qu'ils digèrent ce repas à la confection duquel leur
fainéantise leur interdit de prendre part. Le défrichement et l'ensemencement se bornent à bien peu
de chose. Quand ils ont jeté bas les arbres en cou-

pant les troncs à un mètre de hauteur, brûlé les branches, confié à la terre les graines et les racines, ils ne peuvent ni ne veulent plus travailler. L'abatis est hérissé de chicots qui émergent du sol comme les « Pierres-levées » de Bretagne, les troncs épars restent en quelque sorte vautrés au beau milieu des plantes alimentaires, qui croissent pourtant comme par enchantement, tant est prodigieuse la fécondité de cette terre généreuse.

Arrive la récolte qui semble un steeple-chase ; mieux encore l'invasion d'une bande de singes, et non une moisson. Toutes ces denrées, sabrées, arrachées, coupées à la diable, sont emmagasinées pour la forme, ou plutôt jetées par brassées sous des carbets, où elles deviennent ce qu'elles peuvent en attendant le moment de la consommation. Les champs offrent donc l'aspect d'un absolu désarroi, et les cases indiquent l'absence complète de la plus vague intention d'ordre et de confortable.

L'abatis, ou plutôt les abatis de ses libérateurs, offraient à l'œil de Jacques un aspect enchanteur dont il n'avait jamais pu concevoir l'idée. Et d'abord, la case, la maison d'habitation et ses multiples dépendances, étaient sur un terrain complétement déblayé, dont les herbes avaient été soigneusement arrachées. Non seulement une araignée-crabe, mais encore un scorpion ou une

fourmi, n'auraient pu affronter cette surface aussi
plane qu'un parquet de bois. Premier et inappré-
ciable avantage dont il comprit d'emblée les con-
séquences. Puis, à travers ces vastes plantations,
aux arbres magnifiques, pliant sous les fruits,
s'étendaient de spacieuses allées, bien entretenues,
et permettant le facile accès des points les plus reculés de ces splendides vergers. Nulle trace de
troncs ou de chicots depuis longtemps dévorés par
le feu, ce puissant auxiliaire du colon.

— Oh! ça blancs là... répétait-il à satiété en
évoquant par la pensée l'aspect des habitations
indiennes.

Il se rappelait, le pauvre diable, que la conquête
d'un régime de bananes, ou d'une charge de patates ne s'opère qu'en risquant de se rompre le
cou, et en sabrant à tour de bras les plantes parasi-
taires sous lesquelles disparaissent celles qui servent
à l'alimentation. Tandis qu'ici, l'air et la lumière
circulaient à flots ; les arbres judicieusement éclair
cis, suffisamment isolés, avaient acquis des déve-
loppements énormes. L'on n'avait qu'à étendre le
bras pour cueillir ces beaux fruits, si agréables à
la vue, si savoureux au goût.

Les Robinsons de la Guyane, familiarisés avec
les merveilles de leur Eden, jouissaient de la surprise de leur nouvel ami, et cette innocente joie,

se complétait d'une légitime satisfaction d'amour-
propre d'auteur. Mais comme l'admiration n'em-
pêchait pas la nature de reprendre ses droits,
comme depuis fort longtemps le dernier repas était
digéré, Nicolas prétendit qu'il « faisait » très faim,
et sa déclaration ne souleva pas l'ombre d'une con-
testation. La petite troupe pénétra sous une veranda spacieuse, s'étendant devant la façade nord
de la case, et le Peau-Rouge qui marchait d'extase en extase, entra, présenté par Henri, son
libérateur.

Une femme apparaissait en même temps sur la
grande tache noire formée par l'ouverture princi-
pale, et souriante à tous, radieuse, les bras ouverts, les confondit dans un regard d'une tendresse
infinie.

— Mère, cria le jeune homme, je t'amène un
nouveau Robinson.

— Qu'il soit le bienvenu, dit-elle doucement à
l'Indien qui, honteux, confus de sa demi-nudité de
sauvage baissa les yeux et fit mine de s'enfuir.

— Voyons, mon ami Jacques, dit Eugène, l'espiègle de dix-sept ans, ne va pas faire l'enfant.
Viens avec moi. Je vais te donner un de mes vêtements. Cela t'ira comme un gant. Tu ne sais pas
ce que c'est qu'un gant, n'est-ce pas; moi je l'ai à
peu près oublié. Il y a dix ans que je n'en ai vu.

7.

N'importe. Tu seras à merveille. Henri avait parlé
de t'habiller, mais tu penses bien qu'il en faudrait
deux comme toi, soit dit sans t'offenser, pour remplir sa veste. C'est un rude gaillard que monsieur
mon frère. Tandis que moi, je ne suis qu'un grin-
galet.

Eugène se calomniait ; il était vraiment impossible de rêver un plus admirable corps d'adolescent.
Jamais la force unie à la grâce n'avaient pu être
plus étroitement alliées. Il disparut un moment en
compagnie de Jacques, pendant que Edmond, son
aîné de deux ans, racontait à Mme Robin l'expédition de la journée dans tous ses détails.

Edmond était à son aise. Il avait à parler des
exploits de son frère Henri qu'il adorait, sans pour
cela faire tort à ses autres frères, et le brave enfant s'en donnait à cœur joie. L'heureuse mère
écoutait, ravie, le récit de ces aventures presque
incroyables, exposé avec une netteté, une précision et une élégance qui en augmentaient encore
l'intérêt.

Jacques rentrait en ce moment costumé en Robinson, et il avait réellement fort bonne mine
dans son nouvel habillement. On se mit à table.
Les convives firent honneur à un repas abondant
servi dans une vaste salle ouverte des deux côtés
et que rafraîchissait une légère brise venant de la

vallée. L'Indien marchait d'étonnement en étonnement. Tout le stupéfiait dans cette étrange habitation. Non seulement ses hôtes, mais encore l'a-
meublement, le service, la cuisine... Et ce jaguar
évoluant familièrement entre les jambes des
convives, quêtant ici un os qu'il croquait avec la
sensualité discrète et les petites mines friponnes
d'un chat, récoltant une caresse ou une légère
pichenette, quand il s'avisait de gourmander un
énorme tamanoir, affectueux aussi, mais maladroit dans ses élans de convoitise ou de sympathie. Et ces singes, aux mines effrontées, dont les
petites pattes noires et agiles, venaient jusqu'au
milieu de la table subtiliser avec la dextérité de
prestidigitateurs un fruit ou une baie, et ces pati-
ras, au poil rude, broussailleux, dont le nez en
écu de six francs se contractait si drôlement, en
attendant la provende bi-quotidienne, et ces
légions d'agamis, ces bandes de hoccos, ces troupes
de marayes, ces vols de perdrix, ces nuages de
perroquets et d'aras...

Volatiles et quadrupèdes vivaient d'ailleurs en
parfaite intelligence. C'était merveille de voir le
tamanoir, le bon Michaud, faire des efforts inouïs
pour promener sa langue ronde et contractile au
fond d'un plat, ou elle rencontrait toujours le groin
agile mais indiscret de certain patira qui lapait

en un moment les reliefs des maîtres. Les agamis audacieux venaient allonger leur long bec emmanché d'un cou plus long encore, à travers ce fouillis de pattes et de museaux avides, et emportaient le morceau dérobé à leurs amis les hoccos, retenus à quelques pas de là par un reste de timidité.

Bien que souvent les Indiens vivent ainsi familièrement avec les animaux de la forêt, qu'ils domestiquent grâce à leur inaltérable patience, Jacques n'avait jamais rien vu de comparable à ce tableau si étrangement curieux.

Quant aux mets, ils lui étaient et pour cause familiers, mais leur assaisonnement et leur apprêt le déroutaient complétement. Ils étaient servis à l'européenne, dans des plats et des assiettes de forme élégante, quoique l'argile en fût grossière. Mais il y avait des fourchettes, des couteaux et des cuillers. Il n'ignorait pas ces raffinements, et il savourait du meilleur appétit les produits quintessenciés de la cuisine civilisée.

Il était pourtant songeur à la vue d'un morceau de viande grillée, tendre, fraîche, savoureuse, et comme fondante. Cette chair de haut goût était exquise, et pourtant il lui trouvait une saveur inaccoutumée.

Nicolas, son voisin de table, se chargea de le

tirer d'embarras. Le Parisien, réfractaire à l'étude
des langues, était parvenu pourtant à force de
patience et grâce à son amitié pour Casimir, à parler facilement le créole. Mais, au lieu d'exprimer
sa pensée et de construire ses phrases comme
tous ceux qui emploient cet idiome, il entremêlait
ses vocables indigènes d'expressions et de tournures
bizarres, exportées du faubourg. Cette adaptation
de parisianismes au langage équatorial était parfois d'un comique inénarrable.

— Oui, je sais bien, ça vous étonne. La viande
a un drôle de goût, mais c'est un bifteck.

— Non, répondit naïvement Jacques, ça hocco!

— Mais oui, nous avons raison tous deux. Ça
bifteck hocco, avec morceau di beurre, et morceau
di poivre. Vous avez du poivre, vous Indiens, et
vous ne vous servez que de piment.

« Nous autres Robinsons, nous recueillons ce
poivre, nous l'écrasons dans un mortier, nous sau-
poudrons délicatement nos viandes grillées, et
alors : li bon bon.

« Nous avons aussi du sel...

— Oh ! sel, interrompit Jacques, les yeux ardents de convoitise.

— Pas fameux, notre sel. Nous retirons ça
des cendres d'un palmier, le *paripou*... On le brûle,
on lave ses cendres, on évapore l'eau, et on a un

sel alcalin. Edmond, qui est très fort en chimie
vous expliquera le procédé. Tout ce que je puis
vous dire, c'est que nous nous en contentons faute
d'autre. .

« Je vous disais donc que le bifteck, une fois
grillé, se servait avec un bon morceau de beurre
frais...

— Qué ça bête là, beurre ?

— Comme qui dirait une variété de saindoux
qui pousse ici sur les arbres.

— Mo pas savé. Saindoux li vini dans boîte fer-
blanc.

— C'est étonnant, messieurs les Indiens, reprit
avec une sorte de suffisance le Parisien, comme
vous ignorez les ressources de votre pays.

— Voyons, Nicolas, dit à son tour Henri, un peu
de tolérance. Tu te plais à embarrasser notre hôte,
et tu serais à ton tour peut-être bien gêné si tu de-
vais lui donner par le menu le nom et la famille de
cet arbre-à-beurre qu'il connaît peut-être aussi
bien que toi, mais sous un autre nom.

— Tu crois, dit-il, triomphant. Eh bien ! mon
cher Henri, c'est ce qui te trompe. Je suis ferré à
glace là-dessus. Ferré à glace, si on peut dire ça
ici ! Comme les vieux mots vous reviennent. Il y a
pourtant bien des années que je n'ai vu de fiacres
s'abattre sur le verglas !

« Bref, le beurre végétal est produit par le *bam-bou*, par le *cacao*, par le *coco*, ou encore par un arbre appelé *bassia*...

— Pas possible! s'écrièrent d'une seule voix tous les Robinsons surpris et charmés.

— Oui. *Bassia-Bu... ty... ra... cæa.* Mon Dieu que ces mots sont donc difficiles à arracher. On l'appelle aussi *beurre de Galam.* C'est un végétal originaire de l'Inde, introduit depuis longtemps ici.

« Vous savez comme moi qu'on l'extrait des graines fraîches. Li bon bon dans bifteck hocco, ajouta-t-il malicieusement.

— Bravo! bravo! s'écrièrent les quatre frères et leur père ravis. Mais, où as-tu appris tout cela? A quelle époque?

— Dans les livres! mes amis. Vous me demandez quand? Un peu tous les jours, ou plutôt toutes les nuits. J'ai étudié la grande encyclopédie que vous avez faite en collaboration, sous la direction du meilleur et du plus brillant des professeurs, votre père.

« Que voulez-vous? j'avais le regret sinon la honte de mon ignorance. A Paris, j'aurais pu suivre des cours d'adulte, et grapiller quelques heures le soir. Ici, dans les premiers temps, nous avions fort à faire. Vous étiez si petits! Le temps me manquait pour suivre vos leçons, et je m'endormais assommé par le travail du jour.

« Mais depuis, j'ai fait l'impossible pour rattraper les instants perdus. Je n'ai rien voulu vous dire, et j'ai feuilleté vos beaux manuscrits en feuille de Mahot... Vous avez été mon école du soir!... »

Robin, ému sentait des larmes d'attendrissement lui monter aux yeux. Sa robuste nature, pétrie de tendresse et de souffrance, avait d'exquises sensibilités. Puis, il comprenait, lui l'homme fait, bien mieux que les enfants, combien avaient dû être énergiques les efforts de cet écolier de trente trois ans, sans instruction première, pour arriver à s'assimiler silencieusement, à la dérobée, les principes d'une science ardue dont nulle étude préparatoire n'avait pu lui donner la clé.

Le Parisien appartenait aussi à cette vaillante pléiade d'artisans affamés de savoir, qui après les heures écrasantes employées au labeur donnant le pain, trouvent encore le temps et la force d'arracher ses secrets à l'étude, et deviennent les ouvriers sublimes de la pensée. Le proscrit avait le respect des travailleurs. Comme tous les hommes de cœur, il les aimait. Il admirait et appréciait les efforts héroïques de ceux qui, par leur indomptable volonté, réussissaient à conquérir ce trésor hélas! refusé à leur enfance deshéritée.

Aussi, fut-ce avec une sorte de solennité, pleine d'affectueuse déférence, qu'il se leva, vint serrer la main de Nicolas, et lui dit :

— Merci !... Merci pour moi, ton professeur sans le savoir, et surtout pour les travailleurs dont tu représentes si bien la vaillance et la courageuse abnégation.

Le brave garçon balbutiait, tout rougissant d'entendre cet éloge dont il appréciait la valeur dans une telle bouche. Les jeunes gens, tous fiers de leur ami, renchérirent encore sur les compliments de leur père. Ce fut un instant de bien douce joie qui dut payer au centuple le Parisien de ses peines et de ses veilles.

— Mais, voyons, reprit Henri, tu nous dis que tu feuilletais, la nuit, nos manuscrits de mahot, cela nous semble un peu fort.... Tu en es donc arrivé à te passer de sommeil ?

— Peuh ! je faisais la sieste dans le jour, et d'ailleurs, les nuits sont si longues. Par exemple, j'ai fait une rude consommation de bougie.

« Il est vrai que j'avais la ressource de dépouiller ce végétal que j'appelais autrefois *arbre à chandelles*. Vous ne sauriez croire la joie que j'ai éprouvée, quand j'ai pu savoir le véritable nom de cet arbre dont nous avons si souvent mis fondre les baies grosses comme des balles de calibre et qui

nous donnaient un cinquième de leur poids d'excellente cire jaune. Eh! bien, ça s'appelle le *cirier
ocuba*. Je vois encore le nom écrit par Eugène. C'est
en haut de la page, avec une rature.

— Mais, alors, cette idée t'est venue comme cela,
tout d'un coup?

— Oh ! il y a bien longtemps déjà. Je me trou-
vais si niais, quand je croyais trouver ici toutes
choses sur les arbres, sans savoir que la plupart
d'entre eux avaient été importés ici.

« Puis, je vous ai entendu dire, il y a un an,
pendant l'avant-dernière saison des pluies, que
jusqu'à présent vous ne croyiez pas à l'existence
d'un traité de botanique renfermant cette importante division. Ces arbres indigènes et ces arbres
introduits, cela m'a mis, comme on dit, la puce à
l'oreille, et comme vous avez commencé avec les
enfants cet important travail, je me suis acharné
sur ce que vous avez écrit déjà.

— C'est parfait mon cher Nicolas. Et tu te souviens vraiment de ces noms baroques?

— Comme de mon *Pater*...

Les Robinsons, une fois sur leur terrain favori,
se piquèrent d'émulation, et ce fut un véritable feu
roulant de demandes et de réponses dont l'ingénieur, en arbitre impeccable, contrôlait l'authenticité.

— Le manguier, s'écria Charles. A tout seigneur tout honneur.

— *Mangifera indica* venant par conséquent de l'Inde, interrompit Eugène. Très bon à manger, la mangue, quand on est habitué à sa saveur de thérébentine.

— Et le giroflier, dont la culture a rendu jadis la Guyane si prospère.

— *Caryophyllus aromaticus*, apporté des Moluques, en 1780, par M. Poivre, gouverneur de l'île de France.

— Te rappelles-tu, Nicolas, ton effarement, la première fois que tu as entendu parler du savonnier?...

— *Sapindus saponaria*, riposta imperturbablement le Parisien. C'est le bois de Panama ; les écorces moussent comme le savon dont elles ont la propriété, ainsi que les baies, dont les noyaux servent à faire des colliers.

« Tout cela est fort bien, mais vous ne sauriez imaginer la stupeur qui m'a saisi la première fois que j'ai entendu le nom de ces confitures aigrelettes et si agréables que nous mangeons en ce moment.

— Ah ! oui, le *carambolier*.

— Avouez que ce mot qui nous arrive, entouré de senteurs et de bruits d'estaminet, est pour le moins baroque. Dire qu'on lui a donné aussi des noms latins!

— *Averrhoa carambola*. Encore un qui nous vient de l'Inde.

— Et le cannellier, le *cinnamomum lauracœa*, qui vient de Ceylan.

— Pendant que nous y sommes, n'oublions pas le *muscadier*, originaire des Moluques.

— Encore un de mes étonnements. Je serais passé à côté de ce bel arbre, sans me douter de son nom. Comment, en effet, supposer que cette petite noix de couleur bise, que l'on voit en France dans des bocaux, et semblable à des billes, est renfermée dans une première enveloppe sèche, puis que sur celle-ci serpentent comme de petites branches de corail rouge vif, et que le tout se trouve au milieu d'une espèce de gros abricot!

« J'allais, mes chers amis, commettre un impardonnable oubli : les *arbres à pain*! Vous rappelez-vous mon dépit de Robinson nouvellement établi, quand je fis connaissance avec le *jacquier*, un Brésilien, celui-là; quand j'appris que l'*arbre à pain igname (artocarpus incisa)* était originaire de l'Océanie, ainsi que son frère l'*artocarpus seminifer*. C'est vraiment une chose charmante que l'étude!

« Quant au *bananier*, ça m'est égal qu'il soit ou ne soit pas originaire de l'Inde. C'est un bel arbre,

je ne dis pas, mais je ne peux pas souffrir la ba-
nane. Tiens, ça me rappelle une drôle d'histoire.
Je me souviens avoir lu que des créoles se balançaient indolemment dans leurs hamacs, accrochés
aux *branches* d'un bananier !

— Pas possible, tu plaisantes.

— Je plaisante si peu, que c'est dans je ne sais
plus quel ouvrage de M. de Chateaubriand lui-
même ! Je me demande où il a vu que les bana-
niers ont des branches.

La dissertation continua longtemps encore, et le
dîner s'acheva avant qu'elle fut terminée. L'Indien
qui avait été la cause occasionnelle de ce cours
à bâtons rompus de botanique équatoriale, écoutait
sans mot dire, peut-être sans beaucoup comprendre, mais avec une inaltérable patience. Casimir riait de son bon rire de noir en voyant ses chers
enfants heureux. Ils étaient lancés et ne s'arrêtèrent qu'après avoir épuisé leurs nomenclature,
et avoir recouru plusieurs fois à la compétence
de leur père. Ne les suivons pas aussi loin, et
finissons en quelques mots relatifs au *poivrier*, originaire de l'Inde, au *dragonnier* qui produit l'admirable résine rouge connue sous le nom de Sang-
Dragon, au *tamarinier*, à l'*aouara* d'Afrique, au
cocotier d'Océanie, au *pommier-rosa*, au *pommier-
cythère*, etc., et surtout au *caféier*, pour passer

brièvement en vue les arbres frutescents spéciaux
à la Guyane.

On verra que si la terre équinoxiale, avec sa prodigieuse fertilité, est un véritable lieu d'élection
pour tous les végétaux des zones chaudes, un
nombre bien restreint d'arbres aux fruits alimentaires, sont originairement sortis de son sol. Non
seulement les fruits, mais encore les légumes :
choux, salades, céleris, carottes, navets, girau-
mons, concombres, melons, pommes de terre, etc.,
ont dû y être introduits, ainsi que le maïs, le sor-
gho, le millet, sans oublier l'incomparable canne
à sucre.

Comme compensation, quelques fruits qui, sauf
l'ananas, sont un manger aussi peu agréable que
peu substantiel, et dont l'on se contente parce
que depuis longtemps la bouche desséchée a oublié
la saveur délicieuse des fruits européens. La
pomme-cannelle, la *barbadine*, la *caïmitte*, ne sont
que des amas de pépins englués d'un mucilage
grisâtre et enfermés dans une pulpe spongieuse;
la *sapotille*, une poire blette insipide; la *goyave*,
remplie de granulations, est généralement habitée
par les vers; quant au *corossol*, à la *maritambou*,
au *corison*, ils sont assez recherchés, bien qu'ils
offrent plus à grignotter qu'à mordre.

Mais, il sera beaucoup pardonné à la Guyane, par

les colons et les naturalistes, grâce à la plantureuse hospitalité qu'elle a offerte aux végétaux les
plus divers, èt aussi parce qu'elle a enfanté non
seulement le manioc, l'igname et la patate, mais
encore le cacaoyer [1].

On verra dans la suite que les Robinsons avaient
réussi à préparer d'excellent chocolat. Ils n'avaient
eu, dès le début, qu'à éclaircir la plantation de
cacaoyers trouvée dans leur splendide verger, et
qui depuis longtemps abandonnée à elle-même,
avait pris l'apparence échevelée d'une forêt vierge.
La consommation du chocolat ne faisait d'ailleurs
aucun tort à celle du café. Le café de la Bonne-
Mère était exquis, il pouvait rivaliser avec celui de
la *Montagne-d'Argent*, un « cru » guyanais qui ne
le cède en rien au Moka et au Rio-Nunez authen-
tiques.

Le repas terminé, Nicolas offrit amicalement
une cigarette à Jacques, et alluma lui même son
« papelito » de mahot...

— Eh bien ! qu'est-ce qui te prend donc, dit-il,

---

[1] Les créoles et les colons trouveront peut-être mon
opinion excessive, mais j'avouerai en toute humilité que,
sauf l'ananas, j'apprécie peu les fruits coloniaux. Je n'hésite
pas à proclamer l'incomparable supériorité des fruits européens. Sans parler de la cerise, de la fraise et de la pomme,
quel produit intertropical pourrait rivaliser avec la poire, le
chasselas et la pêche !

L. B.

surpris en voyant l'Indien tressaillir, puis se lever brusquement à l'aspect de Mme Robin, qui entrait à ce moment.

— Oh ! fit-il, éperdu, en désignant d'une main tremblante la cafetière portée par la femme du proscrit. C'est de l'or !

— Sans doute, c'est de l'or. De l'or massif, au premier titre. Sans alliage surtout. Ça n'est pas poinçonné, ça vaut pourtant trois mille francs le kilo comme un liard.

« Le café est d'ailleurs très bon dans une cafetière en or. »

Jacques semblait en proie à une émotion indescriptible. Ses dents claquaient, son front ruisselait, sa poitrine haletait.

— Vous connaissez le secret de l'or, articula-t-il péniblement.

— Un vrai secret de polichinelle. Quelques beaux morceaux de quartz que nous avons rencontrés en nous promenant, comme ça à la bonne franquette. Nous avons broyé ça au pilon, puis, nous l'avons mis fondre dans notre fourneau. J'ai tourné un moule, et le patron a coulé la cafetière que Mme Robin a bien voulu accepter.

« Mais nous avons encore d'autres ustensiles également en or et façonnés par le même procédé. L'or, ce n'est pas ça qui manque ici, et c'est bien le moindre de nos soucis. Nous nous en préoccupons un peu moins qu'un poisson d'une pomme. Ah ! si c'était du fer ou de l'acier !...

« Vois-tu, mon camarade, cent grammes d'acier nous ont donné plus de mal à fabriquer que plusieurs kilos d'or à extraire.

— Oh ! mes amis ! mes bienfaiteurs !... Prenez garde à l'or ! Le secret de l'or est mortel, râla l'Indien d'une voix étranglée.

CHAPITRE IV

— Je connais cette tête-là, murmura Benoît, tapi sournoisement au milieu de l'abatis, sur l'emplacement duquel il avait compté trouver l'El-Dorado rêvé.

Il reconnut aussitôt Robin, et toutes ses fureurs à peine endormies se réveillèrent soudain. A la

vue du proscrit, qui visitait son champ, comme un
bon propriétaire beauceron ses récoltes de froment,
la rage de l'ancien surveillant ne connut plus de
bornes. Sa haineuse rancune et son insatiable
cupidité étaient doublement déçues. Depuis si longtemps il avait aimé à se représenter sa victime
ensevelie vivante dans les vases molles des savanes
tremblantes, ou déchiquetée par les fourmis, après
une lugubre agonie de fièvre ou de faim ! Le coup
était d'autant plus rude, qu'il revoyait Robin à
peine vieilli, les traits reposés, l'air heureux au
milieu de cette grasse récolte. Pour comble de
déboire, il semblait être, à n'en pas douter, le
propriétaire de ce sol, dans lequel l'aventurier
espérait découvrir une mine dont l'opulence devait
faire pâlir celle des placers australiens ou califor-
niens !

Quelle désillusion ! Escompter par la pensée des
champs d'or, et rencontrer des racines alimentaires ! Chercher des pépites et trouver des patates !
S'être complu pendant dix ans dans la pensée que
l'homme exécré n'existait même plus à l'état de
squelette, et le voir apparaître tout à coup comme
le roi de ce riant Eden !

Benoît n'était-il pas sous l'influence d'un cauche-
mar ! Et quoi, c'était bien là Robin, l'évadé du
pénitencier, un de ces « politiques » dont la fière

attitude défiait jadis les féroces tracasseries des agents subalternes de l'autorité, un de ces forçats-martyrs qui portaient d'un front superbe le poids de leur condamnation et qui, à défaut des égards de la chiourme, avaient imposé le respect aux criminels habitants du bagne.

O rage!... Et ne plus représenter la loi, quelque erronnée que pût être son application! Ne plus être l'instrument de la force, sinon celui du droit!... Ne plus pouvoir enfin proférer, comme jadis, cette formule si étrangement faussée: « Au nom de la loi, je vous arrête!... »

Pour la première fois peut-être, Benoît déplora son indignité. Il regretta sa vareuse bleue, ses galons d'argent et les prérogatives qu'ils lui attribuaient. Il oublia presque l'opulente conquête qu'il poursuivait, son rêve fut pour un moment interrompu par un désir aigu de vengeance, son cerveau fut envahi par un flot de pensées mauvaises.

Le doute n'était plus possible. C'était, à n'en pas douter, le déporté dont l'évasion miraculeuse l'avait si particulièrement compromis aux yeux de l'administration supérieure. C'était toujours ce regard profond qui ne s'était jamais abaissé, ces traits rigides que nulle insulte n'avait pu contracter, dont nulle souffrance n'avait altéré l'incomparable sérénité. Enfin, circonstance avec laquelle il fallait

compter, c'était aussi ce bras d'athlète qui avait,
d'un seul coup, fauché le col du tigre en fureur.

Sacrebleu! Benoît grinça des dents comme aux
beaux jours de trique et de double-chaîne. L'ancien
tortionnaire se réveilla chez le complice des forçats.

Après tout, il était en pleine forêt vierge, seul,
bien armé, en présence de son ennemi — il osait
dire son ennemi — qui ne portait même pas le
sabre des coureurs des bois. Ma foi, tant pis.
L'occasion fait le larron. La vengeance s'offrait
trop belle pour ne pas l'assouvir. Une balle à travers
les « côtelettes », comme il disait volontiers, et tout
serait fini.

— Je vais te tuer, canaille, gronda-t-il sourdement. Qu'est-ce que tu fais ici?... Est-ce que je
t'ai cherché, moi?...

Et le misérable, ne reculant pas devant un lâche
assassinat, mit en joue le proscrit sans défense, et
qui s'avançait inconscient du danger. Il abaissa
lentement son arme et visa attentivement la poitrine, au sommet du triangle renversé, formé sur
la peau brunie par l'entrebaillement de la chemise.

Son doigt allait doucement presser la détente,
quand un léger bruit empêcha cette simple cris-
pation dont dépendait la vie de l'ingénieur. Ce
dernier n'était plus seul. Un jeune homme de haute
taille, armé d'un arc indien et d'un faisceau de

flèches s'avançait avec cette attitude penchée, familière aux coureurs des bois : allure lourde en apparence, mais dont rien ne saurait égaler l'infatigable célérité.

— J'allais faire là de belle besogne, se dit l'aventurier. En admettant que j'aie jeté le fagot par terre, l'autre m'aurait proprement embroché, avant même d'avoir pu faire coup double. C'est que ça ne plaisante pas, ces vermines-là avec leurs lardoires à manche de roseau.

« Allons, Benoît, mon garçon, en retraite. La reconnaissance a été bonne pour aujourd'hui. C'en est assez. Il ne faut compromettre ni ta peau ni ta vengeance.

« Quel diable de garnement ce Robin de malheur a-t-il bien pu recruter là? termina-t-il en s'éloignant à reculons, avec la silencieuse souplesse d'un reptile. Il faudra savoir ça, reconnaître la place, compter les défenseurs et évaluer leurs forces ; puis on verra. »

Quelque habitué que fut l'aventurier aux courses dans les grands bois, il ne suivit pas absolument la direction qui l'avait conduit à l'abatis des Robinsons. Il s'égara au bout de quelques minutes, et il ne s'aperçut de son erreur qu'en venant butter au pied d'une roche escarpée, dressée au milieu d'une clairière stérile.

— Tiens, fit-il, surpris, les roches de cette taille
sont rares dans la zone que nous parcourons. La
vue de celle-ci est pour le moins bizarre. Si je
l'escaladais. Qui sait l'horizon que l'on peut embrasser de là-haut !

« Allons, houp ! du nerf et du jarret. »

La montée fut terriblement dure. Mais Benoît
n'était pas homme à reculer devant la fatigue. En
dépit du soleil qui grillait sa face et faisait fumer
sa peau, des aspérités qui ensanglantaient ses mains
il arriva au sommet après une demi-heure d'efforts
surhumains.

Il s'arrêta, ruisselant, congestionné, haletant,
rompu, et s'abattit plutôt qu'il ne s'assit sur le
quartz brûlant. Ses yeux se portèrent rapidement
sur la vaste trouée ouverte devant lui. Il eut une
sorte d'éblouissement, et bondit, comme poussé
par un ressort.

— Pas possible, s'écria-t-il ! Mais non, je ne
me trompe pas. Une... deux... trois... quatre...
cinq... six... Où donc est la septième ? Elle
est cachée derrière les autres ; c'est certain. L'Indien
disait au docteur et au commandant : « Il y a ensuite sept montagnes... Ce sont les montagnes de
l'or. »

« Par le patron de tous les gredins de la terre,
ces montagnes, je les vois, là, à moins de deux

lieues, se découper en bleu foncé sur le ciel gris.
Deux lieues, huit malheureux kilomètres sous bois,
c'est l'affaire d'une journée. Douze heures à bour-
linguer à travers les lianes et à faire de la contre-
pointe, puis... la fortune.

L'ancien argousin pâlissait tant était vive son
émotion. Il se raidit en voyant son sang-froid près
de lui échapper.

— Du calme, et orientons-nous. Ma boussole...
bon. Direction : Ouest, 22° Nord-Ouest ! Voilà qui
est fait...

« Sacrebleu ! Je n'en puis plus. Il faut que je
chante, que je crie, que je hurle !... Un peu plus je
pleurerais ! que le diable m'emporte, je suis content.
A moi tout... tout l'or de là-bas !... Je suis riche,
j'ai le secret de l'or !...

« Allons, assez. Je suis vraiment bête de beugler
comme un singe-rouge au clair de la lune. Il faut
descendre, retrouver les autres, les emmener là-
bas et partager avec eux. Cela sera moins drôle,
mais bah ! il y en aura pour tout le monde.

« C'est égal. Le hasard fait bien les choses. Si je
n'avais pas vu ce fagot de malheur, je ne venais
pas ici, je n'escaladais pas la roche, et je ne trou-
vais pas le nid aux jaunets. Après tout, Robin me
devait bien ça. Allons d'abord au plus pressé. Plus

tard, j'aviserai à lui payer du même coup mes deux dettes.

L'aventurier jeta un dernier regard d'ardente convoitise sur cet horizon où se profilaient les collines, puis il descendit lentement et comme à regret.

— Mais, ça sue l'or, ici, murmurait-il en examinant attentivement quelques échantillons de quartz blanc veiné de bleu. Quel malheur de n'avoir pas une pioche ou un marteau.

Il frappa du dos de son sabre une pointe et réussit à la détacher. De nombreuses paillettes, visibles à l'œil nu, attestant la richesse du minerai, étincelèrent au soleil.

— Plus de doute. Le Peau-Rouge a dit vrai. Nous n'avons pas perdu notre temps. Je ne m'étonne plus de l'acharnement des habitants de ce pays à défendre l'entrée de leur territoire. Je ne suis pas davantage surpris de les voir se servir de flèches à pointe d'or. L'or est ici plus commun que le fer.

« Il faudra sans doute batailler, mais j'enleverai l'affaire avec ma petite armée de Peaux-Rouges bien allumée par quelques bouteilles de tafia. »

Benoît battit le bois à droite et à gauche, décrivit plusieurs larges cercles, retrouva enfin sa première piste, et finit par rejoindre ses complices, inquiets d'une absence qui avait duré plus de quatre heures.

— Eh bien! quoi de nouveau? s'écrièrent-ils d'une seule voix.

— Victoire, mes enfants! Victoire! A nous le magot. Je vous conterai cela en détail plus tard. Qu'il vous suffise de savoir que j'ai aperçu les sept montagnes décrites par l'Indien, et que dans quinze heures au plus, nous les aurons atteintes.

— Pas possible!... Tu ne te trompes pas, au moins.

— Ne faites pas les imbéciles. Connaissez-vous ça? dit-il en leur montrant l'échantillon apporté de son expédition.

— De l'or!... rugirent les quatre bandits. De l'or!...

A leur cri de joie répondit un hurlement farouche.

— Qu'est-ce que cela veut dire? fit le chef inquiet.

— Ah! ne m'en parle pas, dit Bonnet. Un vrai guignon. Les Peaux-Rouges sont comme des furieux.

— Pourquoi?

— Tu vas voir. Il vient d'arriver malheur à leur piaye [1].

---

[1] Le *piaye* est le sorcier de la tribu. Il cumule avec les fonctions de grand-prêtre celles de médecin. Son autorité est très considérable. Elle contrebalance souvent celle du

— Il ne manquait plus que cela. Est-ce que c'est sérieux ?

— Tellement sérieux qu'il est mort.

Un horrible blasphème échappa à l'ancien surveillant.

— S'il est crevé, nous sommes f...ichus.

— Tu exagères.

— On voit bien que tu ne les connais pas. Tu ignores donc que pour les Indiens la mort n'est jamais naturelle, même quand ils en connaissent parfaitement la cause. Ils ne peuvent admettre que l'un d'eux s'en aille *ad patres* sans qu'on lui ait jeté un sort. C'est toujours un de leurs voisins ou quelqu'un d'une tribu ennemie, ou encore l'étranger qu'ils hébergent, qui a causé le maléfice.

— Nous sommes dans de jolis draps, s'il en est ainsi.

Les hurlements redoublaient et atteignaient une incroyable intensité. Les guerriers d'Ackombaka couraient éperdus, se tailladaient la face et la poitrine avec leurs couteaux, le sang ruisselait sur leur corps et jaillissait en pluie rouge.

---

chef. Il fait la pluie et le beau temps, panse les plaies, jette des sorts, exploite par tous les moyens possibles la crédulité de ses concitoyens dont il est la terreur, et jouit d'incroyables prérogatives.

L. B.

— Ils vont s'en prendre à nous. Il faut à tout hasard nous mettre sur la défensive.

— Mais, raconte-moi donc comment la chose est arrivée, que je voie s'il y a moyen de nous en tirer.

— Dame, voilà, fit Bonnet. Il y a deux heures de ça. Le piaye qui était un carottier du premier numéro, vint nous demander du tabac et du tafia. Comme nous avons besoin de tous ces animaux là, je ne crus pas devoir lui refuser quelque chose.

— Tu as bien fait, continue.

— Pour lors, il emporte la fiole et le paquet de caporal, et il s'en va retrouver le chef, puis tous deux se mettent à lamper comme des chantres, sans plus s'occuper de leurs camarades.

— Après... mais dépêche-toi donc, bourreau, tu me fais cuire à petit feu.

— Après... si tu me coupes le fil de mes idées, je ne pourrai plus seulement dégoiser quatre mots. Où donc en étais-je ? Ah ! oui. Ils « bidonnaient » tous les deux. Le piaye avait passé la bouteille au chef, et il attendait, la bouche grande ouverte, que celui-ci fut à bout de vent pour emboucher à son tour le goulot, quand tout à coup il pivota deux fois sur lui-même, roula des yeux effarés, battit l'air de ses deux bras, râla quelques secondes, et s'aplatit sur le sol.

— Et... c'est tout ?

— C'est tout. Il était mort, et bien mort.

Alors, le chef, au lieu de lui passer la bouteille, reprit haleine, avala le reste de la rasade, cassa la fiole vide, et se prit à hurler comme une douzaine de crapauds-bœufs.

Les autres Peaux-Rouges accoururent, relevèrent le piaye, le secouèrent, le frottèrent, mais inutilement. Sa tête était enflée déjà comme un baril de couac, et ses lèvres plus grosses qu'un manche de pagaye. Je n'ai jamais rien vu de si laid.

— Ils ne vous ont rien dit.

— Pas un mot. Ils se sont mis aussi à beugler et à se taillader la face, sans plus s'occuper de nous que si nous n'existions pas.

— C'est étrange et fort peu rassurant. Ne nous quittons pas d'une semelle et veillons au grain.

L'aventurier n'avait pas tout-à-fait tort. Les Indiens ne peuvent, en effet, ainsi qu'il le disait tout-à-l'heure, admettre la mort autrement que causée par un maléfice. L'un deux est-il mordu par un serpent ? C'est son voisin qui a pris la forme de l'ophidien, et il faut que le pauvre diable désigné par le moribond, succombe après lui. Un autre a-t-il l'échine rompue par la chute d'un arbre, se noie-t-il dans un rapide, meurt-il des suites de la variole ou du *delirium tremens*, il faut une victime expiatoire.

9

Ce sera un étranger, un membre d'une tribu ennemie, un animal domestique, peu importe d'ailleurs, pourvu que l'auteur présumé du maléfice
soit châtié.

La présence du chef blanc était signalée. Son
retour fut annoncé, et Ackombaka, armé de son
sabre, s'en vint, suivi des hurleurs, vociférer jusque
dans les oreilles des Européens qui se mirent sur la
défensive.

— Du calme, dit Benoît impassible, à ses compagnons, du calme. La situation n'est pas désespérée. Au contraire.

Les Indiens de la zône équatoriale professent
pour tous les blancs un grand respect, et il est
bien rare qu'ils osent les attaquer. Ce respect est
causé par l'idée qu'ils se font que la plupart d'entre
eux sont des *piayes*. Comme ils les voient panser
les plaies, se conduire à la boussole, comme ils
voient entre leurs mains une quantité d'objets inconnus dont ils ignorent l'usage, cette idée
est fort accréditée. Ackombaka ne venait pas
pour violenter ses alliés. Il voulait au contraire
faire appel à leur science, et savoir qu'elle était la
cause de la mort du sorcier.

Cet incident était, en effet, la plus irréparable de
toutes les catastrophes. Une tribu sans piaye est un
corps sans âme, un navire sans boussole, un enfant

sans mère. Les plus grands malheurs allaient bientôt fondre sur tous ses membres si l'auteur de la
mort du pontife n'était sur-le-champ découvert.

La parfaite connaissance qu'avait Benoît de l'i-
diome des Galibis, lui permit de comprendre ce
que demandait le capitaine, et le rusé compère vit
bien vite le parti qu'il pouvait tirer de cette superstition.

— Plus de peur que de mal, les enfants. Tout
va bien. Les affaires sont en bon chemin. Il s'agit
de profiter de la chose. Allons, un peu de jon-
glerie ne serait pas de trop.

Il s'avança lentement vers le chef, leva son fusil,
en déchargea les deux coups en l'air, remit ensuite
l'arme à l'un de ses trois acolytes, et dit à Bonnet :

— Siffle leur une fanfare soignée.

Le coquin obéit sans désemparer, et déchira
pendant quelques minutes les oreilles des assistants
avec une diabolique maëstria.

— Stop ! fit Benoît avec le geste noble de
Mangin imposant silence à son orchestre.

« Chef, dit-il à Ackombaka, en scandant ses
syllabes, et vous, braves guerriers, écoutez-moi.

« Je suis un grand piaye chez les hommes
blancs. J'ai appris là-bas, du côté où le soleil se
lève, tous les secrets de la vie et de la mort. Rien
n'est caché pour moi, ni dans les airs, ni dans les

eaux, ni dans les bois. Mon œil voit tout, mon
oreille entend tout.

« Je vous apprendrai la cause de la mort de
votre piaye vénéré, nous punirons les auteurs du
crime, et j'écarterai de vous tous les maléfices.

« J'ai dit. L'Esprit de mes pères a entendu.

Un immense cri d'allégresse accueillit ce boni-
ment, débité d'un ton emphathique et d'une superbe voix de commandement.

— A toi, chef, de me conduire près du défunt.
Que mes yeux voient ses traits. Que ma main touche
son cœur, que mon souffle apaise les mauvais
esprits.

« Viens !

Le cortège se mit en marche, et l'habile charla-
tan, suivi de ses compagnons, aperçut bientôt sous
un carbet, le cadavre gonflé comme une outre,
luisant, bouffi, horrible.

Benoît fit de la main plusieurs signes mystérieux,
se tourna successivement vers les quatre points
cardinaux, s'inclina gravement, saisit son sabre et
passa la lame sur les charbons d'un foyer comme
pour la purifier. Il souleva la tête du mort, introdui-
sit doucement la pointe entre les machoires contractées, et opéra une pression progressive. La
bouche affreusement tuméfiée, aux muqueuses
violacées, s'entr'ouvrit.

— Que diable peut-il bien avoir avalé, grogna le chef, en monologuant, selon son habitude de solitaire. Il empoisonne l'alcool, mais ce n'est pas une simple rasade qui l'a tué.

Les Peaux-Rouges accroupis sur leurs talons, le poids du corps porté tout entier sur les orteils, se taisaient, et contemplaient d'un air curieux cette scène singulière.

Benoît, non moins intrigué qu'eux, essayait de plonger un regard au fond de ce gosier béant.

— Si je pouvais seulement en faire sortir quelque chose !

Il appuya machinalement son poing robuste sur l'épigastre, et pesa de toutes sa force.

O merveille ! Quelques gouttes de tafia remontèrent, en raison de cette pression. Elles servaient de véhicule à une de ces énormes guêpes de la Guyane, plus terribles peut-être que les *mouches-à-dague*, et nommées ici *mouches-sans-raison*.

Le piaye improvisé avait, comme toujours, plus de bonheur qu'un honnête homme. Il venait, sans le vouloir, d'accomplir une prouesse qui devait dorénavant le faire révérer à l'égal d'un Dieu. La cause de la mort du pauvre diable était donc facilement explicable. Au moment où les yeux ardents, la bouche largement ouverte, il attendait que son partenaire eut absorbé sa ration, la

mouche-sans-raison s'était introduite jusque dans
sa gorge. Emprisonnée par un instinctif mouvement de déglutition, elle n'avait pu sortir, et le
plus naturellement du monde, avait lardé de son
aiguillon l'arrière-bouche du docteur rouge. Une
enflure énorme avait aussitôt obstrué le passage
de l'air, et déterminé une asphyxie foudroyante.

Telle fut la réflexion que se firent aussitôt les
Européens. Mais le phénomène était de beaucoup
trop simple pour être ainsi admis par les Indiens
toujours en quête de merveilleux.

Un long cri de triomphe accueillit le brillant
résultat obtenu par le piaye blanc, qui laissa le
corps de l'insecte sur la poitrine du mort, et invita
chacun à venir le contempler.

— Allons, ça va bien... Ça va très bien, disait-il
à voix basse à ses compagnons, tout en conser-
vant son air inspiré. Si je savais, je dirais à
ces idiots que la mouche-sans-raison est envoyée
par les propriétaires de l'abatis. Quel bon tour
je jouerais ainsi à Robin et à sa séquelle. Tonnerre ! les Peaux-Rouges auraient bientôt fait de
les mettre tous en morceaux.

« Tiens, après tout, pourquoi pas. Une bonne
vengeance accomplie sans le moindre danger, et
qui ne me demanderait qu'un signe...

« Que je suis bête ! Benoît, mon garçon, la co-

lère vous trouble la cervelle. Vous avez mieux à
faire. Oh ! c'est parfait, ce que je viens de dénicher
là. Un véritable coup de maître !

Il se recueillit un moment, et reprit d'une voix
éclatante :

— Chef, et vous, braves guerriers, écoutez-moi.
Je vois celui qui a pris la forme de la mouche-
sans-raison pour tuer mon frère le piaye rouge.
Il est là-bas, dans une grotte sombre, au milieu des
montagnes. Il se cache, mais rien n'échappe à
l'œil du piaye à peau blanche. Venez. Je vais guider vos pas. Armez-vous de vos sabres. Partons !
Je marcherai devant vous et le soleil qui va luire
demain éclairera votre vengeance.

« Venez sans retard !

« J'ai dit. L'Esprit de mes pères a entendu.

C'était véritablement un habile homme que
maître Benoît.

Il avait, croyait-il, usé d'un argument sans réplique, pour se faire séance tenante accompagner au
palais enchanté que devait habiter la fée des placers.

Bien que son raisonnement lui semblât irrésistible en effet, nul ne bougea parmi les Indiens.

— Eh bien ! dit-il surpris, mes frères ne m'ont
pas entendu.

Ackombaka s'avança humblement et lui fit

observer, avec une douceur qui n'était pas exempte
de fermeté, qu'il était impossible à ses hommes de
quitter en ce moment le lieu où le crime avait été
perpétré, même pour le faire expier à son auteur.
Deux motifs impérieux s'opposaient à l'accomplissement de ce pieux devoir. Il fallait préparer
les funérailles du défunt et procéder à l'élection de
son successeur. Comme ces deux cérémonies étaient
absolument dépendantes l'une de l'autre, elles auraient sous peu leur consécration. Le piaye blanc
qui savait tout, ne pouvait d'ailleurs ignorer que
jamais les Indiens ne suivent le sentier de la guerre
sans être accompagnés de leur grand-prêtre.

Benoît avait peine à dissimuler la fureur que lui
causa ce retard. Il savait que les funérailles chez
les Indiens sont l'occasion d'interminables scènes
d'ivresse. Les préparatifs ne durent pas moins de
huit jours, après quoi le cadavre est emporté dans
sa tribu, et définitivement confié à la terre. Quant
à l'investiture d'un piaye, elle peut durer plusieurs
années. Comme le temps n'existe pas plus pour les
Peaux-Rouges que pour les Orientaux, l'aventurier
se voyait pour longtemps peut-être condamné à
une énervante immobilité.

Ackombaka, voyant la part qu'il daignait prendre
à l'infortune générale, le rassura bientôt. Les funérailles dureraient le temps réglementaire, une se-

maine. Quant au successeur du défunt, il était tout
trouvé. Il avait subi toutes les épreuves, sauf la dernière. Le droit à l'exercice de ses redoutables fonctions lui serait octroyé le huitième jour, puis,
on transporterait le cadavre au lieu où se cachait le meurtrier, et le premier acte du nouveau
dignitaire, serait de faire expier au criminel son
forfait, en présence du corps de sa victime.

L'aventurier savait que les Indiens sont absolument immuables dans leurs projets. Il dut se con-
former à leurs exigences, trop heureux d'apprendre
que son attente ne durerait que huit jours, puisque
le hasard voulait qu'un récipiendaire se trouvât là,
tout à point, pour prendre la succession.

La nomination d'un piaye est en effet une chose
capitale, étant données les prérogatives incroyables attachées à cette dignité. Le noviciat est terrible, et il en est bien peu parmi les candidats qui
peuvent supporter les épreuves qu'il comporte.

Jugez-en plutôt [1].

L'étudiant en médecine est présenté aux notables
de la tribu par le titulaire; il s'engage à supporter

[1] Je crois devoir rappeler ici que tous ces détails, quelque
incroyables qu'ils semblent être, sont de la plus scrupuleuse
exactitude. J'ai été personnellement témoin d'une initiation
chez des Arouagues de la Guyane Hollandaise, le cérémonial est identique à celui dont il est mention ci-dessus.

L. B.

9.

sans faiblesse toutes les épreuves quelles qu'elles puissent être, puis, son maître prend possession de lui, jusqu'à ce qu'il l'ait jugé digne de l'honneur que lui seul peut conférer. Les épreuves sont variables et entièrement subordonnées à la volonté du piaye en chef.

Pendant les six premiers mois de son noviciat, le jeune homme doit se nourrir exclusivement de manioc. Il lui est formellement enjoint d'absorber son repas de la façon suivante. On lui met tantôt sur un pied, tantôt sur l'autre, un morceau de cassave, et il est forcé de le porter à sa bouche, en soulevant son pied avec ses deux mains. C'est là sa première inscription.

Après six mois de ce régime qui, s'il meuble fort peu le cerveau, délie admirablement les jambes, on donne pendant six autres mois à l'étudiant un peu de poisson qu'il absorbe de la même façon. Son ordinaire est en outre augmenté de plusieurs feuilles de tabac qu'il doit chiquer, et dont il lui faut *avaler le jus !*... Le pauvre diable, horriblement narcotisé, tombe dans un état d'hébétude incroyable. Il maigrit, son œil devient atone, son estomac révolté éprouve d'atroces soubresauts. Beaucoup meurent à la peine, mais tous tiennent bon jusqu'à la fin.

Celui dont l'organisme a résisté à cette fantas-

tique alimentation, subit comme chez nous, un examen de fin d'année. On le fait plonger, et il reste
sous l'eau pendant un temps dont la durée ferait
frémir les pêcheurs d'huîtres perlières eux-mêmes.
Il remonte, les yeux bouffis, les oreilles et le nez
ensanglantés ; peu importe. A l'épreuve de l'eau,
succède celle du feu. Il doit traverser pieds nus
sans broncher, sans courir, un espace plus ou
moins vaste sur lequel est répandu un lit de charbons ardents.

Quand les plaies de ses pieds sont cicatrisées, il
reprend pendant douze mois encore, son régime
de cassave, de poisson et de tabac, afin de subir ses
seconds examens de fin d'année. Ils sont variés, et
font le plus grand honneur à l'ingéniosité des tortionnaires examinateurs. On réunit des milliers
de fourmis-flamandes dont la piqûre horriblement
douloureuse, produit des ampoules et donne une
fièvre enragée. Le pauvre diable est cousu dans un
hamac dont une extrémité reste béante. Les fourmis sont introduites par cette ouverture, après que
le sac où elles sont enfermées a été bien secoué,
pour les exciter encore plus. Je vous laisse à penser à quelle orgie de chair rouge se livrent ces féroces hyménoptères !

Le candidat supporte impassiblement cette épouvantable souffrance, et pour cause. La moindre

plainte aurait pour effet d'annuler immédiatement
et sans retard, toutes les épreuves antérieures !

Autre *question*, sans calembour, puisqu'il s'agit
d'examen et de torture. Une centaine de *mouches-
à-dague* ou de *mouches-sans-raison*, sont emprisonnées par le milieu du corps dans les mailles for-
mées par le tissu d'un *manaret*, (tamis). Les têtes
passent d'un côté, les abdomens de l'autre. Vous
jugez si cette position inusitée porte à la mansuétude ces insectes rageurs ! Eh bien ! l'examinateur
prend le manaret, et le pose délicatement sur la
poitrine, le dos, les reins, ou les cuisses du candidat. Les aiguillons des guêpes furieuses, pénè-
trent dans la peau comme des dards de feu, ses
dents craquent, comme s'il broyait du verre pilé,
la sueur ruisselle, les yeux se troublent, mais il ne
profère pas une plainte.

On le soumet encore pour varier à l'épreuve des
serpents. Son maître qui est fier de lui le pousse, le
fait briller, comme font nos professeurs de faculté
à l'égard de leurs élèves les plus remarquables. Il
est mordu par un *grage*, un *crotale* ou un *aye-aye*.
Il est vrai qu'il a été *lavé* pour le serpent, mais cette
morsure n'en est pas moins affreusement douloureuse.

Les épreuves auront bientôt une fin. Il peut déjà
suppléer son maître pour les opérations peu impor-

tantes. Tels les internes de nos hôpitaux qui, sous
l'œil des princes de la science, ouvrent pour la première fois un abcès superficiel, opèrent la facile
réduction d'un membre luxé, ou posent un appareil à fracture.

Le jeune *savant* indien a le droit de battre le
tambour auprès du malade, et de vociférer jour et
nuit pour chasser le malin esprit. La prescription
de la médecine des Peaux-Rouges se borne à ce
charivari en partie double. C'est là tout le formulaire. Oh! Bouchardat, mon maître, où êtes-
vous!

Reste la dernière épreuve qui confère définitivement, et sans appel, le « *dignus es intrare.* » C'est la
thèse. Le couronnement de trois années d'épreuves.

C'est épouvantable.

La plupart des Indiens du Maroni, n'enterrent
leurs morts qu'au bout de huit jours. On peut
facilement s'imaginer ce que devient le cadavre
soumis à une pareille température, aussi chaude
que humide. Le mort reste couché dans son hamac
au-dessous duquel est un large vase, destiné à recueillir la sérosité qui découle par la décomposition.

Une partie de ce liquide cadavérique est mélangé
à une infusion de tabac et de batoto que le réci-

piendaire doit absorber [1]. Alors, il est *grand-piaye!*
Il a droit de vie et de mort sur tous les membres de
la tribu. Il peut à son gré exploiter leur crédulité et
donner carrière à tous ses instincts. Une parole, un
regard de lui sont sacrés. Il peut tout, et son im-
punité est absolue, quelle que soit d'ailleurs son
ignorance. Il ne sait rien, mais absolument rien.
Les noirs, au moins, connaissent les antiphlogis-
tiques et les dérivatifs. Leurs remèdes de bonnes
femmes sont souvent très utilement appliqués, on
a pu le voir précédemment.

Quant aux Indiens, rien ne saurait donner une
idée de leur ineptie, si ce n'est la stupidité de ceux
qui les écoutent aveuglément. Leurs pratiques se
bornent à quelques mômeries ridicules consistant
en cabrioles, en hurlements, en roulements de tambours, en insufflations, etc. Trop heureux encore
sont les patients, quand, à moitié morts déjà, ils
ne sont pas bourrés à éclater de piment en bouillie, d'excréments d'animaux ou d'yeux de crapauds.

Le piaye ne sait ni poser une ventouse, ni prati-

---

[1] Quelque horrible que soit ce détail, j'éprouve encore
une fois le besoin de dire que je n'invente rien. Je ne fais
pas ici de la fantaisie, mais bien de l'histoire. A défaut
d'autres qualités, mon récit a au moins le mérite de la véra-
cité.

L. B.

quer une saignée. Il n'a aucune idée des dérivatiis,
et laisse une fracture aller comme elle peut. Aussi,
un grand nombre d'Indiens sont-ils affreusement
mutilés. Qu'importe au sorcier ! sa médecine a
toujours raison, et le malade seul a tort s'il ne
guérit pas.

La tribu d'Ackombaka possédait un jeune piaye
qui avait subi toutes les épreuves moins la dernière. Tel était le motif pour lequel le corps du
défunt allait être conservé pendant huit jours, en
dépit des objurgations de Benoît. La fête serait
complète. Les funérailles du sorcier, la vengeance
à tirer de celui qui l'avait *piayé* (ensorcelé, le mot
a cours en Guyane) l'avènement de son successeur,
tout concourait à donner plus d'importance encore
à cette multiple solennité.

Des torrents de *Cachiri*, de *Vicou*, et de *Voua-
paya*, couleraient pendant ces jours de liesse. On
allait manger, boire, se battre. La chronique serait
défrayée pour longtemps du bruit des exploits qui
allaient bientôt s'accomplir. Le Landernau équatorial en frémirait tout entier.

La fête funèbre commença, sous la présidence
d'Ackombaka. Le piaye intérimaire en régla le cérémonial. Comme la mort était survenue loin du
village, les restes du défunt devraient y être trans-
portés en temps et lieu. Cette première partie, ac-

complie sur le lieu même de la catastrophe,
équivaut à la cérémonie qui chez les peuples
civilisés accompagne la mise en caveau provisoire
des restes d'un homme mort loin des siens, et qui
sera ultérieurement conduit dans la sépulture de sa
famille.

Les Indiens n'ont pas de cimetière. Le défunt
est enterré dans son carbet après les huit jours
réglementaires d'exposition publique. Les proches
et les amis, ivres du matin au soir, hurlent à qui
mieux mieux autour du cadavre, et frappent
comme des sourds sur les tambours. C'est un va-
et-vient perpétuel de jarres vides et de jarres
pleines, et un coudoiement constant d'allants et
venants, toujours beuglant, toujours buvant.

Le huitième jour, une fosse est creusée dans le
sol du carbet, le corps qui se trouve dans un épouvantable état de décomposition, est exposé à découvert sur un boucané, précaution indispensable,
car il pourrait s'en aller en morceaux. La tribu
entière défile devant lui, chaque membre se pros-
terne, on boit à la ronde un large coup, la cérémonie est terminée. Les pots contenant les liquides
cadavériques sont d'abord descendus dans la
fosse, puis les armes et le hamac du défunt, puis
le défunt lui-même. Le carbet est alors abandonné
et nul n'y remet jamais les pieds.

Quelques Indiens entre autres les Roucouyennes, brûlent leurs morts, toujours après huit jours d'exposition. La crémation de ces débris en putréfaction, est au moins une mesure hygiénique, bien qu'un peu tardive. D'autres les boucanent; ce sont les Oyampis et quelques fractions des Emérillons. Ils deviennent alors secs comme des momies et restent à découvert au fond de la fosse, creusée dans leur carbet.

Enfin, quand un Indien meurt très loin de son village et qu'il est matériellement impossible de ramener son corps, ses compagnons doivent rapporter sa chevelure. Ce fait est non seulement particulier aux Peaux-Rouges, mais encore aux noirs du Maroni, Bosh, Bonis, Youcas ou Poligoudoux. Les cheveux sont précieusement enfermés dans un pagara ficelé de lianes ou de cordes en coton. Un bâton est passé dans l'amarre, deux hommes mettent chacun un bout de ce bâton sur leur épaule, et la relique est processionnellement remise aux parents.

La cérémonie des funérailles a lieu pour l'enterrement des cheveux, comme pour celui du cadavre lui-même.

Le défunt piaye de la tribu d'Ackombaka sera-t-il plus tard brûlé ou boucané, peu importe pour l'instant. Un carbet est rapidement construit, aux poteaux est accroché un hamac, sur le hamac est déposé le mort, et les jarres sont rangées dessous. Ces différentes opérations s'accomplissent avec une incroyable célérité. Étant donné l'apathie des Indiens que l'on ne voit jamais courir, cette prestesse est surprenante. C'est qu'aussitôt après, il est permis de boire ; et pour ces estomacs plus secs que l'amadou dont ils ont la couleur, la « beuverie » est chose sacro-sainte et obligatoire.

Benoît faisant contre fortune bon cœur, déboucha quelques bouteilles de tafia, pour permettre à ses alliés d'attendre avec moins d'impatience la confection du *cachiri*, la boisson par excellence des fêtes chez les Indiens.

Ce n'est pas une petite affaire que la préparation de cette liqueur pour laquelle les naturels des pays équatoriaux éprouvent une passion qui va jusqu'à la folie. Aussi, tous les incidents de la vie sont-ils pour eux des prétextes ardemment souhaités, et lestement saisis : naissances, décès, funérailles, mariages, plantations, chasses, pêches, récoltes, lancement de canots, cuisson de manioc, etc. Le « cachiri » est l'élément essentiel de toutes les réjouissances.

Comme sa confection est assez longue, et qu'il ne se conserve pas, on en prépare d'énormes quantités. Pour obtenir cent litres de cette boisson fermentée, l'on prend environ cinquante kilos de racines de manioc récemment râpées, l'on ajoute une vingtaine de patates également réduites en farine. Le mélange est mis dans deux grands vases de terre, appelés *canaris*, ornés de dessins forts curieux, et fabriqués par les Indiennes. L'on verse cinquante litres d'eau dans chaque canari qui est placé sur trois pierres formant trépied. Un feu doux est allumé dessous, et l'heureux mortel préposé au brassage de la divine liqueur, agite le mélange jusqu'à ce qu'il n'adhère plus au fond du vase. Il le laisse ensuite bouillir et se réduire jusqu'à formation d'une pellicule épaisse. Après évaporation d'un quart environ, la préparation est retirée du feu, versée dans un autre vase, et abandonnée à elle-même jusqu'à ce qu'elle prenne une légère teinte vineuse, ce qui a lieu au bout de trente-six heures.

Une fermentation active se développe, le cachiri est fait. Il ne reste plus qu'à le passer dans un manaret. Cette boisson rappelle le poiré. Elle est très agréable au goût, rafraîchissante, et particulièrement traitresse, en ce sens qu'elle amène une ivresse absolue que rien ne fait prévoir.

C'était donc trente-six heures d'attente pour Ackombaka et ses hommes passablement allumés déjà, grâce aux largesses de Benoît. Trente-six

heures pour ces assoiffés, c'était bien long, et
toutes les provisions des aventuriers fussent tom-
bées dans ces gouffres insatiables, si les Péaux-
Rouges n'eussent eu la précaution d'apporter une
ample provision de *vicou*.

Qu'est-ce donc que le *vicou* ?

Les Indiens, qui sont généralement d'une inqua-
lifiable imprévoyance relativement à tous les actes
de la vie, s'entourent d'une incroyable surabondance de précautions quand il s'agit de pourvoir à
la disette de liquide. De même qu'ils ne s'embar-
quent jamais sans emporter leurs canaris bien emballés dans des feuilles, de même aussi, ils chargent
leurs canots d'une quantité de cette pâte sèche
appelée *vicou*. Cette dernière substance offre sur le
cachiri l'avantage de pouvoir produire en quelques
minutes une boisson fermentée, non moins agréable
et non moins enivrante.

Si la cassave en est également la base, la préparation n'est plus identique. Une jeune Indienne,
préposée à cet usage, mâche environ un kilo-
gramme de cassave, imbibe chaque bouchée de
salive, puis pétrit le tout ensemble, pour former
l'élément fermentescible, le levain. Cela s'appelle
chez les Galibis, le *matchi*. Douze kilos environ
de cassave sont, après avoir été trempés dans
l'eau, et soigneusement égouttés, mélangés au

« matchi ». L'on obtient une pâte assez consis-
tante qui fermente pendant trente-six heures et
« lève » comme le pain. On la met ensuite sécher
au soleil, et elle est conservée pour les besoins
ultérieurs.

Il suffit alors à l'Indien quand il est altéré, et le
cas se présente fréquemment, de couper un morceau de cette pâte sèche, de la délayer dans un
coui, pour avoir en quelques minutes une liqueur
pétillante comme le champagne. Le Peau-Rouge,
en véritable sybarite, sucre avec le jus de la canne
son « Sillery » de cassave, et le sable jusqu'à ce
qu'il tombe ivre-mort.

Les compagnons d'Ackombaka, Ackombaka lui-
même et le jeune piaye possédaient un copieux
approvisionnement de vicou, qui leur permit d'attendre patiemment la confection du cachiri. Les
blancs, pour ne pas rester en retard de politesse,
prirent part à la fête. Il fallait bien passer le temps.

Comme rien n'est interminable en ce monde, ni
la joie, ni même la douleur, la semaine consacrée
au deuil s'écoula, le cachiri aidant, sans encombre
et sans trop d'ennui. Il y eut bien de ci de là, quelques crânes fêlés à coups de casse-tête, quelques
côtes d'entamées par le fil des sabres d'abatis.
Mais bah ! les ecchymoses disparaissent à la longue
et les plaies finissent bien par se fermer. Et d'ail-

leurs, une fête ne saurait être complète sans ces légers incidents.

Le défunt piaye était à point pour fournir à son successeur les éléments indispensables à la dernière épreuve. Passons sur ces détails répugnants, auxquels il a fallu naguère nous arrêter, par suite des exigences de notre récit, dont la fantaisie à été rigoureusement bannie. Nous écrivons l'histoire des peuplades guyanaises, et l'histoire a parfois d'impérieuses nécessités.

Inutile de dire que le candidat se montra à la hauteur de sa mission, et qu'il reçut l'investiture des mains du chef et des notables, auxquels se mêla Benoît, en sa qualité de collègue.

La troupe se mit enfin en route, en file indienne, précédée de l'ancien surveillant qui ouvrait la marche. Le mort, charnier ambulant, venait ensuite, suspendu comme un lustre dans son hamac passé dans un long bâton, et porté sur les épaules de deux guerriers aux jambes encore flageolantes.

Benoît était au comble de ses vœux. Il touchait enfin à ce moment tant désiré. Il s'avançait en conquérant, sabrait à tour de bras les tiges et les lianes, jetait un rapide regard sur sa boussole, et repartait d'un pied léger. La première journée et la moitié de la seconde se passèrent sans incident. Les Peaux-Rouges, chargés de provisions, marchaient en dépit de leur proverbiale paresse, sans se plaindre, sans même s'arrêter. Les pauvres gens, dans leur naïve superstition, s'imaginaient de bonne foi accomplir une œuvre pie en recherchant l'auteur de la mort de leur sorcier. Nulle fatigue n'eut pu les retarder un moment, surtout depuis qu'il n'y avait plus de prétexte à boisson.

Les montagnes de l'or, — Benoît se complaisait à les nommer ainsi — ne pouvaient être éloignées. Il avait tracé sa route comme avec un compas, il pouvait mathématiquement affirmer la rectitude de sa direction. Il escomptait déjà par la pensée la joie qu'il aurait à pénétrer dans ces grottes dont ses compagnons lui avaient fait, d'après le récit de Jacques, un tableau si enchanteur, quand une écœurante odeur de musc frappa désagréablement son odorat.

Il s'arrêta soudain, et grogna à Bonnet qui le suivait de près :

— Veille au grain. Nous sommes sur la trace d'un serpent.

— Un serpent, fit l'autre avec une surprise mêlée d'épouvante. Où est-il ?

— Je ne le vois pas, parbleu. Si j'apercevais seulement le bout de sa queue, je ne m'amuserais pas à mettre un grain de sel dessus.

— Un serpent, balbutia-t-il en se rappelant le terrible épisode de la crique. Je ne fais plus un pas.

— T'es bête, il y a autant de danger à rester en plan qu'à marcher de l'avant.

« Tiens, c'est une couleuvre, et elle est de taille. Je parie qu'elle a au moins sept ou huit mètres de long, et qu'elle est aussi grosse que ton corps, maigriot que tu es.

— A quoi vois-tu cela ?

— Si tu avais comme moi vécu dans les bois, tu ne m'adresserais pas une semblable question. Ah ça ! les fagots sont donc bien stupides, maintenant. De mon temps, il y avait là-bas des malins, de vrais lurons. C'était plaisir de les conduire.

« Tu vois bien cette trace, dans les herbes foulées comme par la chute ou plutôt par le traînage d'un tronc d'arbre.

— Oui, après ?

— Eh ! bien, c'est la voie du serpent. Il est passé là il y a quelques minutes à peine. L'odeur de musc me l'indique.

Les Indiens, en dépit des émanations du cadavre, avaient également éventé le reptile. Ils s'étaient arrêtés, et attendaient, silencieux.

On entendit tout à coup, à peu de distance, un fracas de branches, accompagné d'un trot lourd.

Benoît arma son fusil. Ackombaka vint se poster près de lui, banda son arc, et saisit une flèche terminée par une large pointe de bambou, mince, aiguë, flexible comme une lame d'acier, et qui porte le nom de *courmouri* (signifiant bambou, en langage indien).

Le froissement des tiges continuait, produisant un bruit analogue à celui d'une bande de cochons marrons. Un animal d'une taille considérable s'avançait sous bois, sans chercher sa route, et lancé avec l'irrésistible force d'un projectile.

— Maïpouri !... siffla silencieusement le capitaine indien à l'oreille de son compagnon.

— Avançons.

Le cortège reprit sa marche, et le bruit changea de direction. Le maïpouri semblait s'enfuir en entendant les hommes venir. Ils rencontrèrent bientôt ses « foulées » énormes à travers les broussailles. Telle était l'intensité de son élan, telle était aussi sa colossale vigueur, qu'il avait ouvert une voie dont la largeur rendait inutile la manœuvre du sabre d'abatis.

Les blancs et les Indiens suivirent cette route si opportunément pratiquée, puisqu'elle correspondait exactement à la direction indiquée par la boussole. Le bruit cessa pour recommencer au bout d'une demi-heure. Le bois s'éclaircissait.

10

La trace du pachyderme était toujours visible, et les émanations de musc de plus en plus fortes.

— Tiens ! Tiens ! Tiens ! modula sur trois tons différents Benoît intéressé, est-ce que le serpent s'aviserait de chasser le maïpouri ? L'idée serait plaisante, en vérité.

— Le maïpouri est une femelle, dit Ackombaka. Son petit est avec elle, et le serpent veut le manger.

— Je comprends mieux cela, car une couleuvre avaler un tapir adulte, c'est comme si un perroquet voulait croquer une calebasse.

La configuration du terrain se modifia tout à coup, et la nature changea instantanément d'aspect. Le sol se composait de roches dioritiques, et, à moins de dix mètres, l'aventurier aperçut à travers le rideau de verdure brusquement troué par le passage du maïpouri, les montagnes situées à un kilomètre environ.

Il étouffa un cri de joie, et désignant à ses complices les collines rocheuses, bizarrement accolées les unes aux autres, il dit à voix basse :

— C'est là !...

A peine avait-il prononcé ces deux mots, qu'un craquement sourd, étouffé, se fit entendre à quelques pas dans les hautes herbes bordant la clairière. On eut dit un indéfinissable bruit d'os rompus, suivi de piétinements saccadés.

Puis, une grosse masse, informe, surgit des lianes, roula, bondit en avant, sembla se dédoubler, et disparut, pas assez vite cependant pour que l'infaillible flèche du Peau-Rouge ne s'y fut enfoncée de plus d'un pied.

Ackombaka riait silencieusement.

— Qu'est-ce que tout cela signifie, lui demanda en langue indienne l'ancien surveillant.

— Le maïpouri a tué le serpent, mais j'ai tué le maïpouri. Nous le mangerons.

— Comment sais-tu qu'il a tué le serpent ?

— Viens. Tu verras que Ackombaka ne se trompe jamais.

Ils firent quelques pas et, suivant les prévisions de l'Indien, ils trouvèrent étendu sur les roches, un boa monstrueux, long de dix mètres, aussi gros que ce « maigriot » de Bonnet. Quelques gouttes de sang coulaient des narines de l'ophidien. De sa gueule ouverte sortait molle et pendante sa langue fourchue. Il ne remuait plus, et sa mort semblait avoir été instantanée.

C'est en vain que Benoit chercha la moindre trace de blessure; le tapir ne l'avait ni mordu ni piétiné. Il constata pourtant un fait assez anormal, c'est que cet énorme corps cylindrique était un peu aplati, et qu'il n'avait aucune consistance. Il était mou comme un linge roulé, et se coudait à angle droit. On eut dit que ses vertèbres avaient été rompues une à une.

L'argousin interrogea du regard l'Indien. Celui-ci sourit d'un air protecteur, et donna dans son langage guttural la curieuse explication qui va suivre.

— Ackombaka ne s'était pas trompé. La couleuvre a attaqué le maïpouri afin de dévorer son petit. Comme elle est très grosse, elle a cru pouvoir l'étouffer, ainsi qu'elle fait du tigre qui ne peut s'arracher de ses anneaux. Mais le maïpouri est fort et rusé.

« Quand il se sentit entouré par le serpent, il retint sa respiration et se fit le plus petit qu'il pût. L'autre serra encore. Alors, le maïpouri, qui est le plus grand et le plus vigoureux parmi les animaux de nos forêts, gonfla tout à coup sa poitrine et son ventre. Il se fit gros... gros... Le serpent ne put dérouler ses anneaux, ses os craquèrent, en produisant le bruit que tu en as entendu. Il est mort à l'instant. Le maïpouri s'est débarrassé de lui, puis, il s'est enfui.

« Nous le mangerons bientôt, termina-t-il joyeux, car la flèche d'Ackombaka ne manque jamais son but.

— Nous le mangerons... riposta Benoît, non sans une légère nuance d'incrédulité, mais il court encore. Je crois bien que ta flèche à pointe de bois ne lui a pas fait grand mal.

L'Indien, toujours souriant, fit voir à son interlocuteur une large trace de sang qui rougissait les herbes jaunies par le soleil.

— Tu as raison, ami Peau-Rouge, décidément tu es très fort.

La couleuvre fut, en un clin d'œil, dépouillée de sa peau par le piaye qui voulait s'en faire un vêtement de cérémonie, puis, les porteurs reprirent leur lugubre fardeau et la troupe se remit en marche.

Les traces de sang devenaient de plus en plus abondantes. Le pachyderme devait être blessé grièvement. Il avait interrompu sa course pour se débarrasser de la flèche dont la pointe avait profondément troué sa chair. Ses stations étaient reconnaissables à l'abondance du sang répandu sur le sol. A cinq cents mètres du théâtre de la lutte, on retrouva la hampe de gynérium. Les chasseurs firent quelques pas encore et, à leur grand étonnement, ils aperçurent, au fond d'une fosse large et profonde, le tapir qui ne donnait plus signe de vie. Près de lui gisait son petit, également sans mouvement.

10.

En dépit de sa surprise, Ackombaka jubilait.

— Le gros maïpouri est très bon à manger, mais le petit est encore meilleur, criait-il, joyeux à la pensée du régal que présageait la vue de cette montagne de chair.

Toute autre était l'attitude de Benoît et de ses camarades. Cette fosse se trouvait juste au beau milieu de la route qui devait les conduire à la première montagne. Aussi l'aventurier se disait non sans raison que, sans la rencontre véritablement providentielle du tapir, ce serait lui, le chef de file, qui serait dans le trou, embroché aux chevaux de frise, garnissant le fond et les parois.

Il n'y avait pas à s'y méprendre. Cette fosse était bien un piège pour les fauves. Elle affectait la forme d'une pyramide tronquée. Etroite au sommet, large à la base, la déclivité de ses côtés devait empêcher l'animal tombé au fond de remonter, quand même il aurait par hasard évité les pieux qui le hérissaient.

On apercevait encore les débris des légères solives, recouvertes un instant auparavant de terre et d'herbages, de façon à tromper l'œil le plus exercé, tant avait été parfait l'agencement de ce plancher mobile.

Benoît se rappela soudain les terribles moyens de défense employés jadis par les êtres mystérieux habitant les rives de la crique. L'écroulement des arbres géants, l'obstruction des cours d'eau, et cette formidable flotille de serpents à laquelle il n'avait échappé que par miracle.

Il lui sembla entrevoir des rapports entre cette excavation si inopinément pratiquée en face du paradis de l'or et les embûches qui l'avaient forcé de renoncer à sa première tentative. Il voulut en avoir le cœur net.

— Ecoute, chef, et dis-moi qui a creusé cette fosse; des blancs ou des Indiens?

— Des Indiens, répondit-il sans hésiter.

— A quoi le reconnais-tu ?

— C'est que les hommes blancs ont des instruments en fer, et les hommes rouges ne possèdent que des outils de bois dur. La pioche de fer coupe la terre comme un sabre, en laissant de temps en temps de petites traces métalliques, tandis que les pelles de bois la déchirent.

— C'est parfaitement raisonné. Alors, il y a des Indiens de ce côté.

— L'indien est partout, répondit orgueilleusement le chef. La terre, la forêt, l'eau et le ciel sont à lui.

— Pourrais-tu me dire à quelle tribu ils appartiennent ?

— Et toi, quand tu vois un arbre abattu par un
blanc, pourrais-tu me dire quel est son pays?

— Tu as raison chef, et moi je ne dis que des
bêtises.

La colonne s'était arrêtée au bord du trou, et le
piaye mort, en quête de sépulture, avait été déposé
en plein soleil sur une roche. Les pérégrinations de
ce cadavre étaient loin d'être terminées.

Un homme, porteur d'un sabre parfaitement
affilé, descendit dans la fosse en s'aidant de l'a-
marre en coton de son hamac. Il attacha le corps
du jeune maïpouri qui fut remonté séance tenante,
puis se mit en devoir de débiter l'énorme pachyderme dont la dépouille remplissait presque la cavité. Il pesait plus de trois cents kilos, et égalait la
taille d'un bœuf de moyenne taille. Le *Tapir*, appelé
Maïpouri, par les indigènes, est le plus volumineux
de tous les animaux du continent Sud-Américain.
Il a pour caractère distinctif une tête grosse, très
relevée sur l'occiput, et renflée en bosse vers l'origine du museau qui se termine en une petite trompe
musculaire cylindrique, analogue au groin du cochon, mais plus allongée. Le nez replié en dessous,
tient en quelque sorte lieu de lèvre supérieure.
Les oreilles presque rondes, sont bordées de blanc.
Le corps est trapu, couvert de poils courts, serrés,
lisses, généralement fauves chez la femelle, bruns

chez le mâle qui a en outre une crinière assez
forte sur le cou. La queue ne dépasse guère dix
centimètres de long et semble un tronçon. Les
jambes courtes et robustes, ont les pieds terminés
par des ongles noirs, pointus et aplatis. Sa nourri-
ture est exclusivement végétale.

Bien que sa vigueur soit considérable, il est très
doux et n'attaque jamais l'homme ni les animaux.
Il n'est pas méchant, mais ses mouvements sont
extrêmement brusques. Il n'est pas prudent de se
trouver sur son chemin dans les sentiers qu'il pra-
tique à travers les forêts, car il marche droit devant
lui, et sans chercher à faire de mal, il heurte violemment tout ce qu'il rencontre.

Quand il est pris jeune, le tapir s'apprivoise facilement et devient même tout à fait familier. On
en a vu aller et venir librement dans les rues de
Cayenne, reconnaître d'eux-mêmes la maison de
leurs maîtres, et suivre comme un chien ce dernier
dans ses courses.

Celui que débitait l'Indien était un des géants de
l'espèce. Aussi la besogne fut-elle longue et pénible. Deux heures s'écoulèrent avant que les meilleurs morceaux, sectionnés par le sabre d'abatis, et
remontés à l'aide de la corde, fussent tous extraits
de l'obscur réduit. Deux tronçons de cuissot, pesant bien ensemble quarante kilos, grésillaient déjà

devant un brasier, et les Peaux-Rouges affamés
allaient y faire largement honneur, quand le bou-
cher improvisé se hissa, vermillonné comme s'il
sortait d'un bain de sang, et remit au chef un
objet que celui-ci regarda curieusement.

C'était un collier de forme bizarre, et tel que
Benoît ne se souvenait d'en avoir jamais vu. Il
provenait évidemment d'un de ceux qui avaient
établi le piège.

La curiosité d'Ackombaka semblait se compliquer
d'une sorte de respectueuse terreur.

— Tu me demandais tout à l'heure, le nom de
ceux qui ont creusé la fosse, je vais te le dire. Ce
sont des Indiens Aramichaux, dit-il d'une voix
basse et craintive.

Le repas commençait.

— Des Aramichaux, reprit Benoît la bouche
pleine, je croyais la tribu éteinte.

— Il y en a encore quelques-uns, continua Ackombaka de la même voix tremblante. Ils sont
terribles !... De grands piayes !

L'aventurier laissa échapper un juron. Il avait
failli casser son couteau sur un corps dur très
lourd, complètement enveloppé de substance musculaire. Il trancha la chair avec précaution et vit
comme ankystée depuis longtemps sans doute dans
une mince pellicule, une boule d'un jaune éclatant,

arrondie au marteau, à peine déformée, et qui semblait être de l'or le plus pur.

Il ne put retenir un léger frémissement, en se rappelant la pointe de la flèche qui avait troué la cuisse de Bonnet.

— Tu dis que les Aramichaux sont de grands piayes, celà m'est parfaitement indifférent. Mais, ont-ils des fusils?

— Je ne crois pas.

— Eh bien! je serais heureux de savoir quels sont ceux qui chassent le maïpouri avec des armes à feu, et qui chargent leurs fusils avec des balles en or.

CHAPITRE V

— Notre camarade le Peau-Rouge, n'est rien moins que folâtre, disait à voix basse à son jeune ami Henri, le parisien Nicolas.

— Je ne m'explique pas, en effet, la terreur que semble lui inspirer la vue de notre vaisselle en or. Ainsi que tu le disais tout à l'heure, quelques bonnes barres de fer ou d'acier feraient bien mieux notre affaire.

— Tu as grandement raison, reprit avec con-

viction Nicolas. Avons-nous eu assez de mal pour
tirer de la terre notre minerai de fer, pour le « réduire » le battre, le marteler, en faire des « lo-
pins » et enfin pour le transformer en acier.

« Si du moins le gisement n'était pas si éloigné !...

— Heureusement que le temps ne nous manque
pas, interrompit l'ingénieur.

— Ça, c'est vrai. S'il fallait buriner comme à
Paris, piquer ses dix ou douze heures, au lieu de
six, on ne tarderait pas à rester sur le flanc.

« C'est égal, nos haches et nos sabres, bien que
peu élégants et de qualité médiocre, nous ont
terriblement donné de peine.

« Quel malheur que l'or ne puisse pas remplacer
l'acier ! Quel métal bête que cet or ! Je vous demande un peu à quoi ça peut servir !

— Mais, à faire de la vaisselle, et au besoin,
quand l'acier manque à façonner des pointes de
flèches...

— .... Qui ne valent même pas les plus mauvaises pointes de fer. Ça s'émousse et l'extrémité
se tord. J'aime autant une arête ou un courmouri.

— Tu exagères, mon cher Nicolas. Tu as pris
l'or en horreur depuis ton arrivée d'Europe, parce
que, en dépit de son abondance ici, il nous a été

11

presque complètement inutile ; je t'approuve pourtant jusqu'à un certain point.

« Pour moi, pauvre sauvage blanc, qui ne puis me faire aucune idée de l'importance qu'il possède en pays civilisé, je le range, sans aigreur, comme sans mépris dans la catégorie de ces métaux qui comme l'étain, le plomb, et surtout le cuivre sont susceptibles d'une grande utilité.

« Je le mets même au-dessus du cuivre, parce qu'il est inoxydable.

Le parisien se mit à rire en entendant cette opinion si rationnelle, et si simplement formulée.

— Pourquoi ris-tu ?

— C'est que ma pensée se reporte malgré moi aux jeunes gens de ton âge, qui dans les villes font si gaiement rouler et danser les échantillons monnayés de ce métal que tu veux bien condescendre à placer un peu au-dessus du cuivre.

— Puisque, je te le répète, il est inoxydable...

— Eh ! C'est ce qui me fait rire malgré moi. Nos cocodès ont bientôt fait d'« oxyder » les louis par douzaines et par centaines, va, je t'en réponds.

— Et tu conclus...

— Je conclus que l'or est un métal absurde, et que si en Europe on a hâte de se débarrasser du fer pour avoir de l'or, je donnerais bien dix kilos d'or pour un seul de fer.

— Nous sommes donc absolument d'accord, car c'est à peu près la valeur que j'attribue réciproquement à ces deux métaux.

Madame Robin et son mari, souriaient en entendant ces propos.

— Oui, mes enfants, dit à son tour la vaillante femme, vous êtes complètement d'accord, et je vous approuve. Grâce à votre énergie, à votre intelligence, vous avez pu suppléer à tous les besoins de la vie, vous avez restitué à tous les éléments matériels la place qui leur revient selon leur valeur et leur mérite.

« Vous avez fait revivre sur ces terres désolées de la proscription, ces temps primitifs appelés par les poètes l'*âge d'or*. Puisse-t-il durer longtemps!

— L'âge d'or, reprit non sans beaucoup d'à propos Nicolas, ce doit être le temps où l'or n'a aucune valeur, et où l'on peut le mieux s'en passer.

« A propos, mon ami Jacques, que penses-tu de tout cela, toi qui ne dis plus un mot depuis l'apparition de notre cafetière. Je ne puis concevoir l'impression sinistre que tu as ressentie à la vue de cet ustensile de ménage, et des réflexions que sa vue t'a suggérées.

Le jeune Indien releva lentement la tête. Un long soupir sortit de sa poitrine oppressée.

— Il y a longtemps, si longtemps, dit-il d'une voix sourde, que les vieillards s'en rappellent à peine, la tribu des Aramichaux, issue des anciens Caraïbes, était grande et puissante. Les abatis étaient nombreux, fertiles et bien entretenus. Les territoires de chasse semblaient inépuisables.

« Les hommes rouges vivaient dans l'abondance. Ils aimaient leurs enfants et respectaient les vieillards. L'or qu'on trouvait à profusion, était employé comme ici aux usages les plus ordinaires. Nul n'en soupçonnait la valeur. Une pointe de flèche en or était préférable à une pointe d'os, à un silex ou à un courmouri, parce qu'elle était plus solide. Un vase en or valait mieux que le coui fait d'une calebasse, parce qu'il ne se cassait pas et qu'il allait sur le feu. Les couteaux d'or servaient à dépecer la chair plus facilement que les lames de pierre...

« Les Aramichaux possédaient beaucoup d'or. Ils furent heureux jusqu'au jour où les hommes blancs vinrent pour la première fois. Ces derniers devinrent comme insensés à la vue de l'or. Ils avaient des sabres d'acier, légers, solides, maniables ; des haches qui tranchaient comme la moëlle du fromager, les fibres de fer du grignon, du courbaril ou du panacoco. Ils avaient aussi des perles, des colliers, du tabac, des étoffes.

« Ils échangèrent à vil prix leurs produits contre l'or des Aramichaux. Jusque là, tout était bien, et l'arrivée des hommes blancs n'avait porté nulle atteinte au bonheur des hommes rouges.

« Mais, ils revinrent bientôt en grand nombre, et apportèrent du tafia. Le chef but le premier l'infernale liqueur et devint fou. C'était un grand chef, bon, juste, honoré de tous. Le tafia en fit une brute. Les principaux guerriers burent aussi et devinrent semblables à lui. Le cachiri, le vicou et le wapaya-wouarou les anciennes boissons de nos pères, qui produisent une ivresse gaie, furent délaissées pour le poison des blancs, qui rend furieux.

« Ce fut une rage, un délire. Les abatis furent délaissés, la pêche et la chasse négligées. Les Indiens n'eurent plus qu'une pensée : chercher de l'or pour acheter le tafia. Les blancs multipliaient leurs envois et emportaient l'or. Les hommes rouges, bientôt incapables de travail, passèrent leur vie entière à boire. Ils employèrent les femmes et les enfants à la recherche du métal maudit, et vécurent dans la paresse, vautrés comme les caïmans au milieu de la fange. Les femmes et les enfants ne voulurent bientôt plus travailler sans boire. L'autorité des anciens fut méconnue. Il y eut des rixes, des batailles, des luttes fratricides qui décimèrent la population.

« Hélas, la passion pour le tafia était déjà tellement invétérée, que toute notion du juste et de l'injuste disparut. Les Aramichaux, mourant de faim, à la veille de ne plus avoir d'alcool, se précipitèrent chez leurs voisins, ravagèrent leurs abatis, et enlevèrent tout l'or qu'ils possédaient. De ce jour, ils furent maudits.

« La guerre éclaircit leurs rangs, et l'eau de feu tua ceux que le fer avait épargnés. Les Aramichaux étaient plus de deux mille le jour où ils virent les blancs ; aujourd'hui, il en reste dix !...

« Mon aïeul était ce chef, qui but le premier verre de tafia. Je suis, moi, le dernier des Aramichaux. Si cette race puissante a été anéantie, n'est-ce pas l'or qui en est la cause ! N'avais-je pas raison de vous dire que le secret de l'or est mortel !

« Il a tué mon aïeul, il a tué ceux de ma race. J'ai échappé, grâce à vous, à la mort, mais je n'éviterai pas ma destinée. Le secret de l'or sera fatal au dernier des Aramichaux !

Les Robinsons, péniblement affectés, avaient écouté, sans l'interrompre, cette lugubre et véridique légende, qui est, hélas! celle de toutes les peuplades indigènes de l'Amérique intertropicale.

Cette race indienne, jadis si fière si forte, et en
même temps, si douce et si hospitalière, aujour-
d'hui abatardie, est appelée à disparaître prochainement, grâce à l'avidité des blancs, qui,
en échange de l'or, ont introduit le poison de l'alcool.

Jacques reprit de sa voix sourde et comme se
parlant à lui-même :

— Il y a dix ans, les Aramichaux dégénérés ont
voulu échapper à la malédiction. Ils avaient quitté
leur pays pour se rapprocher des blancs, mais un
jour mon père voulut revoir le berceau de ses ancêtres. Il emmena sa famille et vint me prendre
chez mon bienfaiteur. Nous retournâmes au pays
de l'or, et depuis ce moment ils n'ont jamais vu
d'Européens. Jamais une goutte de poison n'a
touché leurs lèvres. Moi seul suis descendu à Saint-
Laurent, mais je ne bois pas de tafia. Les autres,
ayant peur de succomber, n'ont plus quitté les ca-
vernes de l'or dont ils se sont constitués les gardiens.

« Ils habitent non loin de vous, à trois jours à
peine. Ils sont revenus à la sobriété mais il est
trop tard. Notre race maudite n'a plus de descendants.

L'Indien se tut et regarda ses hôtes d'un air
égaré. La sueur coulait de son front, ses dents cla-

quaient, un tremblement convulsif agitait ses
membres. Les fatigues, les privations et les souf-
rances passées se répercutaient violemment sur
on organisme. Une fièvre ardente se déclara.
On le coucha dans un hamac. Le brave Casimir,
toujours prêt quand il s'agissait d'une bonne
action, s'installa près de lui et lui prodigua les
soins les plus intelligents et les plus dévoués. Le
malade ne pouvait être entre de meilleures mains.

L'accès avait tout d'abord affecté le caractère
pernicieux. Telle fut son intensité que pendant
plusieurs jours, Jacques resta entre la vie et
la mort.

Sa jeunesse et sa vigueur, aidées des prescrip-
tions du bon vieillard triomphèrent enfin du mal.
Le délire le quitta, le voile sanglant qui obscurcissait sa vue tomba, il était sauvé. La convales-
cence s'établit régulièrement, il était sur pied au
bout de quinze jours, aussi alerte, aussi vigoureux que par le passé.

Robin l'eut volontiers associé à l'existence des
Robinsons, mais le jeune homme fit valoir de si
bonnes raisons, qu'il ne jugea pas à propos de le
retenir plus longtemps. On lui donna un sabre, un
arc, des flèches, des provisions pour trois jours,
puis il partit, les larmes aux yeux, après avoir

exprimé en termes touchants sa profonde gratitude.

Il promit d'ailleurs de revenir bientôt. Il traversa l'abatis, gagna la forêt, s'orienta, grâce à
son instinct d'homme des bois, avec autant de rectitude que s'il eut possédé les meilleurs instruments de route. Il retrouva, au bout de vingt
heures, les débris de sa tribu, le jour même où
Benoît, les forçats évadés et la troupe d'Ackombaka se trouvaient en vue des montagnes de l'or
dont les derniers Aramichaux étaient les gardiens.

Les membres de sa famille semblaient en proie
à une violente émotion. Si les chercheurs d'or ne
soupçonnaient pas leur présence, ceux-là, en revanche, étaient depuis deux jours avertis sinon de
leurs intentions, du moins de leur prochaine venue.

Eh! quoi, tant de peines seraient-elles perdues?
Cette réclusion, à laquelle depuis de longues
années ils s'étaient condamnés, serait-elle inutile?
Le secret de l'or allait-il être une seconde fois
violé?

Jacques frémit en apprenant l'approche des
blancs conduits par des Indiens. Un secret pressentiment l'avertit que c'était ceux qui l'avaient
torturé jadis. Et quels autres que ces misérables

11.

auraient pu trouver ainsi cette retraite perdue au
milieu de la solitude sans fin? Combien il regretta
son imprudence et cette fatale confidence dont il
avait cru faire dépositaire son seul bienfaiteur.

Il restait songeur et répondait avec une pénible
préoccupation aux questions de son beau-père.
Celui-ci, taillé en force, les membres énormes,
de haute stature, possédait une vigueur que l'on
rencontre rarement chez les Indiens. Phénomène
plus extraordinaire encore, ses cheveux étaient
devenus blancs de neige. Ils tombaient en longues
mèches sur ses épaules, et tranchaient crûment
sur sa face rouge de brique, aux traits durs, à
l'expression farouche.

Il dépassait de toute la tête les autres membres
de son petit clan, qui, régénérés par une existence
de grand air et de sobriété, possédaient la fière
mine qu'avaient leurs ancêtres, alors qu'ils étaient
les maîtres des grands fleuves. Ils étaient sept
hommes, le nouveau venu compris avec sa femme,
la jeune Aléma, le père et la mère de celle-ci, et
la sœur de son père.

Ce dernier le vieux Panaoline, dont le nom est
bien connu encore aujourd'hui des riverains du
haut Maroni, jetait sur le jeune homme des regards soupçonneux.

— Mon fils, dit-il d'une voix lente, vient encore du pays des blancs.

— Mon père a dit vrai, j'ai voulu revoir celui qui m'a nourri.

— Malgré ma défense.

Jacques baissa la tête et répondit doucement :

— La reconnaissance est la vertu des hommes rouges.

— La vertu de l'homme rouge est l'obéissance aux ordres de son père.

— L'homme blanc n'est-il pas aussi mon père ?

— Il fallait rester près de lui, au lieu de prendre pour femme la perle des Aramichaux. La langue de mon fils est-elle fourchue comme celle du boïci-nenga. Puisqu'il a deux pères, n'a-t-il pas aussi deux femmes.

« Veut-il être ici le maître de la femme rouge, et là-bas l'esclave de la femme blanche.

Aléma s'approcha et darda sur son jeune époux un regard soupçonneux.

— Que mon fils réponde.

— Mon père sait bien qu'Aléma possède tout mon amour.

— Le fils de Panaoline s'abaisserait-il au men-songe ?

— Le fils de Panaoline n'a jamais menti, reprit-il fièrement, que mon père entende la voix d'un homme libre !

— Un homme libre ! dit d'un ton sarcastique le terrible vieillard Non, mon fils n'est pas libre. Mon fils est l'esclave du blanc, qui est lui-même l'esclave de la femme. L'Indien n'a pas de maître. Il est le maître de la femme.

« Quand la femme de l'homme rouge veut manger l'aïmara ou le koumarou, l'homme dit : « Mets le canot à l'eau. Embarque... » Elle prend la pagaye, l'homme jette l'appât, le poisson vient, il le flèche, puis il dit : « Fais-le cuire ». Quand il est cuit, l'homme mange. Quand il n'a plus faim, la femme mange.

« Si elle veut manger le paque ou l'agouti, l'homme dit : « Viens » et elle le suit dans le bois. L'homme siffle, l'animal accourt, il tombe percé d'une flèche. L'homme dit à la femme : « Va le chercher. Allume le feu ». Quand le gibier est cuit, et que l'homme a mangé, la femme prend son repas.

« Tandis que le blanc, continua-t-il avec un indescriptible accent de dédain, va à la chasse tout-seul, il fait son feu, rapporte son gibier, le fait cuire pendant que la femme reste dans son carbet. Quand le repas est apprêté, il donne à manger à la femme avant lui.

« Tu vois bien que le blanc est l'esclave de la femme ! Et toi, tu es l'esclave du blanc¹ !

Le jeune Indien, embarrassé par la subtilité de cette dialectique sauvage, répondit avec confusion :

— Mon père l'exige... Je ne retournerai plus chez les blancs.

— Il est bien tard. Si mon fils se conforme aux ordres de son père, n'est-ce pas parce qu'il sait que les blancs sont ici ?

Jacques frissonna et garda le silence.

Les trois femmes et les six hommes, spectateurs de cette scène, laissèrent échapper un cri de colère.

— La paix ! enfants, reprit le vieillard. Un danger nous menace. Abandonnons nos carbets, prenons nos provisions et réfugions-nous dans la caverne. C'est là que nous devons mourir en combattant, si nous ne devons pas être libres.

Ces différents préparatifs, accomplis avec une grande célérité, les membres de la petite troupe pénétrèrent dans un réduit obscur, dont les moindres recoins leur semblaient depuis longtemps familiers. Le chef entra le dernier, déplaça sans efforts une énorme roche que deux hommes

¹ Historique.

eussent à peine pu remuer, l'immobilisa à l'aide
d'un tronc d'arbre encastré dans deux gorges latérales, puis il alluma une torche.

La flamme fuligineuse provoqua tout à coup une
colossale incandescence. La voûte, les parois, le
sol lui-même flamboyèrent de toutes parts. La
lumière ruissela comme sur des coulées d'or et les
moindres aspérités de la roche réfléchirent de
fauves rayons sur lesquels rougeoyaient par place
les lueurs sanglantes de la torche.

Les Indiens, muets, les traits farouches, allumèrent bientôt chacun un fanal semblable à celui de
leur chef. Ce fut alors un éblouissement, une fulgu-
ration. La caverne avec ses piliers trapus, ses
voûtes lointaines, sembla en or massif. On eût dit
une bulle de métal, solidifiée soudain, après s'être
échappée du bouillonnant creuset de la nature.

Hommes et femmes, insensibles à ce spectacle
féerique, marchaient lentement, enfonçant parfois
jusqu'aux chevilles dans une poudre fine, sèche,
friable, qui s'attachait à leurs jambes, et les pla-
quait de tons d'or pâle, sous lesquels rutilait leur
épiderme empourpré par le roucou.

Le chef fit un signe. Tous s'arrêtèrent en un
point où la voûte s'élevait en forme de coupole, et
fichèrent leurs torches entre les anfractuosités de
la roche. Au loin grondait le vague tonnerre d'un

torrent souterrain qui semblait se perdre dans le
sol même de la grotte. Çà et là des gouttelettes
filtraient le long de la paroi dont elles avivaient
encore l'éclat, et tombaient sur le sol avec un
faible clapotis.

— C'est ici, dit-il d'une voix solennelle, le dernier asile des Aramichaux. Que jamais les blancs
avides n'en franchissent l'entrée ! Que les ennemis
de ma race meurent, s'ils osent le souiller de leur
présence ! Meure aussi le traître qui révèlera le
mystère de notre retraite ! Que ma main se des-
sèche, que mon bras tombe en pourriture, si je
viole jamais ce serment que je prononce le premier.

Les membres de l'assemblée répétèrent l'un
après l'autre de leur voix lente et grave cette formule. Jacques jura le dernier, avec un accent
étranglé, symptôme d'une violente émotion, d'un
remords, peut-être.

— Et maintenant, termina le vieillard, que mes
fils se réjouissent.

Les apprêts de cette réjouissance furent étranges. Pendant que les femmes s'empressaient de
préparer le vicou, les hommes ouvrirent leurs pagaras, en tirèrent chacun un petit coui imper-
méabilisé avec du mahi, soigneusement bouché
avec une vessie de poisson, et renfermant de la

graisse de coata. Ils s'enduisirent des pieds à la
tête de cette graisse, puis, comme saisis tout à
coup d'une frénésie folle, se jetèrent à corps perdu
sur le sol, se roulèrent en poussant des cris farouches, dans le flot de poussière dorée, se tor-
dirent en proie à de violentes convulsions, sou-
levèrent pendant quelques minutes un nuage
fauve dans lequel ils disparurent.

Quand le nuage tomba, les sept hommes semblaient autant de statues d'or massif, divinités
animées de ce temple de métal.

Les vases remplis de vicou attendaient déjà,
symétriquement rangés, le bon plaisir des bu-
veurs. Jacques allait, comme les autres, ramasser
une des calebasses et la vider, quand sa femme,
la belle Aléma, s'en vint, les yeux brillants, la
bouche doucement souriante, lui présenter la
coupe végétale.

— Que l'ami de mon cœur boive la liqueur versée par sa bien-aimée.

Le jeune homme, ébloui, radieux, absorba d'un
trait l'enivrant breuvage.

La danse et les cris reprirent avec acharnement, presque avec fureur. Les Indiens fêtèrent
abondamment, mais sans excès, la boisson de
leurs pères. Tout entiers à leur plaisir, ils semblaient tenir à honneur d'éviter l'ivresse.

Seul, Jacques qui avait à peine bu, perdit complétement son sang-froid. Il se mit à parler avec une étrange volubilité. Après avoir prononcé des phrases sans suite, émaillées de mots incohérents, ses idées semblèrent prendre corps. Il raconta, sans en omettre la moindre particularité, son voyage à Saint-Laurent, les confidences qu'il fit au docteur V... et au commandant, relativement au secret de l'or, son enlèvement par les forçats, les horribles traitements infligés par ceux-ci, ainsi que le but de leur voyage, enfin, sa libération par les Robinsons de la Guyane.

Sa confession fut complète, il parlait avec une sorte d'entraînement irrésistible et douloureux, provoqué peut-être par un de ces breuvages dont certains Indiens possèdent le secret.

Ses compagnons, impassibles comme des hommes en métal, écoutaient ces révélations sans un sourcillement, sans la moindre apparence d'émotion.

Jacques épuisé, haletant, la bouche ardente, prononça encore quelques paroles entrecoupées, et put à peine râler ces deux mots : « A boire! » tant son ivresse parut violente.

Panaoline dit :

— C'est bien ; que ma fille donne à boire à son époux.

Aléma sortit de la pénombre, s'avança portant

un vase plein, le tendit au jeune homme d'un main ferme en dardant sur lui un regard aigu.

Jacques but avidement et s'assit sur le sol, hébété, les yeux mornes, regardant sans voir, écoutant sans comprendre.

Le vieux chef fit un signe. Ses hommes prirent leurs pagaras, et s'enfoncèrent à sa suite au fond des galeries à peine éclairées de lueurs vacillantes. Ils reparurent après une absence assez courte, traversèrent le grand carrefour, chargés à plier de leurs paniers indiens, et sortirent de la grotte après avoir déplacé la pierre. Ils firent plusieurs voyages analogues, sans paraître remarquer la présence d'Aléma, qui tenait sur ses genoux la tête de son époux endormi, peut-être ivre-mort.

Ils entrèrent une dernière fois, portant les pagaras vides. Panaoline marchait le dernier. Il alla prendre dans une sorte de niche un fusil à deux coups, que le docteur V... eût reconnu pour être celui dont il avait fait cadeau à Jacques lors d'un de ses précédents voyages. Il s'assura que l'arme était chargée, pendant que ses compagnons saisissaient leurs arcs, leurs sabres et leurs flèches.

Le vieillard reprit :

— Le trésor des Aramichaux est en sûreté. Le secret de l'or sera bien gardé. Venez.

Les torches s'éteignirent subitement, et la grotte mystérieuse rentra dans l'obscurité.

. . . .

La question de Benoît, relative au chasseur qui chargeait son fusil avec des balles d'or, demeura sans réponse. Qu'importait à Ackombaka et à ses hommes la matière du projectile trouvé dans les muscles du tapir? Il y avait là une montagne de chair dont il fallait avoir raison, aussi les maxillaires et les estomacs des Peaux-Rouges travaillèrent-ils avec une activité sans égale. La nuit entière et la journée du lendemain furent employées à cette besogne, à laquelle la présence du sorcier mort donnait un caractère doublement saint et obligatoire. Les honneurs funèbres peuvent, le cas échéant, être rendus sous forme solide ou liquide suivant l'occurence. L'important est qu'il y ait surabondance dans l'absorption.

De souvenir d'Indien, jamais mémoire ne fut aussi copieusement honorée. On y employa tout le temps nécessaire, et les incommensurables qualités digestives des membres de la tribu furent mises à complète contribution.

Enfin, les canaris étant épuisés jusqu'à siccité et la carcasse du maïpouri nettoyée comme par les fourmis-manioc, Benoît, qui rongeait son frein, vit arriver le moment tant désiré. Il prit bravement la tête de la colonne, et s'avança vers cette caverne dont la bouche obscure s'entr'ouvrait sur le flanc sud-ouest de la première colline.

Les Indiens semblaient mollir. Ackombaka n'était rien moins que rassuré sur l'issue de cette entreprise à laquelle il trouvait certains côtés scabreux. Somme toute, le mort avait été plantureusement regretté. Son trépas, bien que très brusque, n'avait rien de prématuré. Il était si vieux ! N'avait-il pas d'ailleurs un successeur ! Enfin, sa dépouille devenait passablement encombrante. Etait-il si urgent de rechercher et de punir sans même avoir le temps de respirer, l'auteur de cette catastrophe déjà réparée?

Tel n'était pas l'avis de l'ancien surveillant qui se mit pour tout de bon en colère, et menaça le chef tremblant de nouveaux maléfices. Puis, comme Benoît connaissait à fond ses auxiliaires, il se hâta de les remonter avec le viatique obligatoire, le tafia.

Toute hésitation cessa. Le tambour en peau de kariakou sonna comme un gong, et les flûtes en bambou glapirent. Le sentier escarpé conduisant à la grotte fut franchi, l'aventurier s'avança le premier, le sabre d'une main, une torche de « cirier » de l'autre. Les Peaux-Rouges suivirent en vociférant.

Ils arrivèrent éblouis au carrefour, toujours précédés du blanc que l'émotion suffoquait.

Les hurlements s'arrêtèrent et un lugubre silence s'établit tout à coup. La terreur sembla en-
vahir le chef rouge et les guerriers.

Benoît lui-même, malgré son âpreté, ne put
arrêter un cri de stupeur, à la vue du corps roidi
de Jacques, étendu sur le dos, les bras écartés, et
semblable à une statue d'or arrachée de son piedes-
tal!...

— De l'or !... s'écrièrent les bandits émerveillés
sans plus s'occuper de l'Indien.

— Mais non, imbéciles, c'est du mica. Ça ne
vaut pas deux sous la tonne, dit Benoît.

Il se baissa rapidement, souleva le corps pour
s'assurer si une étincelle de vie l'animait encore.
Il approcha sa torche des yeux grands ouverts. Nul
mouvement n'agita les paupières, nulle contraction
ne modifia le volume de la pupille dont la dépression formait comme une perle noire enchassée
dans le marron foncé de l'iris.

Benoît semblait désespéré. N'allez pas croire
pourtant à une subite conversion du coquin. L'humanité restait absolument étrangère à ce mouvement spontané. Cette idée de la recherche d'un
dernier souffle d'existence provenait de son insatiable cupidité. Il soutenait d'une seule main, passée

sous l'occiput, ce corps rigide appuyé sur les
talons, et formant avec le sol un plan incliné de
vingt-cinq à trente degrés.

— Il est mort, dit-il d'une voix sourde, décidément il est mort.

Puis, sans essayer de deviner par quel concours
de circonstances, il se trouvait dans cette caverne,
et dans quelles conditions Jacques avait succombé,
il ajouta :

— Drôle de costume. Le voilà proprement habillé en bon Dieu de l'or. Il est bien avancé... et
nous aussi, termina-t-il en laissant aller le cadavre
qui tomba avec un bruit sourd.

Les forçats fugitifs regardaient avec des yeux
stupides cette caverne étincelante, si extraordinai-
rement transformée en caveau mortuaire. La vue
de ce temple de l'or, objet de tous leurs désirs, de
cet homme mort qui en semblait la divinité dé-
trônée, les frappait d'une sorte d'épouvante. Les
Indiens, les jambes molles d'ivresse, gardaient un
silence plein de terreur. La voix de l'aventurier réveilla les échos de la grotte.

— C'est le dernier tour que nous jouera l'animal,
dit-il furieux, comme toujours. Un Peau-Rouge
mort ne vaut pas mieux qu'un fagot en vie, et
moins qu'un chien sur ses quatre pattes.

« C'est assez nous occuper de ce museau de cas-

serole. Nous sommes au milieu de la place, il s'agit
de trouver le coffre-fort.

— Ça ne sera guère difficile à crocheter, reprit
d'un ton délibéré Bonnet, qui devait à sa dextérité
dans la manœuvre du « rossignol » et du « monsei-
gneur » la faveur d'un logement gratuit en Guyane.

— Ils doivent avoir mis leur « cagnotte » dans
quelque trou, et ce sera peut-être le diable à trouver.

— On ne pourra pas chercher dans un vieux bas,
dit de son air bête Tinguy, la brute, un breton qui
avait assommé à coups de chenet sa vieille tante,
pour lui voler ses économies cachées dans un bas
enfoui dans la paille du sommier.

Cette plaisanterie de haut goût, généralement
appréciée dans les bagnes, où les bandits aiment à
raconter leurs exploits, n'eut pas le privilège de
dérider le chef.

— Ce lascar-là ne devait pas être seul. Il aura
fait la noce avec ses camarades, puis, au dernier
moment, on lui aura flanqué le coup du lapin.

« Ackombaka, à quelle tribu appartient cet
Indien mort ?

— Aramichau, répondit sourdement le capitaine.

— Tu le connais ?

— Oui.

— Qui est son père ?

— Grand chef. Il est mort. La femme du jeune indien...]

— Ah ! il avait une femme.

— Oui, la fille de Panaoline... grand piaye, dit Ackombaka d'une voix éteinte.

— Sais-tu pourquoi il est ainsi couvert de cette poudre jaune ?

Le Peau-Rouge en proie à la plus vive terreur ne put répondre que par un signe négatif.

— Rien à tirer de ces brutes, dit à ses compagnons Benoît dépité. Cherchons nous-mêmes. Un fait reste acquis ; bien que cette poudre jaune ne signifie rien, nous pouvons être certains que l'or est ici.

« Je parierais que ces vermines d'Indiens nous voyant venir se sont enfuis, après avoir tué celui-ci pour lui faire payer notre arrivée.

« Mathieu, donne donc encore un coup de « sec » à ces poltrons pour leur remettre le cœur à l'épaule.

« Maintenant, mes agneaux, en chasse.

Les Indiens ragaillardis par la rasade, se mirent en marche en titubant à la suite des aventuriers qui s'enfoncèrent sans hésiter dans les galeries latérales.

Le bruit du torrent devenait de plus en plus fort, et les quatre hommes n'avançaient qu'en scrutant m'---tieusement le sol dans la crainte de rouler

dans quelque excavation. Ces précautions n'em-
pêchèrent pourtant pas Benoît de butter contre
un corps dur, et de s'abattre rudement en profé-
rant un juron.

— Triple imbécile ! ai-je la berlue, grogna-t-il
en se relevant furieux, la barbe poudrée de mica.
Il y a donc des pavés, ici !

— ... Des pavés... hurla Bonnet, je voudrais
bien marcher à l'assaut d'une barricade construite
avec des pavés comme celui-ci.

« Tiens ! regarde, dit-il d'une voix qui n'avait
plus rien d'humain... mais regarde donc !

Et ses doigts tremblants soulevaient un lourd
morceau de métal, de forme irrégulière, sur
lequel les torches flamboyaient étrangement.

— ... De l'or !... Cette fois-ci, c'est bien de l'or !...
n'est-ce pas, Benoît. Dis-nous que c'est de l'or !...

La joie des forçats était bruyante, folle, déli-
rante. Ils se prirent à danser, et à vociférer. Celle
de Benoît était plus calme en apparence, mais plus
violente peut-être. Il pâlit, et son regard fasciné,
hypnotisé, ne quitta plus la pépite.

— Oui, c'est de l'or, dit-il enfin d'une voix che-
vrotante. Donne... que je voie aussi... de plus
près...

« Sacrebleu ! la joie me casse les jambes et

12

m'ôte les idées. Ça me rend tout bête de devenir
riche.

— Tu es bien sûr que c'est...

— Oui ! te dis-je. *C'en est !* Oui. Ça pèse plus de
trois kilos, et ça vaut dix mille francs comme un
liard.

Les hurlements et les cabrioles recommencèrent
de plus belle, à l'énoncé de ce chiffre fastueux,
ainsi qu'à la grande stupéfaction des Peaux-Rouges
qui ne comprenaient rien à cette subite explosion.

— Moi, dit Tinguy essoufflé, haletant d'émotion, la joie m'altère. Je m'en vais boire un bon
coup.

— Non ! risposta impérieusement Benoît. Tu
boiras plus tard. Nous aussi. Pour le moment,
cherchons. Quand notre affaire sera bâclée, on s'a-
musera.

« Tiens, mets-moi ce jaunet dans ton sac, et con-
tinuons nos investigations.

— Oui, chef. Tu as raison. Il ne s'agit pas de
boire. Moi, quand je suis « boissonné » je perds la
tête. Si on allait *nous voler* !...

Sans s'arrêter à ce que cette preuve de confiance
avait de particulièrement flatteur pour l'association, le chef interrogea minutieusement le sol, et
reconnut de légères empreintes de pieds nus.

— Ah ! Ah !... nous brûlons. Je tiens la piste.

Il se courba brusquement ramassa quelque chose qu'il tendit à Tinguy.

— Serre encore ce petit jaunet, pour ne pas en perdre l'habitude.

C'était une pépite d'environ cent grammes que le caissier improvisé déposa dans sa besace de toile.

— Paraît que ça fait des petits.

— J'aimerais mieux des gros.

— N'importe, nous ne perdons pas notre temps.

— Tiens, encore un...

— Mais, c'est donc le chemin du Petit-Poucet.

— Sacrebleu !..

— Quoi donc ?

— La cagnote !...

— Le coffre-fort du notaire.

— Le vieux bas de ma tante.

— Taisez-vous donc, tas d'animaux ou je vous coupe la g..... Le magot est envolé. La cachette est vide !

Une triple exclamation de rage et de désappointement domina le bruit du torrent souterrain.

Plus de doute. Une excavation de moyenne dimension, tapissée de larges feuilles sèches de bananier, était pratiquée dans le sol, au pied du dernier pilier, au ras de la crique, dont les eaux tourmentées, roulaient étincelantes entre les roches. Le trou était vide. La présence de quelques fragments d'or gros comme des grains de blé, abandonnés entre les nervures des feuilles, attestait la précipitation du déménagement.

— Volés !... Nous sommes volés ! hurlèrent-ils furieux et désespérés.

— Non, ce n'est pas possible. Cette cachette n'est pas la seule. Il doit y en avoir d'autres.

— Cherchons !... Partout ! Dans tous les coins.

— Oui, c'est çà. Les Peaux-Rouges vont nous aider.

Malgré leur répugnance, Ackombaka et ses hommes ne refusèrent pas leur concours aux aventuriers. Pendant plus de quatre heures, les bandits soutenus par le fol espoir de retrouver ce trésor dont un seul échantillon leur indiquait l'opulence, fouillèrent tous les recoins, retournèrent le sol, sondèrent les piliers, mais en vain. Leur acharnement fut inutile.

Leur déception se traduisit de façons curieuses. Tinguy, la brute, pleurait comme un enfant. Il sanglottait à pleine gorge et de tout son cœur. Bonnet, l'être froid, à la face et à l'allure de reptile, semblait avoir perdu la raison. Sa colère terrible se manifestait en hurlements inarticulés. Mathieu, être nul, passif instrument des complices qui l'avaient envoyé au bagne, incapable d'une résolution quelconque, répétait d'un air idiot : « Ça ne se passera pas comme ça ! Oh ! mais non. Ça ne se passera pas comme ça !...

Quant à Benoît, les yeux luisants, la face empourprée, les veines du cou gonflées comme des cordes, il était effrayant. Il avait seul conservé une apparence de sang-froid. Il devait faire un terrible effort sur lui-même, pour se garotter ainsi, et imposer silence à son habituelle brutalité.

— La paix, cria-t-il enfin d'une voix tonnante. Quand vous aurez fini de brailler !... Nous sommes volés !... Eh bien ! après ?

« Croyez-vous retrouver le magot en beuglant comme des singes-rouges ?

« Sang-Dieu ! Je suis toujours le vieux chercheur de piste. Nous allons sortir d'ici, nous mettre en chasse, prendre la trace des « voleurs ». Je veux avant deux jours les avoir retrouvés, et alors, je vous promets que vous en verrez de belles.

« En attendant, il faut nous refaire l'estomac. Ce n'est pas en jeûnant que nous acquérerons les forces nécessaires. Allons, hop ! du train. Le temps est précieux.

Les provisions furent étalées à terre, et le repas auquel prirent part les Indiens, commença. La fureur de l'aventurier était tombée comme par

12.

enchantement. Ce coquin était vraiment homme de ressources.

— Décidément, rien n'est perdu. Ackombaka et ses lascars vont encore rester avec nous. Il faut qu'ils se débarrassent de la carcasse de leur piaye. Je vais tâcher de le leur faire enterrer ici. Ce bonhomme-là devient encombrant.

« Quant à notre Peau-Rouge, ce sera plus facile. Nous pouvons aisément l'envoyer faire un tour dans la rivière. Ce n'est pas la peine de le laisser empoisonner cette caverne sur laquelle j'ai des projets pour plus tard.

— Quel projet? demanda Bonnet un peu rasséréné, mais auquel l'appétit faisait complètement défaut.

— C'est bien simple. Nous nous sommes emballés comme des enfants. Rappelez-vous bien ce qu'il a dit au commandant et au docteur. Il n'a jamais été question de trésor tout trouvé, et existant d'avance.

« Il leur a parlé d'un endroit où la roche renfermait de l'or. N'a-t-il pas dit qu'il fallait un marteau ?

— Tiens, c'est vrai, fit Tinguy.

— Eh bien ! nous avons rencontré plus que nous ne cherchions, puisque la certitude qu'un trésor existant aux mains des Aramichaux est désormais acquise. Nous sommes arrivés en retard. C'est d'autant plus dommge que la cachette pouvait, d'après ses dimensions, contenir plus de cent cinquante kilos d'or. Mais les oiseaux étaient dénichés, et cette belle pépite que nous avons ramassée ici a certainement été perdue par eux pendant leur fuite.

« Tout porte à croire que la famille de notre prisonnier l'a sacrifié dans la pensée qu'il avait révélé le secret de ce trésor, tandis qu'en réalité il n'avait parlé que de filons à exploiter.

— C'est encore vrai.

— Ce meurtre inutile nous importe peu. L'essentiel était pour nous d'arriver ici. Or, savez-vous bien ce qu'est la roche qui compose cette caverne ?

— Ma foi non.

— Eh bien ! c'est du quartz aurifère, le plus riche peut-être qui existe en Guyane.

— Pas possible. Mais alors, rien n'est perdu.

— Les richesses enfouies dans ce quartz nous sont pour le moment aussi inutiles qu'une propriété dans la lune.

« Il faut, pour broyer tout cela, des marteaux-pilons, des machines à vapeur, des bras en quantité, des provisions, que sais-je encore.

— Alors, qu'est-ce que tu nous racontes, reprirent les forçats, tombés encore une fois du haut de leurs illusions.

— Voici : La présence des quartz indique la proximité de terrains friables, facilement exploitables, et renfermant de l'or en grains ou en poussière. Nous n'avons plus qu'une chose à faire, au cas, fort peu probable, où nous ne retrouverions pas les Aramichaux, c'est d'exploiter les terrains et de devenir nous-mêmes d' « honnêtes » chercheurs d'or.

« Le métier n'exige ni une grande mise de fonds, ni une grande intelligence, quand une fois la veine est trouvée.

— Qu'est-ce que ça peut bien rapporter ?

— Un ouvrier ordinaire peut gagner cent cinquante à deux cent francs par jour. Mais comme nous sommes sur un point d'une opulence extrême, il nous est raisonnablement permis d'espérer tripler et quadrupler cette somme.

— A la bonne heure. Tout va bien alors, et tu es véritablement un homme de ressources.

— Puisque nous sommes restaurés, nous n'avons plus que faire ici, il nous reste à déguerpir. Le plus tôt sera le mieux.

La conversation avait eu lieu jusqu'alors à voix très haute, afin de dominer le bruit du torrent dont les flots pressés battaient sans relâche leur lit

de roches. L'aventurier fut étonné tout à coup de
la sonorité inaccoutumée de ses paroles. Les Indiens et les trois blancs firent la même remarque.
Le grondement de la crique s'apaisa peu à peu, et
le silence devint bientôt complet.

— Qu'est-ce encore? dit le chef inquiet et alarmé, en saisissant une torche près de s'éteindre.

Il s'avança rapidement vers le fond de la grotte
et s'arrêta, frappé de stupeur, à la vue du lit de la
crique entièrement vide. La cascade avait cessé de
couler. Les roches immergées tout à l'heure, ap-
paraissaient luisantes et exhalaient cette odeur particulière d'humidité récente, bien caractéristique,
laissée par les cavités brusquement taries.

Il revint en courant, plein d'angoisse.

— Sortons au plus vite. Je ne sais ce qui se
passe. Une catastrophe nous menace. Allons, en
retraite.

Il reprit la tête de la colonne, enfila le chemin
conduisant à l'entrée et s'en vint donner de la tête
contre une masse énorme de roche qui l'obstruait. Un frisson glacé le secoua de la tête aux
pieds.

— Nous sommes perdus, murmura-t-il, si **nous**
ne trouvons pas d'issue, la grotte est fermée !

CHAPITRE VI

Henri rentrait après une absence de deux jours.
Il embrassa sa mère, serra la main à son père, à
ses frères, à Nicolas et à Casimir, puis décrocha
sans mot dire les deux bretelles de coton servant
à maintenir son hamac sur ses robustes épaules.

Il déposa sur la grande table de grignon un
paque de forte taille, sur la robe grisâtre duquel
deux trous béants rougeoyaient.

L'arrivée du jeune chasseur fut saluée, comme

toujours, de cris joyeux. Tous les habitants de la
colonie, y compris les animaux, faisaient fête à
l'aîné des Robinsons, dont une visible préoccupation obscurcissait les traits ordinairement si en-
joués.

Et pourtant, l'accueil de sa mère n'avait pas été
moins tendre que de coutume, et l'étreinte de son
père, de ses frères et de ses amis, moins affectueuse que jadis. Les hoccos avaient hérissé leur
crête et doucement nasonné. Les agamis avaient
lancé leur belliqueux appel de trompette, les marayes, les perdrix grand-bois, les toccros s'égosil-
laient ; non seulement les pensionnaires de la
basse-cour, mais encore les animaux à demi-domes-
tiques, participaient à cette cordiale bienvenue.

Michaud, le tamanoir, la queue fièrement dressée en panache broussailleux, grognait de joie à la
vue de Cat, le jaguar apprivoisé, et « Simi », le
macaque de Charles, folâtre comme aux jours déjà
lointains de son enfance, après avoir bondi sur le
félin, se mit à gratter frénétiquement son crâne
essorillé, et à fouiller la toison de cette apocalyp-
tique monture, en cherchant avidement les para-
sites qui pouvaient y avoir élu depuis peu domicile.

Ce tableau biblique, cette confusion pacifique
des genres et des espèces, cette harmonie d'éléments divers, qui d'ordinaire faisait la joie du

jeune homme, et rendait plus complet encore le bonheur du retour, le laissait impassible.

Henri paraissait étrangement préoccupé. Cette froideur absolument inusitée, étonna, inquiéta même son père.

— Es-tu malade, mon enfant, demanda le proscrit, bien que la haute mine et la fière attitude de son fils, donnassent un formel démenti à cette supposition.

— Non, père; dit respectueusement le jeune homme, tu sais bien que j'ai fait depuis longtemps un pacte avec la santé.

— Mais, tu ne dis rien... Je craignais un accès de fièvre. Vois-tu, mon cher ami, quelle que soit la vigueur de l'Européen, quelque complète que soit son adaptation au climat de la Guyane, sa vieille ennemie, la fièvre, toujours au guet, semble chercher un point faible pour pénétrer dans son organisme.

« Ton absence a été bien longue. Tu ne restes jamais aussi longtemps hors de la maison, véritablement, nous commencions a être inquiets.

— Pardon père, ma chère et bonne mère, pardon, reprit-il sans répondre directement au proscrit. Le démon de la chasse m'a encore tenté.

— ... Et tu as, comme toujours, succombé à la tentation.

— C'est vrai. Quand je sens l'immensité devant moi, quand la Forêt-Vierge, avec ses solitudes inexplorées, ses taillis sans fin, ses futaies géantes, s'offre à ma vue, je me sens transformé. De capiteuses bouffées de plein air me montent au cerveau, un souffle ardent de liberté m'emplit la poitrine, il me semble chevaucher l'inconnu, étreindre l'infini.

— Tout cela, pour tuer un paque ! ajouta malicieusement Eugène, l'espiègle, un fort chasseur devant l'Eternel, un vrai Nemrod équinoxial.

Henri avait la réplique prompte, en temps ordinaire. Pourtant il ne répondit rien, au grand désappointement de Nicolas, qui raffolait de ces affectueux et pacifiques tournois de paroles, à la suite desquels vainqueurs et vaincus, à bout de salive et de dialectique, riaient comme de grands écoliers en récréation.

— Un paque ! Il n'a tué qu'un paque ! En deux jours, fit le Parisien avec son gros rire sonore.

« Tu as donc rencontré *Maman-di-l'Eau !* comme dit Casimir.

— Non, compé, riposta vivement le bon vieux noir d'un accent craintif. Ou qu'a pas parlé « blaguio » Maman-di-l'Eau. Li pas content toujou. Li capricieuse passé femme Peau-Rouge. Li bon bon comme moun blanc, li michant passé Oyacoulet.

13

(Ne plaisantez pas *Maman-di-l'E'au*. Elle est plus
capricieuse qu'une Indienne. Elle est ou bonne
comme un blanc, ou mauvaise comme un Oyacoulet.)

Pendant que Nicolas riait des terreurs de son
vieil ami, Henri fit à son père un signe imperceptible, et les deux hommes sortirent.

L'aîné des Robinsons avait repris son arc avec ses
flèches et sifflé son jaguar. Robin rompit le premier le silence.

— Quel mauvais diplomate tu fais, mon cher
Henri.

— Pourquoi cela, père ?

— C'est qu'à moins d'être sourd et aveugle,
il est impossible de te regarder pendant une minute, sans s'apercevoir que tu es porteur d'une
mauvaise nouvelle.

— Oh ! Que dis-tu là ?

— L'exacte vérité. Comment, toi, le batteur
d'estrade infatigable, toi l'archer à la flèche infaillible, tu rentres au bout de deux jours avec
un aussi piètre gibier !

« Toi, l'homme aux muscles de fer, toi, aussi
brave et plus fort qu'aucun de nous, tu t'armes
pour venir à vingt pas de la case, tu te fais accompagner de ton farouche gardien, et tu t'étonnes
de ma remarque?

« Je te le répète, mon enfant, un péril nous menace.

— C'est vrai. Mais je ne voulais pas alarmer maman.

— A la bonne heure. Je reconnais bien là mon fils, mon bras droit, mon « alter ego ». Le danger doit être imminent, et bien grave, pour motiver une telle préoccupation.

— Juges en toi-même, père. J'ai trouvé des traces de blancs mêlées à une piste d'Indiens.

Le proscrit resta impassible, mais ses yeux s'allumèrent.

— C'est grave !... dit-il lentement. Très grave. Je ne ferai pas à tes facultés de coureur de bois, l'injure d'un soupçon. Tu as vu, et bien vu.

— Je doutais tout d'abord. Ce n'était pas la première fois que je relevais une piste humaine. J'ai suivi souvent les traces d'Indiens. J'en étais même arrivé à reconnaître, comme on dit en terme de vénerie, les « foulées » d'un Aramichau, de celles d'un Emérillon. Celles produites par les pieds tordus des derniers ne pouvaient être confondues avec l'empreinte élégante et fine des premiers, pas plus que la marque lourde du Galibi, ne pouvait être attribuée à celle que laisse la démarche légère de l'Oyampi.

« Mais que nous importaient, que nous importent encore ces êtres inoffensifs?

Robin écoutait sans interrompre cette définition si complète, si simple aussi, et se reportait, malgré l'imminence du péril, peut-être à cause d'elle, au héros légendaire de Cooper, sur les traces duquel son fils aîné marchait si vaillamment.

Le jeune homme continua :

— Je venais de siffler un agouti. Cat, assis près de moi, attendait patiemment l'instant favorable pour s'élancer sur lui, quand je le vis donner tout à coup des signes d'inquiétude et de colère.

« Tu connais l'instinct merveilleux et le flair sans pareil de mon compagnon. Je doute que les limiers d'Europe puissent rivaliser avec ce terrible chasseur que nous avons plutôt dompté qu'apprivoisé. L'agouti s'approcha, nous écouta, fit entendre son grognement de surprise et s'enfuit, sans que Cat ait fait la moindre attention à lui. Son muffle, plissé par la colère, se tournait vers une direction complètement opposée. Je prêtai l'oreille, et il me sembla entendre sous bois un froissement, mais si faible !... Je me dissimulai derrière un « courbaril, » et j'attendis en empoignant mon jaguar par la peau du cou.

« Le bruit se rapprocha, et j'aperçus bientôt, à quelques pas, neuf Peaux-Rouges marchant en file

indienne. Il y avait six hommes et trois femmes,
dont une très jeune qui paraissait en proie à une
violente douleur. Un grand vieillard de figure farouche, le chef sans doute, l'interpella rudement.
Un gémissement lui échappa, il la frappa brutalement sur la bouche d'un coup du manche de son
sabre. Le sang jaillit; la malheureuse courba la
tête et se tut. Ils passèrent tout près de moi, et je
vis qu'ils émigraient, car ils portaient tous leurs
effets de campement, et pliaient littéralement sous
le poids de leurs provisions.

« Cela ne m'intéressait pas de savoir où ils
allaient, mais je voulus savoir d'où ils venaient.

— C'est parfait, mon ami. Je reconnais bien là
ta prudence. Ces gens pouvaient n'être qu'une
fraction d'une tribu importante, et il était urgent
de reconnaître leur nombre et leur position.

— Oui, père. Je pris séance tenante le contre-
pied, et j'arrivai à ces montagnes que nous visi-
tâmes jadis et où nous trouvâmes de si beaux
échantillons de quartz aurifère.

« Mais alors la piste s'embrouilla, ou plutôt se
multiplia. Les traces des premiers indiens se mê-
laient à des empreintes nombreuses également laissées par des Peau-Rouges, mais la nature du terrain ne me permit pas tout d'abord de reconnaître
exactement les différences qu'elles pouvaient offrir.

« J'avisai une petite crique et j'eus le bonheur
de retrouver les pas de ceux que j'avais première-
ment rencontrés. Il n'y avait pas à s'y tromper.
Ils étaient neuf, y compris les femmes. Je ne sais
pourquoi mon cœur se serra. Ces empreintes me
rappelaient à s'y méprendre celles de Jacques,
l'Aramichau que nous avons sauvé.

« La vue de cette jeune femme en pleurs, l'acte
de brutalité du vieillard qui paraissait être le chef,
l'absence de Jacques, un secret pressentiment m'a-
vertit qu'un drame lugubre avait dû se passer
depuis peu et non loin de nous.

« Ce premier point établi, et ces traces relevées,
j'inspectai minutieusement le sol et pus reconnaître aisément la provenance des autres. Elles
appartenaient évidemment à des Emérillons, car
presque toutes offraient cette courbure caractéristique du gros orteil infléchi en dedans. Cinq ou
six Indiens de cette seconde troupe étaient privés
du petit orteil du pied gauche, j'en conclus que
c'étaient des Thïos, d'après ce que m'a raconté
Casimir relativement à leurs coutumes.

— Ces derniers étaient-ils nombreux?

— Vingt à vingt-cinq, sans compter les blancs.

— Ceci est plus sérieux encore, dit le proscrit
songeur. Mais, continue ton récit. Il ne saurait
être ni trop long ni trop détaillé, et je vois avec

plaisir que tu as agi avec ton intelligence habituelle, sans omettre aucune particularité quelque
peu importante qu'elle ait pu paraître tout d'abord.

Le jeune chasseur, fier de cet éloge, reprit :

— Chose étrange, toutes ces traces se réunis-
saient au même point, avec cette différence que
celles des Aramichaux s'en éloignaient, et que
celles des Thïos et des Emérillons y aboutissaient.
Je ne pus, malgré les plus patientes investigations
découvrir d'où partaient les premières, ni où se
perdaient les autres, car il semblait que la montagne se fut tout à coup entr'ouverte et refermée
pour me cacher le mot de l'énigme.

« Mes recherches n'avaient pourtant pas été
inutiles. J'avais, à plusieurs reprises déjà, remarqué sur les plaques blanchâtres du quartz, quelques érosions ardoisées, à reflets métalliques, paraissant résulter d'un froissement de fer contre
la roche.

« Ce ne pouvait être ni une pointe de flèche, ni
une lame de sabre. C'était plutôt une coulée produite par un corps rond de la grosseur d'une che-
vrotine. Un peu plus loin, j'en aperçus quatre
sur la même ligne horizontale, et placées à un
demi-centimètre. Mais ce sont des clous de soulier,
me dis-je tout d'abord !

« Je ne m'étais pas trompé. Dix mètres plus

loin, l'homme avait fait un faux pas, un de ces
clous s'était arraché, j'en retrouvai la tête profondément encastrée dans une alvéole de roches à ravets. Je l'ai rapportée. Elle est dans mon sac. Je
te la montrerai tout-à-l'heure. J'étais certain désormais de la présence d'un blanc parmi les indiens.

« C'est bien, mon cher fils. Tu as raison de point
en point. Nul parmi les indigènes de la Guyane,
et parmi les noirs ne porte notre chaussure européenne.

« Mais, les autres blancs ?

— Les preuves sont moins évidentes mais tout
aussi concluantes. J'ai dû procéder par induction.
La troupe s'est arrêtée un peu avant d'arriver à
la montagne, sur un terrain légèrement humide.
On a tenu conseil. Les quatre blancs étaient au
centre. L'homme aux souliers porte un fusil, j'ai
retrouvé sur la terre molle la marque de la plaque
de couche. Quant à ses trois compagnons, ils sont
pieds nus, comme les Indiens.

— Et comment as-tu pu reconnaître leur empreinte ?

— C'est que les Peaux-Rouges au repos s'ac-
croupissent et font porter le poids du corps tout
entier sur les orteils, tandis que les blancs sont
restés debout, pendant cet entretien qui a duré

près d'un quart-d'heure, à en juger par la profondeur et la netteté des traces.

— Ton raisonnement me semble juste. Des étrangers sont bien près de deviner le secret de nôtre retraite. Dans les circonstances présentes, qui dit étranger pourrait dire ennemi presque à coup sûr. Ne suis-je pas toujours fugitif! Le temps de la prescription, comme ils disent là-bas, est loin d'être arrivé.

« Je serais encore de bonne prise.

Le regard du jeune homme flamboya. Il étreignit la poignée de son sabre avec une sombre énergie et ajouta :

— Te prendre, toi, le vaillant entre tous! Non, tu n'y penses pas. Les Robinsons de la Guyane commandés par leur père, peuvent défier une armée. On peut ravager nos plantations, détruire nos cases, anéantir l'habitation, mais la forêt est à nous. Ah! qu'ils y viennent donc! Qu'ils fassent un geste, qu'ils prononcent un mot, qu'ils essayent de toucher un cheveu de ta tête. Tu verras si les fils du proscrit sont dignes de leur père!

— Enfant! Pourrions-nous associer ta mère à cette vie d'aventures et de périls!

— Ma mère est la compagne du lion. Elle connaît la fatigue et méprise le danger. Et d'ailleurs, ne sommes-nous pas préparés depuis de longues

13.

années à cette idée de la violation possible de notre
retraite.

— Toutes réflexions faites, la situation n'est
peut-être pas désespérée. De graves événements
peuvent s'être accomplis dans la colonie, depuis
cette longue période de dix ans passés pour nous
sans communication avec la vie civilisée. On parlait à peine de la découverte de l'or à cette époque.
Qui sait si les filons, ou tout au moins les terrains
alluvionnaires ne sont pas exploités en grand?
Qui sait enfin si nos inconnus ne sont pas des mi-
neurs en prospection?

— Accompagnés d'Indiens, c'est bien douteux.

« En somme, qu'allons-nous faire ?

— Tu as sagement agi, en m'avertissant tout
d'abord de cet incident que tu as cru devoir cacher à ta mère et à tes frères. Je pense pourtant
qu'il serait bon de leur en faire part au plus vite.
Notre décision sera subordonnée après de mûres
réflexions à l'avis de la majorité.

Les membres de la colonie, intrigués déjà par
l'entrée insolite d'Henri, commençaient à s'in-
quiéter de la longueur de son entretien avec son
père. Un silence de glace accueillit tout d'abord la
confidence de ce dernier.

Chose assez rare, Nicolas, qui d'ordinaire laissait volontiers parler avant lui ses jeunes amis,

et ne donnait son opinion qu'après avoir entendu la leur, Nicolas rompit brusquement le silence. Il obéissait à une sorte d'entraînement inconscient qui le poussait à parler comme malgré lui, ainsi qu'il arrive fréquemment, lorsqu'une idée déchire tout à coup les ténèbres de la pensée, et s'impose ainsi qu'une indiscutable vérité.

— Monsieur Robin, et toi Henri, vous avez pensé à tout, sauf à une chose.

— Laquelle ? dirent d'une seule voix le père et le fils.

— Ces quatre blancs ne peuvent être que ceux auxquels nous avons eu affaire déjà. Repoussés par nous de la rivière, ils ont pris une autre route, se sont adjoints une tribu d'Indiens, et nous allons les avoir avant peu sur le dos.

« Je sens en moi quelque chose qui me le dit. Cette pensée me tenaille la cervelle depuis que vous parlez, j'ai beau essayer de me persuader que je me trompe, rien n'y fait. Croyez-moi, ne cherchez pas à côté, là est la vérité.

— Oui, tu as raison, Nicolas; quelque invraisemblable que paraisse le fait, nous devons l'admettre sans discussion jusqu'à preuve contraire.

— Le diable emporte ce galopin de Peau-Rouge, avec ses histoires de secrets d'or et ses confidences au clair de la lune. En voilà un qui aurait mieux fait de tourner sept fois sa langue dans sa bouche avant de nous jeter dans une pareille aventure.

« Ah ! patron, quel malheur que vous n'ayez pas autorisé Henri à larder de quatre bonnes flèches ces oiseaux de proie ! Voyez-vous il n'y a rien de bon à attendre d'eux après les traitements dont l'Indien a été victime. Quelle joie pourtant de revoir des blancs, s'ils étaient d'honnêtes chercheurs d'or, au lieu d'être le rebut des bagnes.

« Je vous le répète, je voudrais me tromper, mais j'affirme qu'un semblable voisinage implique pour nous l'imminence d'un grave péril.

— Nous ne pouvons pourtant pas les attaquer ainsi de but en blanc sans provocation de leur part.

— Et s'ils tombent sur nous à l'improviste, ravagent l'habitation, et compromettent nos existences ? Vous n'ignorez pas que ces particuliers-là ont une singulière façon d'envisager le respect des personnes et des choses.

— Si cependant ils ne faisaient qu'une courte apparition dans nos parages ? S'ils se retiraient, une fois leur but atteint ?

— Ce serait pour revenir en plus grand nombre, et le danger s'accroîtrait d'autant. Moi j'en reviens toujours à mon idée première : Pssitt !... — fit-il avec le geste de décocher une flèche, — et puis, plus personne!

— Sans être aussi exclusif que toi, mon cher Nicolas, je conviens qu'il faut prendre d'énergiques et promptes mesures. Nous allons au plus vite nous mettre en campagne, reconnaître la position des étrangers, et tâcher de savoir leurs intentions.

« L'entreprise est difficile, et pourtant j'espère la mener à bien. Nous nous sommes trouvés jadis dans des circonstances non moins périlleuses, et nous avons triomphé de tous les obstacles.

« Voici ce que je propose. Nous partirons tous quatre après demain, Henri, Edmond, Eugène et moi. Charles et sa mère resteront à la case avec Nicolas et Casimir en attendant patiemment notre retour. Cat gardera également la maison.

— Mais, fit judicieusement observer Henri, si pendant notre excursion, une partie de la troupe venait aussi en reconnaissance du côté de l'habitation?

— J'ai prévu ton objection, mon enfant : nous allons dès à présent construire un carbet non loin de la crique, dans un endroit absolument désert. Nous l'approvisionnerons largement, nos traces seront effacées, le corps de réserve s'y installera, et

la *Bonne-Mère* sera laissée dans un apparent abandon.

« Ce qui peut arriver de pis, est de la retrouver
pillée de fond en comble. Nous serons alors quittes
pour la reconstruire. Je ne vois pas, pour l'instant, d'autre parti à prendre.

Ce plan, si simple et d'une exécution si facile,
reçut bientôt son application. Le carbet fut dressé
non loin du point où dix années auparavant avait
eu lieu la lutte entre le tigre et le tamanoir, lutte
mortelle pour les deux adversaires, et dont le résultat fut l'adoption des deux favoris de la colonie,
Cat et Michaud.

Madame Robin, habituée de longtemps aux pé-
ripéties nombreuses auxquelles est sujette la vie
des coureurs de bois, vit partir sans inquiétude son
mari et ses trois fils. Elle avait confiance en leur
expérience et en leur intrépidité. Nicolas, désap-
pointé tout d'abord de se voir condamné à l'immobilité, prit bientôt son parti de ce petit mécompte
en pensant qu'il allait avoir à veiller sur sa bien-
faitrice. Il reconduisit les quatre voyageurs jusqu'aux limites de la Bonne-Mère, et revint lentement en effaçant jusqu'aux moindres vestiges des
traces.

Notre brave ami, le Parisien, n'était pas un
garde du corps à dédaigner. Nul n'eût reconnu

dans ce robuste gaillard à la poitrine bombée,
à la face de brique, aux yeux clairs et hardis,
le voyageur naïf et dépaysé qui, dix ans auparavant, marchait d'étonnement en étonnement à travers la grande broussaille équinoxiale. Il s'était
débrouillé ici comme à Paris, et son adaptation à
la vie sauvage avait été merveilleusement rapide.
Il maniait l'arc aussi bien que n'importe quel
Peau-Rouge, suivait une piste comme le meilleur
chasseur, et n'avait pas son pareil pour déjouer
les ruses de l'agouti, du paque ou du tatou.

Il eût fallu le voir relever un brin d'herbe
tordu, raccrocher une liane, gratter du bout du
doigt un peu de terre tombée d'une fourmilière,
restituer en un mot au sol sa configuration primitive, de façon à tromper l'œil du plus fin *rastrea-
dor*. Aussi, quand il fut rentré triomphant au
carbet et qu'il eut prononcé les sacramentelles
paroles : « Tout est paré », Madame Robin et le
jeune Charles ne conservèrent aucun doute relativement à leur sécurité.

Quant à Casimir, toujours aussi alerte et joyeux,
son large et affectueux sourire, indiquait une jubilation réelle. Casimir était fier de ses élèves et
surtout de Nicolas qui avait commencé bien tard
son éducation de Robinson. Aussi le bon vieux
répétait-il à satiété que « compé Nicolas, depuis

longtemps passé nèg', n'avait au monde qu'un seul
rival, mouché Henri ».

Pendant ce temps, le proscrit et ses fils marchaient lentement, mais infailliblement dans la
direction de la piste relevée par Henri. Ils allaient
comme toujours, en file indienne, insensibles à
la température, et sans éveiller, du plus léger
bruit, l'imposant silence de la vaste solitude. Les
hamacs, les vivres et les armes ne pesaient pas à
leurs robustes épaules. Les intrépides colons étaient
depuis longtemps familiarisés avec tous leurs effets
de campement, comme nos vaillants soldats d'A-
frique auxquels un entrainement de tous les instants procure la faculté d'accomplir des tours de
force capables de stupéfier les Arabes eux-mêmes.

La journée fut coupée d'une simple halte d'une
demi-heure au bord d'une crique pour permettre
de prendre le repas. Ce régal d'anachorète, dont
le menu serait susceptible de donner la fringale
à nos gourmets, se composa d'une poignée de
couac délayé dans un peu d'eau, et d'un petit morceau de singe boucané.

L'on est sobre dans les forêts guyanaises. D'autant plus que l'on hésite toujours à se charger
outre mesure de provisions.

Le soleil déclinait rapidement. Il était cinq
heures du soir. Dans une heure, l'astre incandes-

cent allait s'éteindre brusquement sans crépuscule.
C'est l'heure à laquelle il faut penser à organiser
un campement sous peine d'être inopinément surpris par l'obscurité. En temps ordinaire, les Robinsons se contentaient d'accrocher côte à côte leurs
hamacs aux premiers arbres venus, à un mètre
du sol, avec leurs armes à portée de la main. Ils
se trouvaient malheureusement au milieu d'un
impénétrable fourré, planté d'arbres immenses,
couvrant de leurs rameaux un terrain humide et
gras. Nous disons malheureusement, parce que
matin et soir, ces points de la forêt sont régulièrement noyés par un de ces grains dont nulle expression ne saurait dépeindre l'incroyable surabondance.

Pendant le jour, le soleil aspire les buées tièdes,
aussi épaisses que le brouillard londonnien. Le
nuage, ce terrible linceul des Européens, sur-
chargé de miasmes, s'élève péniblement à travers
les branches. Il flotte lourdement jusqu'au soir,
immobile et comme accroché aux plus hautes
cimes. Puis, au moment où la flamboyante chevelure de rayons disparaît, et où la température
subit un rapide abaissement d'un degré, ces nuées,
condensées instantanément, s'écroulent. L'ouragan
de pluie s'abat en ronflant sur les feuilles, ruisselle en cascades sur les troncs, tord les lianes et

noie le sol. Le même phénomène amené par des causes identiques, se produit invariablement deux fois par jour sur le point où la forêt est le plus épaisse. Le défrichement seul peut en empêcher le retour.

Les Robinsons, en hommes prudents et avisés, résolurent d'éviter à tout prix cette averse colossale qui allait fondre sur eux dans une heure. En route, peu importe d'être mouillé. L'on continue à marcher, et les habits finissent par sécher. Mais la nuit, le voyageur trempé comme au sortir d'une rivière est forcément immobilisé dans son hamac. Il ne peut réagir contre le froid humide qui l'envahit jusqu'aux moëlles. Il est bientôt glacé, le frisson le prend, la fièvre arrive, et quelquefois l'accès pernicieux le saisit. Cinq fois sur dix c'est un homme mort.

Les quatre hommes, après une rapide inspection des lieux, résolurent de bâtir un carbet. Rien de solide, d'imperméable, et pourtant de simple comme cette installation qui rend de si grands services à tous les nomades de la zône intertropicale. Il suffit de quatre pieux — l'on fait généralement choix de quatre arbres disposés en carré — que l'on relie au moyen de traverses légères attachées par des lianes, et recouvertes de feuilles formant toiture. Il n'est nullement besoin de parois latérales,

de murailles, puisque la pluie tombe toujours verticalement. Une fois l'emplacement trouvé, le sol
débarrassé des herbes et des broussailles, l'on possède, au bout d'une demi-heure, un abri sous
lequel on peut impunément braver les averses les
plus furieuses. L'essentiel est d'éviter le voisinage
des arbres morts que le moindre effort peut renverser, et dont la chute peut être la cause d'irrépa-
rables désastres.

Nos amis, après avoir pris toutes les précautions inspirées par leur vieille expérience, dormaient depuis une heure à peine sous leur carbet,
quand l'ouragan se déchaîna soudain. La journée
avait été particulièrement accablante. Le grain se
compliquait d'un orage formidable. Rien d'émou-
vant comme ce flamboiement des cimes trouant
l'épaisse nuée; rien d'étrange comme l'immobilité
des géants impassibles qui semblaient les colonnes
d'une voûte en feu; rien de terrible comme ces
fulgurations accompagnées de détonations roulant
sans discontinuer sous les arceaux feuillus.

Et pourtant, nul souffle n'agitait les masses vé-
gétales, immobiles toujours et comme pétrifiées.
L'orage équatorial semble une canonnade dans une
fournaise. Les Robinsons, oppressés, assourdis,
aveuglés, attendaient patiemment la fin de ce cataclysme, quand un coup de tonnerre, plus fort

s'il est possible que tous les autres, retentit au-dessus de leur tête. Le sol trembla. Les arbres servant d'assises à leur carbet s'écartèrent, et le frêle
abri de feuilles se disloqua. Puis, un craquement
immense domina le bruit de la foudre, un coin de
forêt s'écroula, ensevelissant le campement sous
un énorme monceau de branches, de feuilles et
de lianes.

CHAPITRE VII

La fureur de Benoît fut épouvantable, quand
il se vit enfermé dans la caverne des Aramichaux.
L'on sait que la mansuétude n'était pas la vertu
prédominante du digne argousin. Aussi donna-t-il
cours à sa brutalité avec toute la surabondance
dont sa rageuse nature était susceptible.

Jamais les Indiens, fort experts en manifestations
extérieures de colère ou de douleur n'avaient rêvé

pareil débordement d'imprécations et de blasphèmes. Ce ruissellement de malédictions, ces furieux
éclats de voix, cet incommensurable travail des
cordes vocales, joint au jeu de physionomie de
l'aventurier, donnèrent aux braves sauvages une
haute idée de lui. D'autant plus que ses compagnons attérés gardant un silence plein de stupeur,
cette colère « de première classe » ne pouvait
être que le fait d'un grand chef.

L'accès dura près d'un quart d'heure, puis Benoît,
à bout d'haleine et de salive, se tut. Il finit par où
il aurait dû commencer et se mit en devoir d'étu-
dier les moyens d'évasion. Après avoir tourné comme
un ours en cage, inventorié les recoins de la caverne,
tenté, mais inutilement, d'ébranler la roche fermant
l'ouverture, il se laissa tomber plutôt qu'il ne s'assit sur le sol, en proie à une prostration incroyable
chez un tel homme.

— Eh bien ! chef, tu ne dis rien, demanda presque timidement Tinguy, la brute.

Le forçat familiarisé jadis avec les cachots,
n'éprouvait pas cette atroce impression de claustration qui écrase, en quelque sorte, l'homme habitué au grand air

— Et que veux-tu que je dise ? Je suis tout abruti
de l'aventure. Les évasions, ce n'est pas mon fort.
J'ai été habitué à « boucler des fagots » (enfermer

des forçats), et non pas à pratiquer moi-même leurs manœuvres.

En dépit de la gravité de la situation, les trois évadés se mirent à rire. Cet aveu dépouillé d'artifice dans la bouche de leur ancien surveillant les comblait d'aise.

— Vois-tu, chef, dit sentencieusement Bonnet, si les geôliers mettaient à garder les forçats, la centième partie de la vigilance que ceux-ci déploient dans la conception et l'exécution de leur dessein, il n'y aurait jamais d'évasions.

« Le prisonnier réussit dans son entreprise en y pensant toujours. »

— Eh bien ! dépêche-toi donc de penser toujours à nous tirer d'ici, car vous vous entendez bien mieux que moi à ouvrir une porte.

— Bienfaits d'une éducation soignée, reprit ironiquement le coquin.

— Voyons, pas de discours, hein ! à chacun son lot et son rôle. J'ai mes aptitudes, vous les vôtres. Bonnet, toi qui es un malin entre tous, un vrai fil de soie, prends le commandement et organise quelque chose. Tu verras si je sais obéir.

—Ça, c'est parler. A l'œuvre, car il ne fera pas bon ici pendant longtemps. Nous avons quelques provisions, mais pas une goutte d'eau. Ceux qui

nous ont enfermés ici savaient bien ce qu'ils faisaient en détournant le cours du ruisseau.

— Tu crois que la crique souterraine a été tarie
à dessein?

— J'en suis sûr. Nos ennemis certainement infé-
rieurs en nombre, n'ont pas osé nous attaquer. Il
leur a paru plus rationnel de nous faire périr de
faim et de soif.

— Tiens, c'est bien possible, après tout.

— Mais, faudra voir. Nous serons dehors avant
deux jours, ou je ne veux plus être, comme tu le
disais tout à l'heure, la fine fleur de tes anciens
pensionnaires.

« Allons, au trot. Le temps presse, si j'en juge
par les mines allongées du brave Ackombaka et
des hommes de sa troupe. Ils trouveraient, entre
nous, la plaisanterie un peu forte, si elle devait se
prolonger.

« Commençons par tracer notre plan. Nous avons
heureusement des bras. La besogne sera simplifiée
d'autant. Tu vas d'abord faire attaquer la roche
par nos alliés. C'est bien le diable si, avec leurs
sabres, ils n'arrivent pas à la déblayer. N'avons-
nous pas percé seuls, sans lumière, sous l'œil des
gardiens, les murs des geôles avec des clous, des
morceaux d'écuelles, ou même des fragments de
verre.

« Pendant ce temps, je vais inspecter minutieusement le local.

Le bandit prit une torche et s'enfonça sous les
galeries conduisant au fond de la caverne.

Les Thïos et les Emérillons, stimulés par l'alcool
que leur versa généreusement Benoît, s'escrimèrent
vigoureusement contre le monolithe obstruant l'entrée. Le résultat parut en principe assez satisfaisant. Pendant quelques minutes, le travail de sape
avança rapidement, tant était friable la terre mi-
cacée. Mais bientôt les sabres rencontrèrent la
diorite, sur laquelle ils rebondirent en lançant des
gerbes d'étincelles. La roche possédait une dureté
défiant l'acier lui-même. Il eût fallu des fleurets
de mine pour entamer, après un labeur écrasant,
ces plaques luisantes, pétries pendant des milliers
de siècles par cet incomparable ouvrier qui se
nomme le Temps !

L'ancien surveillant sentit une légère moiteur
à la racine de ses cheveux. Un frisson glacé ser-
penta le long de son échine, en constatant l'inutilité des plus énergiques efforts. Le boyau donnant
accès à la grotte était une coupure pratiquée jadis
en plein roc par une convulsion géologique. C'était
une sorte de tube elliptique de quatre à cinq mètres
de longueur, sur un mètre cinquante de hauteur.
Il s'évasait à l'entrée, et le rocher qui l'obstruait

se trouvait comme scellé dans cet entonnoir au pavillon situé extérieurement.

Impossible d'attirer en dedans cette pierre plus volumineuse que le couloir, impossible aussi de la pousser au dehors, car elle était maintenue sans doute sous un amas considérable de matériaux.

Toutes les tentatives devaient être inutiles de ce côté.

Bonnet revenait à ce moment après une exploration également infructueuse. Son visage de fouine ne révélait aucune trace d'émotion, tandis que la face brutale de Benoît, douloureusement contractée par l'angoisse, ruisselait de sueur.

— Rien ! murmura-t-il attéré. Rien !... Nous faut-il donc mourir ici ! J'avais tout prévu, sauf ce supplice horrible. Être enterré vivant ! Jamais. J'aimerais mieux me faire sauter le crâne.

— Gribouille, va ! riposta sardoniquement le forçat. Est-ce que tu aurais peur ?

— Je crois que oui !...

— Allons donc, poule mouillée. Je ne suis pas encore au bout de mon rouleau.

— Mais les Indiens, qui ne comprennent rien à l'affaire, commencent à hurler. Si cela continue, ils vont nous écharper.

— Fais-les boire.

— Le remède est pire que le mal. Le tafia va les rendre furieux.

— Tu les feras battre. Qu'ils se tuent mutuellement. Nous mangerons les morts pour gagner du temps[1].

— Tu n'as donc aucun espoir?

— Aucun pour le moment, je viens chercher une torche, et je retourne là-bas.

— Je vais venir avec toi. Je ne puis plus tenir en place. De plus, il m'est impossible de résister à l'odeur de ce cadavre qu'ils ont voulu quand même amener jusqu'ici.

« Tinguy et Mathieu vont leur donner du tafia, moi je m'en vais, mon cœur se soulève.

— Viens donc, puisque tu n'es plus bon à rien, tu porteras la lumière.

Les deux hommes, après une marche lente quoique facile, arrivèrent bientôt au bord du torrent desséché, Bonnet scrutait avidement le fond de la sombre coupure et murmurait en aparté :

— S'il nous reste une chance de salut, c'est là

Le propos que je prête en ce moment à cet homme n'est que l'exacte vérité. Bien des évasions ont eu lieu dans les pénitenciers guyanais. Presque toutes ont eu pour épilogue d'effroyables scènes d'anthropophagie. Les annales judiciaires de notre colonie, renferment de nombreux rapports que j'ai transcrits mot pour mot et que je publierai plus tard.

                                        L. B.

qu'elle se trouve. Car en somme l'eau pénétrait ici par une ouverture quelconque, et sortait par une autre

« Qu'en dis-tu, chef?

Une rauque exclamation fut la seule réponse de Benoît qui glissa brusquement, et dégringola en lâchant sa torche.

— Benoît, cria le forçat sérieusement alarmé, Benoît ! Es-tu blessé? réponds-moi.

— Non, répondit enfin le surveillant d'une voix sourde, mais je suis à moitié assommé. Rien de cassé pourtant, plus de peur que de mal, va.

— Voyons, reprends ta lumière; c'est bien, éclaire-moi. Je vais venir te rejoindre. Il n'y a guère plus de deux mètres de contre-bas, n'est-ce pas?

— A peu près, mais prends garde aux pointes des roches, c'est miracle que je ne sois pas éventré.

— C'est bon, on y va, répondit le forçat en se suspendant par les mains et en se laissant mollement aller sur la pointe des pieds. Une et deux... là... en douceur. On est partout comme chez soi quand on sait s'y prendre.

— Aïe !... Oh ! la la !...

— Qu'est-ce que tu as encore?

— Je ne peux plus marcher.

— Eh bien ! cours !

— Je crois que j'ai attrapé une entorse.

— Fichu maladroit, il ne nous manquerait plus que cela.

— Non, je me sens mieux, ma jambe est tout endolorie, mais je puis m'appuyer sur elle.

— Alors, en route.

Les deux aventuriers suivirent patiemment le lit de la rivière dont le cours enchevêtré offrait les capricieux lacis d'un inextricable labyrinthe. Ils s'aperçurent bientôt qu'ils montaient rapidement. Ils devaient avoir atteint une altitude égale au moins, sinon supérieure, à la voûte de la grotte.

—Ça va, disait Bonnet à son compagnon clopinant derrière lui, ça va très bien. Les bonnes gens qui nous ont enfermés ici, ne se doutaient guère qu'ils assuraient notre salut en voulant nous priver d'eau. On ne pense pas à tout.

« Tiens ! je te le disais bien, regarde là haut.

— Oh ! de l'air, de la lumière, hurla Benoît, en apercevant, à deux mètres au-dessus de sa tête, une mince ouverture par laquelle on entrevoyait un coin de ciel bleu.

— C'est par là que l'eau se déversait dans la grotte, nos imbéciles ont établi un batardeau un peu en avant du trou, sans savoir que « ce maigriot » de Bonnet saurait bien s'y glisser.

— Comment, tu espères passer par là.

—Parbleu ! Je me suis évadé de la prison de

14.

Pithiviers par un trou un tiers moins large que celui-ci. Vois-tu je suis une véritable anguille. Le
geôlier un brave homme, un peu bêta, m'avait
donné une feuille de papier blanc. J'y dessinai
une guillotine et je collai mon œuvre d'art à la muraille. « Je passerai par là », lui disais-je chaque
jour quand il m'apportait ma pitance. « J'espère
bien que non », répondait-il invariablement. Le
pauvre diable croyait que je voulais parler de l'écha-
faud, quand il s'agissait d'une ouverture que je creu-
sais avec une patte de fenêtre, et que dissimulait
mon dessin. Un beau matin, je pris la clé des
champs, après avoir écrit sur ce même papier :
« Je pars pour les vendanges ».

« Quinze jours après j'étais pincé dans le cellier
d'un paysan dont je buvais le vin doux. Je lui
avais emprunté par la même occasion quelques
milliers de francs que l'on trouva sur moi. Comme
j'étais ivre-mort, je fus bien gentiment emballé,
conduit à Orléans, et pourvu d'un billet de dernière
classe pour la maison d'arrêt de Poissy.

« Allons, assez causé. Déménageons comme à
Pithiviers.

« Deux mots encore, une fois en plein air, je vais
retrouver l'entrée de la caverne, la déblayer, enlever tous les objets qui empêchent la roche d'obéir
à la poussée imprimée à l'intérieur. Quand tout

sera paré, j'enverrai un coup de sifflet, vous réu-
nirez tous vos efforts, et c'est bien le diable si vous
ne réussissez pas à la démarrer.

— C'est compris, répondit Benoît auquel la
perspective d'une liberté prochaine rendit toute
son énergie.

« Attends un moment, je vais m'arc-bouter le
long de la paroi. Bon, c'est cela .Maintenant grimpe
sur mes épaules.

— Voilà qui est fait, mes mains atteignent le re-
bord du vasistas. Il y a juste la place pour ma
tête. La peau de mes flancs pourra bien y rester,
mais c'est un petit inconvénient, le reste y passera,
car les « fayots » du pénitencier ne m'ont guère
donné de ventre.

Le forçat s'enleva à la force des poignets, se
rapetissa, s'allongea, tassa ses muscles, s'aplatit,
et finalement, s'engagea dans l'étroite ouverture.
Pendant quelques minutes, il resta comme étranglé par le milieu du corps, sans pouvoir avancer
ni reculer; enfin ses bras furent dégagés, il agita
désespérément ses jambes, son ossature craqua, sa
chair saigna.

Il poussa un long cri d'allégresse, il était libre.

Cette première et indispensable manœuvre étant
couronnée de succès, le plan du gredin reçut bientôt son exécution, et ses prévisions se réalisèrent

de point en point. Retrouver l'entrée de la caverne fut pour lui l'affaire d'un moment. La roche formant bouchon était surchargée de plusieurs quintaux de pierres, entassées de façon à former une éminence que la mine eût pu seule soulever et désagréger d'un seul coup. Bonnet fit tant et si bien qu'après deux heures d'un travail acharné, il ne restait plus trace de ce « tumulus » élevé par les Aramichaux lors de leur fuite précipitée.

Les prisonniers réunirent leurs forces, coordonnèrent leurs mouvements, et la poussée fut telle, que le bloc dioritique oscilla, puis roula comme un tonnerre jusqu'au bas de la colline. Un long hurlement de joie et de triomphe sortit de la poitrine des blancs, à la vue du soleil dont ils n'espéraient plus contempler les ardents rayons. Les Indiens chantaient et gambadaient, à la suite du cadavre du piaye plus décomposé que jamais. Cédant enfin aux objurgations de Benoît, ils consentirent à l'enterrer non loin de la caverne, après avoir toutefois coupé sa longue chevelure, à laquelle les honneurs funèbres seraient rendus en temps et lieu.

Les Peaux-Rouges, complètement ivres et parfaitement abrutis avaient été presque insensibles à cette claustration qui eût pu leur être fatale. Le retour à la lumière, à la vie des grands bois les

laissa impassibles. Leur unique pensée, était de
rentrer chez eux avec la chevelure du piaye, afin
de recommencer la cérémonie funèbre accompagnée de plantureuses rasades. Ne voyant pas pour
le moment de prétexte légitimant de nouvelles
absorptions de cachiri ou de vicou, Ackombaka,
soucieux du bonheur de ses sujets autant que
du sien propre, voulut donner le signal de la retraite.

Il avait en somme tenu sa promesse. Le chef
blanc avait pu, grâce à son aide, atteindre son but ;
à lui maintenant de remplir ses engagements. Il
était temps de rallier la crique et de partir en guerre
contre les Bonis et les Poligoudoux.

Mais Benoît ne l'entendait pas ainsi. Les Peaux-
Rouges étaient de trop précieux auxiliaires pour
qu'il consentît non seulement à quitter la place,
mais encore à se priver de leurs services. Comme
il connaissait admirablement les faiblesses de ces
grands enfants naïfs, avides et paresseux, il ne
lui fut pas difficile de les séduire de nouveau.

— Le chef des Hommes-Rouges, dit-il sentencieusement, renonce-t-il à punir le meurtrier du
piaye de sa tribu ? Est-il à ce point dégénéré, qu'il
oublie comme une vieille femme l'injure faite à lui-
même et à ses guerriers !

— Mes jeunes hommes, répondit piteusement

l'ivrogne, n'ont plus de provisions. La faim cruelle va hurler dans leurs entrailles, ils n'auront plus de forces pour combattre les nègres du Maroni. Qui donc défendra leurs femmes, leurs enfants et leurs vieillards, si la famine les abat et leur enlève toute leur énergie ?

— Mais l'honneur des hommes rouges n'est-il pas préférable à tout !

— L'Indien ne marche au combat que quand il n'a pas faim, riposta le chef en paraphrasant inconsciemment, cela va sans dire, ce mot du maréchal de Saxe : « Le soldat ne se bat que quand il a mangé la soupe... »

— Qu'à cela ne tienne, reprit Benoît. Je conduirai le chef et ses guerriers dans un abatis comme nul Indien n'en a vu depuis que « Gadou », le grand maître du monde, a créé les hommes, les animaux et les forêts.

— Mon frère dit-il la vérité?

— Le chef blanc ne ment jamais, dit impudemment le coquin.

— Quand mon frère montrera-t-il cet abatis à celui « qui vient déjà » et à ses guerriers ?

— Lorsque le soleil se montrera après s'être endormi deux fois derrière les grands bois, mes frères les Emérillons et les Thios fouleront les champs de patates, d'ignames et de manioc ; ils nageront dans l'abondance, et pourront passer sans travailler le prochain hivernage.

C'en était trop, et les arguments du blanc étaient vraiment irrésistibles. Il fut convenu que l'on partirait sans plus tarder pour ce mystérieux pays de Cocagne, où il ferait si bon manger, boire et dormir, sans autre peine que de préparer les aliments et les liqueurs fermentées.

L'on se mit en marche à la grande joie de Benoît qui, ennuyé de son pontificat, reprenait brusquement ses prosaïques habitudes en parlant à ses complices.

— Ouf !... dit-il à Tinguy qui ne comprenait rien à l'entretien, mais admirait de confiance, j'ai encore une fois sauvé la situation.

— Et moi, j'ai sauvé la caisse, répondit le forçat, en montrant son épaule rougie par la bretelle de la musette qui lui battait le flanc.

— Tiens, c'est vrai... La pépite !... Je l'avais presque oubliée.

— Moi pas! Ce bon jaunet! C'est qu'on n'en trouve pas souvent autant dans le talon d'un Indien.

— Patience, mes gaillards, patience. Nous aurons avant peu du nouveau.

— Pourvu que ce soient des cailloux comme celui que je porte, je n'en demande pas davan-

tage. Oh ! tu peux me charger comme un mulet.
Je marcherai sans me plaindre.

La troupe s'avançait lentement dans la direction de la Bonne-Mère. Le lecteur a de suite de-
viné que l'objectif des aventuriers était l'Eden
des Robinsons de la Guyane. Benoît, de cette façon, faisait un coup de maître. Il pouvait tout à
la fois garder à sa discrétion la tribu entière qu'il
ferait émigrer ultérieurement vers ce canton fertile,
et satisfaire sa vieille haine contre Robin.

L'ouragan de pluie s'abattit sur eux non loin
du lieu où les Robinsons, inconscients du double
péril qui les menaçait, avaient établi leur campement. Les gredins entendirent le fracas produit par
la chute des colosses déracinés, mais l'aveugle
fatalité qui frappait en ce moment des innocents,
les épargna.

La furieuse convulsion de la nature passa comme
une colère d'enfant, les lourdes nuées se déga-
gèrent, et la lune, dans son plein, éclaira de sa
lumière sereine les grands bois aux feuilles em-
perlées de pluie.

Les sauvages habitants de la forêt, épouvantés
par ce subit écroulement, s'étaient enfuis. Les vastes arceaux de verdure ne répercutaient plus ces
multiples bruits de fauves en quête de proie,
d'hallalis sonnés par des larynx de tigres, de cris

de bêtes aux abois, de hurlements accompagnant
la curée chaude. Tout se taisait encore, après ce
formidable « *Quos Ego !...* » de la nature en cour-
roux.

Une seule voix rompit ce silence de nécropole.
On entendit un cri humain, un gémissement plutôt, un de ces appels angoissés qui trouent le nuage
d'agonie flottant sur un champ de bataille. La voix
n'appelait pas à l'aide. Cette plainte n'était que
l'inconsciente révolte d'un organisme contre la
douleur.

Les Indiens superstitieux se rapprochèrent crain-
tivement des blancs.

— Tu as entendu, chuchotta Ackombaka, blotti
contre Benoît.

— Oui, j'ai entendu la voix du piaye qui crie
vengeance, répondit à tout hasard le misérable.

L'appel retentit plus vibrant et plus désespéré.

— C'est un homme, à n'en pas douter, continua l'ancien surveillant. Qui peut bien se trouver
en un tel endroit et en un semblable moment.

« Ah ! diable ! si c'était... Oui, parbleu ! Si c'é-
taient les particuliers qui après avoir enlevé les
pépites de la caverne, nous y ont si gentiment
enfermés.

Il fit part de ses impressions à ses complices,
qui, comme toujours, partagèrent son avis. Tin-

guy renchérit encore, en prétendant qu'ils pourraient bien être en possession du « magot. »

— Tu n'es pas aussi bête que tu le parais, toi,
Tête-de-Chenet, reprit Benoît, en donnant au bandit ce petit nom d'amitié réservé pour les grandes
occasions.

« Allons, en route, et tâchons de débrouiller le
fil de cette aventure.

Les Indiens le suivirent, en dépit de l'aversion
qu'ils éprouvent à marcher la nuit, aversion
qu'augmentait encore en ce moment la terreur
inspirée par ce mystérieux appel. La troupe s'a-
vança jusqu'au point ravagé par la foudre. La
lune enveloppait de ses limpides rayons le vaste
abatis improvisé par l'ouragan. Les arbres restés
debout formaient comme une muraille circulaire
autour de ce pêle-mêle monstrueux de troncs
éclatés, de cîmes tordues, de branchages fracassés, de lianes rompues.

Une tache blanche, toute petite, se détachait
en vigueur sur ce sombre fouillis, à quelques mètres à peine des aventuriers. Une brindille sèche
craqua sous le soulier de Benoît. L'objet blanc
s'allongea, grandit, puis se dressa. C'était un
homme paraissant blessé, ou tout au moins, rudement contusionné.

Un des Indiens laissa échapper une exclamation de surprise, peut-être de terreur.

— Qui va là? cria-t-on en français.

— Qui va là vous-même, riposta rudement l'argousin.

— Un blessé qui demande du secours pour ses compagnons et pour lui.

— Êtes-vous nombreux ?

— Quatre. L'ouragan s'est abattu sur notre carbet, et mes compagnons sont enfouis sous les branches... morts peut-être, continua l'homme, étranglé par un sanglot.

— Allons, du courage, ça peut s'arranger. Nous allons vous aider.

Benoît s'avança vers l'inconnu, que cette subite arrivée d'une troupe nombreuse ne paraissait ni émouvoir ni même étonner. Un rayon tomba d'aplomb sur sa figure. C'était un tout jeune homme.

— Sacrebleu, gronda le surveillant stupéfait. Je dois une fière chandelle au bon Dieu du Tonnerre. Mais le diable m'emporte, ce galopin-là est tout bonnement celui qui accompagnait Robin.

— Je vous en prie, venez vite à leur secours. Je ne les entends pas remuer. Aidez-moi à écarter ces branches.

— On y va, jeune homme, on y va, et de bon cœur, vous pouvez m'en croire.

— Oh ! merci pour cette bonne parole.

— Êtes-vous blessé ?

— Non. Mais je suis brisé. Il me semble que tous mes membres sont rompus.

— Celui-là, dit à voix basse Benoît au chef indien, est l'ennemi de ta race. Veille sur lui et tâche qu'il ne s'échappe pas. Nous allons saisir les autres. Tu vois que Gadou nous protège.

Les trois forçats et les Peaux-Rouges ne restaient pas inactifs. Leur vieille expérience de coureurs des bois leur permit d'organiser adroitement les moyens de sauvetage. Pendant que les uns se glissaient sous les basses branches, avec la souplesse de reptiles, les autres sabraient avec précaution, et tentaient de pratiquer un sentier conduisant sur le point désigné par le jeune homme comme étant celui qu'occupait le carbet.

Après une heure de recherches pénibles, une voix étouffée sortit de l'épaisse jonchée. C'était celle de Bonnet. Le forçat, grâce à sa prodigieuse agilité, avait réussi à pénétrer, après des peines infinies, jusqu'à l'endroit où gisaient les trois hommes immobiles comme des cadavres. Par un hasard miraculeux, ils se trouvaient étendus sous un grignon colossal, qui, cassé net à cinq pieds du sol, était resté appuyé sur la base de son tronc rompu, en formant un plancher incliné au-dessus d'eux.

Ils étaient complètement évanouis, mais sans blessures apparentes au toucher. Leur syncope devait avoir été amenée par l'incalculable intensité du choc qui les avait renversés.

Les travailleurs s'étaient précipités vers le point d'où partait la voix de Bonnet, qui donnait à son chef, à travers les branches, cette courte série d'explications. Ils pratiquèrent une sorte de puits, au milieu de la couche de végétaux qui n'avait pas moins de sept ou huit mètres d'épaisseur en cet endroit. Le jeune homme, toujours couvert par le regard inquiet d'Ackombaka, était au premier rang des sauveteurs. Sa vigueur et son énergie étaient rapidement revenues. Il abattait une besogne égale à celle de quatre hommes.

— Voici un compagnon auquel il ne faudra pas ménager tout-à-l'heure la ficelle, grognait Benoît, que cette force d'athlète inquiétait, en dépit de la présence de ses gardes-du-corps.

Après de nombreux efforts et d'infructueuses tentatives, les trois blessés, hissés doucement à force de bras au bout des amarres de hamacs, furent allongés près d'un vaste brasier.

Le jeune homme poussa un hurlement de joie. Il allait se précipiter vers eux, mais il n'en eut pas

le temps. Il tomba rudement sur le sol, la tête et
les bras pris sous un hamac, comme dans les
mailles d'un épervier, les jambes étroitement ficelées par une liane.

— Doucement, mon camarade, doucement, fit
ironiquement Benoît, nous avons un petit compte
à régler avec ce particulier qui vous ressemble si
fort, et que je connais de vieille date.

Les deux jeunes gens et leur père, frottés à tour
de bras par les Indiens, reprenaient lentement
leurs sens. Une gorgée de tafia introduite à travers
leurs mâchoires contractées les fit revenir complétement à la vie. Au moment où leurs yeux s'ou-
vraient à la lumière et se fixaient sur le foyer avec
cet effarement bien naturel à des hommes étonnés
de se trouver encore vivants, au moment où leur
poitrine se gonflait en aspirant les premières bouffées d'air frais, ils s'aperçurent avec stupeur qu'ils
étaient garottés au point de ne pouvoir faire aucun mouvement.

Benoît s'avança lentement vers eux. Il s'arrêta
près du brasier dont les lueurs sanglantes éclai-
raient ses traits farouches. Il arracha brusquement
sa casquette à couvre-nuque et s'écria d'une voix
stridente en regardant bien en face le proscrit :

— Me reconnais-tu, Robin ?

Le prisonnier perçut la situation avec la netteté

particulière à ceux qu'une perpétuelle existence
de luttes familiarise avec les périls de toute sorte.
Il reconnut d'emblée l'ancien garde-chiourme et
n'honora même pas sa question d'un mot de réponse. Ses traits calmes et fiers conservèrent leur
imposante sérénité. Mais le long regard qu'il laissa tomber sur le misérable, fut chargé d'un mépris
si écrasant, que ce dernier crut sentir comme un
soufflet s'abattre sur sa joue.

Il pâlit et fit un brusque mouvement pour s'élancer sur lui. Comme jadis dans la caverne, les ex-
clamations de rage, les blasphèmes et les injures
s'étranglaient dans sa gorge. Il voulait et ne pouvait articuler un son. Il ne savait plus que hurler,
beugler, hoqueter. Jamais organisme humain ne
fut tordu par un plus hideux paroxysme de fureur
insensée.

Robin et ses fils contemplaient avec une sorte
de curiosité froide et dédaigneuse cette scène, et
semblaient plutôt des spectateurs désintéressés que
les acteurs d'un drame dont le dénouement serait
terrible. On eût dit une famille de lions s'amusant
des contorsions d'un loup hydrophobe.

Les Indiens et les forçats se taisaient, étonnés
de cette violence avec laquelle ils étaient pourtant
familiarisés.

— ... Comme des chiens!... oui, vous crèverez

tous... comme des chiens, put enfin vociférer le
bandit.

Les lèvres du proscrit s'entrouvrirent, et de sa
voix calme, bien timbrée, il proféra ce seul mot :

— Lâche !...

Cette épithète, sanglée à bout portant, eût pu
amener aussitôt une irréparable catastrophe. Elle
produisit au contraire sur le misérable l'effet d'une
douche glacée. Il se calma comme par enchantement, et sans le frémissement de sa voix encore
émue, il eût été impossible de concevoir la violence
de l'accès qu'il venait de dompter subitement.

— Tu me paieras cela avec le reste. Ma foi, je
t'aurais bêtement cassé la tête d'un coup de fusil.
Je suis pour les moyens expéditifs, moi.

« Mais, puisqu'il en est ainsi, je vais te laisser
entre les mains des Indiens. Tu verras quels habiles tortionnaires. J'assisterai à la séance, et je
marquerai les points.

« On te servira le dernier, pour la bonne bouche. Mes excellents Peaux-Rouges commenceront
par tes compagnons. Ce sont tes enfants, n'est-ce
pas. Je sens cela à ma haine contre eux. Ils te
ressemblent d'ailleurs comme une nichée de tigres à leur père. De rudes gaillards. Nous verrons
quelle contenance ils garderont, quand mon digne
ami Ackombaka leur fera ses mamours.

« Je serais également curieux de savoir si tu feras autant ton matamore quand, après les avoir vu lardés par les mouches-sans-raison et déchiquetés par les fourmis-manioc, ils claqueront là, sous ton nez, comme des crapauds dans du tabac ».

Les prisonniers restaient toujours impassibles et muets devant ces ignobles fanfaronnades. Leurs yeux seuls, rivés sur ceux du bandit, semblaient le foudroyer d'indicibles regards de mépris.

Les Peaux-Rouges, experts en matière de courage, ne pouvaient se lasser d'admirer cette inébranlable fermeté. L'attitude des jeunes gens, de véritables enfants, les frappait d'étonnement, et leur respect pour les hommes de la race blanche s'en augmentait d'autant. La fête du lendemain serait magnifique, et il y aurait un incomparable plaisir à leur appliquer les formules les plus raffinées du grand art de bourreaux dans lequel ils excellent.

L'ombre du défunt piaye serait bien vengée, et *Massa Gadou* ne manquerait pas de lui ouvrir à deux battants les portes du Paradis réservé spécialement aux Peaux-Rouges. Ackombaka, n'ayant jamais « opéré » sur des blancs, n'était pas sans inquiétude, relativement à l'attitude qu'il conviendrait de prendre au moment solennel. Si Benoît ne lui eût positivement affirmé que cet homme à lon-

15.

gue barbe avait pris la forme d'une mouche-sans-
raison pour pénétrer dans le pharynx du sorcier,
jamais le pauvre diable n'eût osé porter la main
sur des hommes d'une essence à ce point supérieure.

Mais l'affirmation du bandit, — un blanc aussi,
— sa présence sur le lieu du supplice avec ses compagnons d'infamie, suffiraient à lui communiquer
l'aplomb nécessaire. Nul doute que, le tafia aidant, il ne se comportât correctement.

Benoît lança sur ses victimes un dernier regard
de haine et ajouta, en s'adressant plus particulièrement à Robin :

— Je n'ai pas besoin de t'expliquer les motifs de
ma conduite à ton égard. Nous sommes ici en
plein bois, en dehors de toute civilisation, fort
heureusement, et sans autre loi que celle du plus
fort. N'y eût-il que notre vieux compte à régler ensemble, la raison serait plus que suffisante.

« Mais, plus j'y pense, plus je suis certain que
c'est toi qui, aidé de tes damoiseaux, essayas de
nous jeter sur la tête les arbres de la crique, et
blessas d'une flèche un de mes compagnons. N'est-
ce pas toi aussi qui aidas à l'évasion du Peau-
Rouge, notre prisonnier?

— C'est moi, articula nettement Robin.

— Je n'attendais pas moins de ta franchise.

Ton aveu rassure ma conscience, continua-t-il ironiquement. Vous allez passer la nuit ici, on y est
très bien. Une demi-douzaine de Peaux-Rouges,
commandés par un de mes « fagots », vous servi-
ront de gardes du corps. Vous serez bien gardés.
Allons, dormez en paix, et ne faites pas de mauvais rêves. A demain.

Robin et ses trois fils furent assis côte à côte, le
dos appuyé contre un faisceau de feuilles de waïe.
Un Indien, portant une large calebasse pleine de
couac, vint leur mettre à tour de rôle devant la
bouche des boulettes de l'épaisse bouillie, qu'ils
refusèrent. Un autre apporta un coui plein d'eau.
Ils burent quelques gorgées qui leur procurèrent un
soulagement inexprimable.

Benoît s'était retiré, les Peaux-Rouges veillaient
sous le commandement de Bonnet, que l'argousin
avait mis rapidement au courant de la situation.

Les prisonniers conversaient à voix basse, mais
en anglais, au grand désappointement du misérable qui eût bien voulu savoir ce qu'ils disaient.
Il ne chercha pas à leur imposer silence, car le
chef avait donné l'ordre de les laisser communiquer entre eux ; non par humanité, mais parce
qu'il espérait que ces suprêmes confidences, cette
solennité douloureuse du dernier entretien amè-
nerait chez eux un moment de faiblesse.

Son attente fut déçue. Les Robinsons, ces athlètes au moral comme au physique, avaient été, dès l'enfance, préparés à toutes les luttes. Les revers les plus implacables, les catastrophes les plus soudaines pouvaient les frapper, mais non les abattre.

Et pourtant, ils étaient irrémédiablement perdus, à moins d'un de ces miracles, hélas! trop rares en pareil lieu. Il leur était non seulement impossible de tenter un effort désespéré pour briser leurs liens et s'enfuir, mais encore, tout mouvement leur était interdit, tant leurs bourreaux avaient multiplié les entraves autour de leurs membres.

— Mes enfants!... Mes chers enfants! murmurait le proscrit, le cœur broyé par l'angoisse, mais le visage impassible. Je crois que nous sommes perdus. Il ne nous reste plus qu'à nous préparer à mourir, et à mourir vaillamment.

— Père, nous sommes prêts, répondirent d'une seule voix les héroïques jeunes gens.

— Père, je suis fier de te le dire au nom de mes frères et au mien, reprit Henri, nous avons vécu sans reproche, nous mourrons sans peur.

— Je sais bien que vous êtes braves, chers enfants de ma souffrance et de mon amour. Je ne crains pas la défaillance, mais puis-je penser que

je vous verrai demain, sans défense, au milieu de
cette meute hurlante de sauvages à la curée, que
ce monstre à face humaine, ce rebut des bagnes
insultera à votre agonie, et que je ne pourrai
même pas donner ma vie pour sauver la vôtre !

— C'est bien lui, n'est-ce pas, dit de sa voix
douce Eugène, c'est cet homme que tu as arraché
des griffes du tigre, quand tu repris ta liberté.

— C'est lui, et vous êtes les victimes de ma
bonne action !

— Et qu'importe la vie sans toi ! dit à son tour
Edmond. N'avons-nous pas bravé cent fois la mort
depuis le jour où l'on vint t'enlever de nos mains
éplorées ! Cette lutte de tous les instants, entreprise
à ce moment et continuée toujours sans trêve ni
merci, ne nous a-t-elle pas familiarisés avec l'idée
d'une mort prématurée.

— Père ! nous ne regrettons que les grandes
choses rêvées avec toi pour l'avenir de notre patrie
d'adoption.

— Vous ne regrettez rien..., interrogea d'une
voix étranglée le proscrit dont l'œil fut brûlé par
une larme.

— Rien ! tu sais bien, père, qu'ELLE mourra de
notre mort !

Nulle allusion n'avait jusqu'alors été faite à leur
mère par les intrépides enfants. A quoi bon des

paroles ! Leur cœur n'était-il pas rempli par la
pensée de cette adorable et vaillante créature ! Ne
formaient-ils pas qu'une seule âme dans plusieurs
corps ! N'était-elle pas présente à leur funèbre entretien ! Ils ne disaient même pas « notre mère » ;
ils la désignaient par ce seul mot : ELLE. Et cette
appellation impliquait avec la pensée constante,
l'idée d'une collectivité dont tous les éléments
étaient essentiellement solidaires les uns des autres.

— Pauvre Charles ! murmura d'un accent étouffé
le malheureux père.

— Charles est déjà un homme, reprit fermement
Henri. Il recueillera notre héritage. Il faut qu'il
vive, qu'il personnifie notre idée. La grandeur de
l'entreprise est à la hauteur de sa vaillance.

Pendant que les Robinsons de la Guyane, irrévo-
cablement condamnés, assistaient vivants encore
à leur veillée mortuaire, l'orgie commençait dans
la clairière. Indiens et forçats buvaient glouton-
nement. Benoît seul restait sobre et maître de
lui-même. Tinguy, complètement ivre, avait
l'alcool triste.

— Tu disais donc chef, répétait-il pour la
dixième fois, que le grand barbu, qui est le père
des jeunes, est un ancien de là-bas.

— Oui, répliquait rageusement l'ancien surveillant ; f...iche-moi la paix.

— Et comme ça, continua-t-il avec son énervante ténacité d'ivrogne, tu as eu affaire à lui,
dans des temps.

— Oui ! oui ! Assez, te dis-je.

— Alors, c'est lui qui a coupé la face du tigre
qui te rongeait une jambe ?

« Tu as une drôle de manière de payer tes
dettes.

« Et tu vas le laisser comme ça charcuter par les
Peaux-Rouges.

« Tiens ! veux-tu que je te dise, tu ne ne vaux
pas un « fagot ». Un fagot, ça peut avoir un
sentiment de reconnaissance. Mais, t'as donc rien
dans le ventre ?

« Moi, je ne voudrais pas qu'on le tue. C'est
comme ma tante ! si c'était à recommencer...

Le bruit sourd d'un coup de poing coupa net la
phrase. L'ivrogne culbuta, tomba jambe de ci,
tête de là sur un lit de feuilles, et finalement s'endormit.

Le jour était près de paraître, et les apprêts du
supplice allaient commencer. Des Indiens, accroupis près du feu, sur leurs orteils, tressaient des
« manarets » en fibres d'arouma. Ces manarets,
au nombre de quatre, devaient servir à emprison-

ner par le milieu du corps les mouches-sans-raison.
Il y en avait un pour chaque victime.

Deux Emérillons étaient partis en découverte,
à la recherche de nids. L'heure était propice à
la capture des hyménoptères encore engourdis à
cet instant matinal. Des tortionnaires amateurs
faisaient provision d'épines de fromager et de counanan, d'autres aiguisaient leurs sabres sur des
plaques de diorite, d'autres enfin apprêtaient leurs
flèches et façonnaient des « boutous », espèces de
boules de bois dur remplaçant les pointes, et des-
tinés a étourdir les animaux sans les percer. Les
prisonniers possédant une vigueur exceptionnelle,
il était à supposer qu'ils pourraient endurer toute
la série des supplices. Ils seraient alternativement
piqués, troués, lardés, assommés puis découpés
en menus morceaux.

Quelle joie, pour ces naïfs enfants de la nature,
de pouvoir rapporter quelques tranches boucanées
des hommes blancs, et d'accrocher aux poutres de
leurs carbets ces dépouilles enluminées de roucou.
Ce *piaye*[1] infaillible, ne manquerait pas de rendre la
tribu invincible, car les blancs étant braves et forts

---

[1] Le mot de *piaye*, sert non seulement à désigner le sorcier, mais encore tous les remèdes baroques de la pharma-
copée indigène, ainsi que les talismans, les amulettes et
autres gris-gris quelconque. On l'emploie aussi dans le sens
de maléfice. L'on dit : jeter un *piaye*.

entre tous, les possesseurs de ces talismans incom-
parables deviendraient du coup semblables à eux.

Les apprêts de la lugubre cérémonie sont terminés. Le supplice va commencer. Les sons de
la flûte indienne déchirent l'atmosphère épaisse qui
baigne la forêt. Les guerriers ont fait une toilette
de circonstance. Tous sans exception, vermillonnés
de roucou des pieds à la tête, semblent sortir d'un
bain de sang. Des lignes bizarres, tracées au suc
brun de génipa, forment sur ce fond sanglant des
dessins fort curieux. Chacun a sa peinture particulière, comme les anciens croisés leurs armoiries.
Ils tiennent de la main gauche leur grand arc en
bois de lettre, à cordes en fibres de mahot, et le
faisceau de longues flèches en tige de gynérium.
Tous ces projectiles ont été garnis à la base de
plumes rouges de toucan ou de troupiale.

Ils ont arboré leurs colliers et leurs couronnes
de plumes. Ces couronnes très curieuses, dans la
confection desquelles les Indiens déploient une
adresse et une patience incroyables, sont de trois
sortes. Les unes sont blanches, les autres sont
noires, et une troisième espèce est formée de
quatre segments égaux, dont deux rouges et deux
jaunes. Les blanches proviennent du poitrail
d'une variété de toucan appelé « crieur » par les
créoles et *ramphastus toco* par les naturalistes. Les

noires sont faites avec la huppe de l'agami, les dernières, aux couleurs éclatantes, sont fabriquées avec les plumes du *cui-cui*, autre toucan, nommé *ramphastus vitellinus*. La partie supérieure de ces plumes est rouge vif, la partie inférieure, jaune éblouissant. Quelques-unes sont en outre ornées de poitrails d'oiseau-mouche d'une admirable nuance écarlate.

Ces couronnes sont le « nec plus ultra » de l'élégance chez les Peaux-Rouges, la coiffure des grandes solennités. Ils les serrent dans leurs *pagaras* et ne les exhibent qu'à bon escient.

Ackombaka est superbe. Il porte, avec autant de fierté qu'un général en chef, son panache blanc, un diadème en plumes jaunes de cassique, hautes de quinze centimètres, et d'où émergent à la partie antérieure, comme des cornes, deux immenses plumes rouges enlevées à la queue d'un ara. Un quadruple rang de colliers noirs, rouges, blancs et jaunes, s'étagent sur sa poitrine qui rutile comme un fond de pantalon garance. Il porte deux bracelets, l'un en dents de tigre, alternant avec des grains de *shéri-shéri*, l'autre en griffes de tamanoir. Sur son calimbé en cotonnade, s'étale un calimbé de grande tenue, en plumes bleues et rouges, orné à droite et à gauche des anneaux cornés formant le grelot des serpents à sonnettes.

Le chef est encore un peu ivre. Il est à point, comme dit Benoît avec son hideux sourire. Cette pointe d'alcool est juste suffisante pour lui donner assez de hardiesse, sans qu'il ait à se préoccuper de rechercher la ligne verticale.

Il s'avance, précédé de son flûtiste et flanqué de l'ancien surveillant. Derrière eux, marche en désordre, et non sans oscillations, le gros de la troupe commandé par Bonnet et Mathieu. Tinguy, ivre mort, ronfle à poings fermés sur sa litière de feuilles.

La flûte se tait sur un signe du chef. Les guerriers s'arrêtent à trente pas des Européens toujours assis et garottés. Ackombaka fait encore vingt-cinq pas, et leur adresse par l'entremise de Benoît une courte allocution.

« L'illustre capitaine « *Qui-Vient-Déjà* » est plein d'admiration pour le courage des hommes blancs. Il leur réserve la mort des braves. L'offrande de leurs existences sera d'autant plus agréable à *Massa Gadou*, et les mânes du piaye dont ils ont causé le trépas prématuré, seront dignement honorés.

« Pour leur montrer combien il a d'estime pour leur intrépidité, le trois fois grand Ackombaka leur appliquera lui-même sur la poitrine et sur les flancs

les guêpes irritées. Le chef blanc ayant pris la
forme d'une guêpe pour tuer le piaye, il faut que
ses complices et lui subissent d'abord le supplice
des guêpes. Puis, les guerriers rouges leur traceront
sur le corps des cercles en génipa, et montreront
leur adresse en plantant au milieu de ces circonfé-
rences, leurs flèches qui n'attaqueront aucun or-
gane essentiel.

« La seconde partie du divertissement sera ré-
glée ultérieurement.

« Et maintenant, les blancs vont souffrir. Qu'ils
entonnent leur chant de guerre. »

Le chef Peau-Rouge fait un signe. Quelques-uns
de ses hommes se détachent du groupe, soulèvent
les malheureux prisonniers, les dressent le long de
quatre troncs auxquels il les amarrent solidement.

Les Robinsons se sentent perdus. Leurs corps
éprouvent une suprême révolte à ce hideux contact. Leurs muscles puissants se contractent furieusement pour briser les liens qui ensanglantent
leur chair. Efforts inutiles hélas ! et dont la stéri-
lité amène un sourire sardonique sur les lèvres
du scélérat qui épie sur leurs traits un signe de
douleur ou de défaillance.

— Allons, dit-il impatiemment à Ackombaka,
fais vite. Les blancs n'ont pas de chant de guerre.

L'Indien étonné se met en devoir d'obéir. Il prend des mains d'un de ses compagnons un manaret et s'avance lentement, suivi de Benoît qui marche un pas derrière lui, en couvrant à chaque enjambée la trace de son pied. Le cérémonial le veut ainsi.

Les guêpes furieuses emprisonnées aux flancs dans les mailles des tamis, bourdonnent et agitent leurs ailes. De leurs abdomens, renflés, mobiles, annelés d'or, surgissent alertes et rigides les dards emperlés de suc vénéneux. La douleur va être atroce. Ackombaka lève les bras, et abaisse l'instrument de torture sur la poitrine du proscrit.

C'en est fait !

— Du courage, enfants, dit-il de sa voix calme.

Au moment où les guêpes vont toucher l'épiderme nu du blanc, le Peau-Rouge s'arrête pétrifié comme à la vue d'un serpent. Il veut faire un bond en arrière, mais il heurte rudement Benoît qui roule sur le sol. Le canon d'un fusil à deux coups surgit du rideau de lianes et s'appuie soudain sur un des arcabas de l'arbre auquel Robin est attaché. Un blanc flocon de fumée jaillit de l'arme, une sourde détonation retentit, Ackombaka écarte les bras et s'abat le crâne fracassé sur le surveillant, qui pousse un épouvantable hurlement de douleur.

Le manaret échappant à la main mourante du
Peau-Rouge, est tombé sur la face du misérable,
et les guêpes affolées le lardent furieusement. Un
second coup de feu arrête soudain les Indiens qui
veulent se précipiter au secours de leur chef. Une
charge de chevrotines pénètre en sifflant au milieu
de leur groupe compact, le sang ruisselle, des cris
de terreur se mêlent aux gémissements des blessés,
le désordre est à son comble.

Les trois forçats se sont lâchement enfuis les
premiers, en abandonnant leur chef, aveuglé,
tuméfié, boursoufflé, horrible.

La fumée du second coup n'est pas encore dissi-
pée, que Robin, assourdi par la détonation, voit
bondir devant lui un nègre d'une taille colossale,
nu de la tête aux pieds, le front encerclé d'un bandeau sanglant. De sa poitrine d'athlète noir, sort
un cri formidable qui tonne sous la feuillée.

— Oaaack!... Oaaack!... Boni!... Boni!...

Deux autres noirs, des jeunes gens qui ne lui
cèdent ni en vigueur ni en stature, s'élancent près
de lui, en rugissant leur cri. Les Indiens épouvantés, détalent comme des kariakous, devant les
trois géants. Les liens des prisonniers sont tranchés
en un tour de main, la clairière est vide, ils sont
libres !

Les trois libérateurs ne jugeant pas prudent de

leur donner la chasse, s'arrêtent et contemplent
les Robinsons d'un air respectueux et attendri. Le
plus âgé, celui qui porte un bandeau, se jette dans
les bras de Robin qui le reconnaît et s'écrie :

— Angosso !... Mon brave Boni ! C'est toi !...

— Mo même, dit le noir radieux. Çà mo z'enfants,
Lômi et Bacheliko. Oh ! mo content... content
oui !...

Vous dire si le bon noir et ses fils furent em-
brassés, fêtés, choyés par les Robinsons serait su-
perflu. Leur amitié antérieure, et l'immensité du
service rendu présentement dispensent de tout
commentaire.

Ils se retirèrent sans plus tarder après les premiers épanchements, car les Indiens pouvaient
opérer un retour offensif. Les blancs se trouvaient
sans armes, et brisés tant par la chute des arbres,
que par les entraves qui avaient pendant près de
quinze heures meurtri leurs membres. Il eût été
imprudent de courir les chances d'une lutte, pour
le moins douteuse, contre les Emérillons.

Angosso ne voulut pourtant pas quitter la clairière sans terminer la bataille par l'épilogue obligatoire.

Il passa sur le bord de son ongle le tranchant
de son sabre dont le fil lui parut « bon-bon » puis,
gravement, comme s'il remplissait une sorte de

sacerdoce, il saisit par ses longs cheveux, la tête de feu Ackombaka, son vieil ennemi, et lui coupa le cou le plus proprement du monde. Il présenta ensuite son arme à Robin, afin qu'il pût aussi faire à Benoît immobile la même opération, mais le proscrit lui fit comprendre que les blancs ne frappaient jamais un ennemi à terre.

— Comme vous voudrez, compère. C'est l'habitude des guerriers de ma race. Un ennemi ne revient pas quand il est en deux morceaux.

Il se pencha sur le surveillant, et vit qu'il respirait encore, mais faiblement.

— Li pas mouri, dit-il.

— Qu'importe, reprit Robin, il ne peut plus rien contre nous. Les fourmis le dévoreront bientôt, je ne veux pas souiller mes mains du contact de cet être immonde.

Ils reprirent lentement le chemin de la Bonne-Mère, en s'appuyant sur des bâtons. La réaction s'opérait brusquement, et leurs souffrances devenaient intolérables. Eugène et Edmond, moins robustes que leur frère Henri, et surtout que leur père, ne marchaient qu'avec des peines infinies en dépit du secours fraternellement prêté par Lômi et Bacheliko. Angosso, après avoir rechargé son fusil, formait l'arrière garde, et s'avançait portant imperturbablement la tête d'Ackombaka qu'il tenait par une poignée de cheveux.

— Voyons, Angosso, que veux-tu faire de cette tête? lui-demanda doucement Robin.

— Attendez un peu, compère, vous verrez.

L'attente ne fut pas bien longue. Au bout d'une heure, ils rencontrèrent une crique profonde, dont le courant était hérissé de roches noirâtres. Le Boni fureta de tous côtés, et finit par découvrir entre ces roches des trous circulaires, du diamètre de la cuisse d'un homme robuste.

— Ah! très bien. Voici la demeure du Tatou.

Il arracha un fragment de pierre, fit glisser la tête dans un des trous, le boucha et s'en alla tranquillement.

Le proscrit lui demanda l'explication de cette bizarre cérémonie, et Angosso ne fit aucune difficulté pour la lui donner.

— Ackombaka étant mort, dit-il, va se présenter devant Gadou, et le priera de lui donner sa place avec les autres chefs peaux-rouges. Mais, Gadou ne le reconnaîtra pas, puisqu'il n'aura plus sa tête. Il ne voudra pas le recevoir. Gadou, qui est très bon, demandera aux fourmis si elles ont mangé la tête, les fourmis diront : « non ».—Aïmara, demandera encore Gadou, as-tu mangé la tête de ce Peau-Rouge ? l'Aïmara dira : « non ». Gadou demandera

46

encore à la *Mama-Boma* (Maman-Couleuvre) si elle
a mangé la tête du chef. — Non, répondra la Boma !
Alors, le Tatou, qui est un animal impur, viendra
sans être appelé. — C'est moi qui ai mangé la tête
du Peau-Rouge, dira-t-il.

— Méchant Tatou, Tatou maudit, va-t-en chez
Yolock (le diable) ton maître. Gadou ne te connaît
pas.

— Bon, dira le méchant Tatou, j'y vais.

Yolock recevra son compère Tatou, et le corps
d'Ackombaka le suivra malgré lui. Yolock donnera
à ce corps une tête de Tatou, et le chef sera toujours immonde et maudit.

CHAPITRE VIII

Il a souvent été question, dans cet ouvrage, des
peuplades noires indépendantes qui habitent le
haut Maroni, et qui sous le nom de *Bosh*, *Youcas*,
Poligoudoux et *Bonis*, atteignent le respectable
chiffre de six à sept mille individus. Les Peaux-
Rouges, qui forment le fond de la population
aborigène de l'Amérique intertropicale, abrutis par
l'alcool, et décimés par la variole, sont appelés
à disparaître prochainement. En revanche, cette
vaillante race noire, transportée aux temps maudits

de l'esclavage des côtes de Guinée, de Krou, et du
pays des Rongous, fait merveille sur cette admirable terre de Guyane, si hospitalière aux hommes
et aux végétaux du vieux continent africain.

L'Histoire de ces peuples remonte à cent soixante-
dix ans déjà, et il est non seulement intéressant,
mais essentiel de l'écrire, car ces héros obscurs,
après avoir intrépidement combattu pendant
soixante ans contre la tyrannie, ont pu écrire avec
leur sang, ce mot magique de LIBERTÉ ! au livre
d'or des nations indépendantes. Les ancêtres de
ces paisibles riverains du grand fleuve des Guyanes, étaient donc ces terribles nègres marrons,
qui soutinrent, contre les troupes disciplinées de
la Hollande, d'interminables luttes, toujours meur-
trières, souvent victorieuses.

Chose curieuse, l'intervention de la France dans
les affaires de la métropole néerlandaise, fut la
cause du premier soulèvement. L'amiral Cassard, étant venu attaquer la ville de Paramaribo
avec une flotte de cinq navires, portant ensemble
deux cent soixante-quatorze canons, la colonie
ne put éviter une ruine totale qu'en payant une
contribution d'environ un million et demi. C'est
de cette époque, dit le commandant Frédéric
Bouyer, dans son remarquable ouvrage sur la
Guyane, que date la désertion des noirs.

Les colons néerlandais, taxés à tant par tête d'esclaves, lors de la répartition de la contribution, engagèrent leurs noirs à s'enfuir dans les bois jusqu'au départ des Français, pour éviter le recensement. Cette manière déloyale de remplir leurs engagements ne leur profita guère. Car si beaucoup des fugitifs revinrent aux habitations, un certain nombre restèrent dans les bois, et formèrent le noyau autour duquel se groupèrent les Marrons fuyant l'enfer de l'esclavage.

Quatorze ans après l'expédition de Cassard, c'est-à-dire en 1726, leur nombre s'accrut de telle sorte, qu'ils portèrent ombrage aux planteurs. Ceux-ci eurent la malencontreuse idée de leur déclarer la guerre. Ils furent si complétement battus, que la colonie dut reconnaître, par des traités réguliers, l'existence de ceux dont, la veille encore, le fouet du commandeur ensanglantait les flancs.

Cependant, les désertions continuent de plus en plus nombreuses. De nouyeaux clans commandés par les chefs indépendants viennent se grouper sur les rives de l'*Awa* et du *Tapanahoni*. La liberté de ces Marrons n'étant pas reconnue par le gouvernement colonial, et leur voisinage semblant dangereux aux propriétaires dont ils ravagent les habitations, de nouvelles expéditions sont résolues.

16.

A deux reprises différentes, ils préviennent l'attaque qui va fondre sur eux, et battent les colons en 1749 à *Saramaka*, et en 1761 à *Youka-crique*. Le Gouvernement de Paramaribo est une seconde fois forcé de reconnaître les belligérants qui se constituent sous le nom de *Youcas* qu'ils portent encore aujourd'hui. Les Hollandais, voyant que la rigueur n'a jusqu'alors obtenu aucun succès, s'ingénient à se faire bien venir de leurs anciens esclaves. On leur rend des honneurs, on les accable de politesses et de cadeaux, on s'en fait des alliés et l'on se sert d'eux, moyennant une prime assez forte en argent et en marchandises, pour ramener les noirs fugitifs.

Leur fidélité à exécuter cette dernière clause reste à ce moment, et quoiqu'on en ait dit, fort problématique. L'esclave marron reçoit, sauf de rares exceptions, une hospitalité fraternelle dans la hutte du nègre libre. La meilleure preuve, c'est que le nombre des *nègres bosh* (nègres des bois) qu'ils se donnèrent en principe, et que portent encore aujourd'hui ceux de la Guyane hollandaise, atteignit le chiffre de plus de quatre mille.

En 1881, les Bosh, habitant la rive gauche du Maroni, sont disséminés dans quatorze villages, commandés chacun par un *capitaine*, qui connaît des affaires correctionnelles. Il prononce la peine

du fouet, ou une amende proportionnée à l'importance du délit. Ces capitaines reconnaissent pour
suzerain un chef électif, nommé *Grand-Man*, qui
habite généralement aux Trois-Ilets (Drye-Tabet-
tiye). Il est le président des assises où sont jugées
les fautes graves. Les capitaines sont les jurés de
ces assises. Enfin, chacun d'eux possède pour emblème de sa dignité une canne de tambour-major
à pomme d'argent, sur laquelle sont gravés en
hollandais le nom du titulaire et celui de son village. Seul, le *Grand-Man* porte un immense *hausse-
col* d'argent, orné à chaque pointe d'une tête de
nègre. A la place d'honneur de sa case — les
noirs du Maroni ont conservé à leurs habitations la
configuration des huttes africaines, — s'étale un
large parchemin scellé de cire rouge aux armes
de la maison d'Orange. C'est la charte par laquelle le gouvernement néerlandais a reconnu, en
1761, l'indépendance des Bosh, et que ceux-ci
conservent précieusement de génération en génération.

La population libre du haut Maroni, s'accrois-
sant de jour en jour, une scission devient inévitable. Les nouveaux venus ne participant pas aux
bénéfices de leurs devanciers, une épouvantable
révolte éclate en **1772** sur un des affluents de
l'Awa, nommé la *Cottica*. Elle a pour chef un

homme d'une énergie extraordinaire, alliée à un
rare esprit d'organisation. C'est Boni, un noir auquel sa mère, esclave fugitive, donna naissance
en plein bois. Boni, le véritable héros de l'indépendance, qui a donné son nom aux noirs habitant aujourd'hui la rive française du Maroni. Il
groupe autour de lui les dissidents, et compromet
gravement le sort de la colonie hollandaise.

Les milices coloniales s'enfuient éperdues devant
lui, il triomphe sur toute la ligne ; son nom est
dans toutes les bouches, et telle est son audace,
sa bravoure et son habileté de stratégiste des bois,
qu'il faut demander à la métropole un corps de
troupe d'élite pour les combattre. On croit rêver,
en lisant le récit de la campagne, fait par le capitaine Stedman, un des rares survivants de cette terrible expédition que commandait le colonel Fourgaud. Vingt corps expéditionnaires, de soixante
hommes, — soit douze cents soldats, — composant
chacun une petite armée, s'avancent à travers la
forêt vierge. L'ordre le plus absolu préside à tous
les mouvements. L'on a affaire à un ennemi infatigable qui semble posséder le don d'ubiquité. On
l'attend sur la droite, et il enfonce le centre. On
compte l'envelopper en opérant un mouvement
tournant sur la gauche, et il tombe sur les der-
rières, égorge les hommes isolés, enlève les sen-

tinelles, pille les convois, multiplie les obstacles, se
joue des dangers, harcèle le gros de la troupe,
et fait périr de fatigue et d'insomnie ceux qu'é-
pargnent les balles et les flèches.

Et pourtant, le colonel Fourgaud est un homme
rompu à la vie d'aventures. Il connaît comme personne cette guerre d'embuscades, et ne s'arrête pas
plus devant les obstacles matériels semés par cette
terre implacable sous les pas des Européens, que
devant les coups des révoltés. Impitoyable pour
ses hommes comme pour lui-même, il traverse
impassiblement les criques, les forêts, les savanes
noyées, les marais sans fond, les montagnes hérissées de roches. Insensible aux souffrances de
tous comm ɔ aux siennes, il brave les miasmes,
les insectes, les reptiles, la fatigue, la maladie, la
faim. Tout plie devant cette énergie de fer, l'ennemi lui-même est sur les dents.

Son ordre de marche pour une compagnie de
soixante hommes, est une merveille d'organisation. Deux noirs sapeurs, armés de haches et de
sabres d'abatis, ouvrent un sentier. Ils sont suivis
de deux soldats marchant en éclaireurs, puis,
vient l'avant-garde composée d'un officier, d'un
caporal et de six soldats. Le corps de bataille
proprement dit, est divisé en deux parties. La première comprend un capitaine, un chirurgien, un

caporal, douze soldats et deux noirs portant les
munitions ; la seconde douze soldats commandés
par un sergent. L'arrière-garde consiste en un officier, un sergent, dix-huit soldats et seize nègres
pour porter les vivres, les médicaments, les blessés et les malades. Deux hommes et un caporal
ferment la marche. Total : trois officiers, un chirurgien, deux sergents, trois caporaux, cinquante-
deux soldats, deux sapeurs, deux porteurs de munitions et seize charroyeurs, en tout quatre-vingt-
un hommes ! dont soixante combattants.

L'on a peine à concevoir que Boni et les siens, à
peine égaux en nombre aux Hollandais, aient pu
tenir aussi longtemps contre des forces pareilles.
Nous avons dit que le corps expéditionnaire du
colonel Fourgaud comprenait vingt détachements
organisés comme ci-dessus.

L'ordre, la discipline, la tactique civilisée et surtout un procédé de destruction consistant à brûler
les villages et à ravager les récoltes, triomphèrent
de l'insurrection. Boni blessé lors de la prise du
village de Gadou-Saby, fut enfin forcé de reculer.
Sa retraite fut admirable, il guida ses hommes
par des chemins connus de lui seul. Epuisé, mourant de faim, la poitrine ensanglantée, il encou-
rage les faibles, soutient les malades, combat encore avec ceux qui peuvent tenir leur arme,

arrive au bord du Tapanahoni, le franchit le dernier, et se retire fièrement, toujours redoutable
dans sa défaite.

L'insurrection était vaincue, mais la Hollande
payait chèrement la victoire remportée sur l'esclave fugitif. Sur douze cents hommes envoyés de
la métropole, cent à peine revirent leur patrie.
Trente officiers dont trois colonels et un major
avaient péri.

Longtemps après la mort de leur chef, les Bonis,
moins bien organisés que les nègres Bosh, et surtout moins nombreux, subirent peu à peu une
sorte de servage de la part de leurs voisins. Les
Bosh prétendirent monopoliser le commerce avec
le bas Maroni, et empêcher les Bonis de corres-
pondre avec les Européens.

Cet état de chose dura jusqu'au jour où fut fon-
dée la colonie de Saint-Laurent qui devint rapidement prospère. La France jusqu'alors avait dé-
laissé le Maroni. Elle comprit l'importance de cette
immense artère navigable sur un parcours de près
de cent kilomètres. Elle protesta contre le servage imposé par les Bosh aux Bonis habitant le
territoire français. Les positions respectives des
peuplades rivales occupant les deux Guyanes furent rigoureusement établies au retour d'une brillante expédition franco-hollandaise organisée en

1860 par M. Vidal, lieutenant de vaisseau de la
marine française. La liberté de commerce et de
navigation furent également proclamées.

Depuis quelques années, d'excellentes relations
d'amitié se sont établies entre les Bonis et les chercheurs d'or de la région. Ils vont, viennent, chassent, pêchent et trafiquent librement avec notre
colonie. Leur grande douceur et leur probité
rendent les rapports avec eux extrêmement
agréables. Leur vigueur colossale et leur incomparable habileté comme canotiers en font d'utiles
auxiliaires pour notre industrie aurifère. Ils trans-
portent non seulement aux placers Saint-Paul,
Espérance, Manbary, Hermina, etc., les provisions
apportées de Cayenne à Saint-Laurent par les
goëlettes, mais ils s'en vont jusqu'à Mana en suivant la côte dans leurs pirogues légères, et font
pour le compte des placers une campagne produc-
tive comme chez nous les moissonneurs à l'époque
des récoltes. Les approvisionnements terminés
avant la saison sèche, ils reviennent à Cottica,
après un voyage de vingt à vingt deux jours.
Ils rapportent en paiement de leur travail, des objets de toute sorte, dont la possession amène un
bien-être inexprimable jusqu'à ces points reculés.
Enfin, l'administration supérieure ne néglige aucun
moyen d'entretenir ces excellents rapports avec

eux. Ils sont traités en véritables enfants gâtés, sans jamais chercher à se prévaloir de ces prérogatives dont les Bosh se montrent quelque peu jaloux.

Le *Grand-Man* actuel *Anato* [1], familièrement appelé Anatole par les blancs, émarge annuellement au budget de la colonie, la somme de douze cents francs, payés par mensualités de cent francs à la caisse municipale de Saint-Laurent. Cette générosité n'est pas perdue, au contraire, car le descendant du grand chef Boni, s'applique d'autant plus à maintenir la bonne harmonie entre ses sujets, dont le nombre atteint un millier environ, *. tous les riverains de notre grand fleuve.

Angosso appartenait à cette vaillante peuplade, aujourd'hui française tant par le cœur que par la position géographique. Dix ans auparavant, Robin lui avait dit : « Garde le secret de notre retraite », et le brave noir avait observé une discrétion tellement absolue, que sa femme et ses fils avaient toujours ignoré cet épisode de sa vie. Il

[1] J'ai rencontré Anato sur la rive du Maroni, alors qu'il revenait de toucher sa pension. Nous avons déjeuné ensemble à Sparwine. Je lui ai donné quelques menus bibelots qui l'ont enchanté, et nous nous sommes séparés les meilleurs amis du monde. Les dessins de deux exemplaires du *Journal des Voyages* l'ont positivement ravi. Il a voulu savoir mon nom et j'ai dû passer une grande demi-heure à le lui faire répéter.

L. B.

17

s'était souvenu aussi de l'offre faite par le proscrit : « Si tu cours un danger, si la famine désole
ton village, viens, tu vivras avec nous, tu seras de
la famille ». Il accepta simplement cette proposition si fraternellement faite, le jour où le malheur
s'abattit sur les siens. Pour la seconde fois en trente
ans, le petit village habité par la famille d'Angosso, venait d'être ravagé par les Oyacoulets.

Une singulière légende court sur ces derniers
que les Européens n'ont jamais vus jusqu'à présent
et qu'ils ne connaissent que d'après les récits plus
ou moins fantaisistes des noirs et des Peaux-Rouges,
littéralement affolés au seul mot d'Oyacoulets.

Les Oyacoulets, disent-ils, sont blancs comme
les hommes d'Europe ; ils ont une stature de
géants, une vigueur incomparable, de longues
barbes fauves, des cheveux blonds, des yeux bleus.
Ils sont anthropophages et paraissent plongés dans
la barbarie la plus grossière. Ils ignorent généralement l'usage du fer, se servent d'énormes massues de bois, trop lourdes pour le bras des autres
hommes. Ils dédaignent les peintures, les ta-
touages, ainsi que tous les ornements, et vivent
entièrement nus. Ils sont absolument insociables,
et font sans provocation la guerre aux noirs comme
aux Indiens.

Robin et ses fils écoutaient, en marchant, cette

monographie que faisait Angosso dans son patois
créole, avec des détails dont la précision indiquait
un rare esprit d'observation.

— Mais, mon cher Boni, disait le proscrit intrigué et intéressé tout à la fois, es-tu bien sûr que
les Oyacoulets ne sont pas une tribu d'Indiens,
qui vivant toujours sous les grands arbres, à
l'exemple des Oyampis, ne sont pas brûlés par
le soleil?

— Non, compère. Non, croyez-moi, les Oyacoulets ne sont pas des Indiens.

— Tu sais bien, pourtant, que certains Oyampis
ne se teignent pas au roucou, qu'ils ne tracent pas
sur leur corps des dessins au génipa, et qu'ils ressemblent à s'y méprendre aux gens de mon pays.

— Mais les Indiens n'ont pas de barbe. Mais ils
ont les yeux bridés aux tempes et le nez écrasé,
tandis que les Oyacoulets ont les yeux ouverts
comme les vôtres, le nez recourbé comme le bec
de l'ara, et une barbe aussi longue que celle qui
couvre votre visage.

— Ça même... disaient doucement les deux
jeunes Bonis, Lômi et Bacheliko.

— Tu les as bien examinés, tu les as vus de près,
en plein jour, sous le soleil.

Angosso montra le bandeau entourant son front
et brandit son sabre.

— La hache de pierre de l'un d'eux a fendu ma
tête, mais mon sabre a fouillé bien des poitrines. Je
me suis battu, allez, compère. Je ne crains rien au
monde, eh bien ! aussi vrai que j'honore Gadou et
que je suis votre ami, j'ai eu peur.

— Voyons, mon brave ami, raconte-moi tout
ce que tu sais sur ces hommes extraordinaires.
Dis-moi comment ils ont pu ravager un village,
défendu par des hommes forts et intrépides
comme les Bonis.

Angosso se recueillit un moment, cracha à deux
fois pour chasser Yolock, et commença ce récit absolument authentique :

— Il y a longtemps, bien longtemps, mon père
était encore un homme dans la force de l'âge, et
moi j'étais tout petit. Les Bonis et les Oyacoulets,
fatigués de luttes, résolurent d'un commun accord
de faire trève à leur antique haine.

« Les Oyacoulets invitèrent les Bonis de mon
village à venir chez eux, manger la galette sacrée,
et boire le « *pivory* » des grandes cérémonies. Les
Bonis sont braves et forts, ils croient à la parole
jurée et sont esclaves de leur promesse. C'est le
seul esclavage qu'ils veulent reconnaître, ajouta
fièrement en aparté, le descendant du héros de
Cottica. Ils se rendirent à l'invitation des sauvages

à peau blanche, et arrivèrent conduits par mon père leur capitaine.

« En signe de bonne amitié, les Bonis déposèrent leurs sabres et leurs fusils dans le carbet du piaye. On mangea, on but, on dansa tout le jour. La nuit venue, les Bonis se retirèrent dans les carbets construits pour les abriter. A peine étaient-ils endormis, qu'une clameur terrible retentit : les Oyacoulets, trahissant la foi jurée, violant les lois sacrées de l'hospitalité, avaient saisi nos sabres et nos fusils dont ils se servaient comme de massues, et égorgeaient nos guerriers sans défense.

« Les Bonis, incapables de lutter, voulurent s'enfuir, mais ils trébuchèrent dans des lianes tendues à un pied de terre par les traîtres autour des carbets. Presque tous périrent, mon père put s'échapper à la faveur de la nuit, il arriva accompagné des derniers survivants. Il avait reçu à travers la bouche un si furieux coup de sabre que, depuis cette époque, il est forcé quand il veut parler de retenir sa mâchoire qui retombe toujours. C'est cette horrible blessure qui lui a valu le nom de « Koakou » (Bouche-Tombée) sous lequel il est connu aujourd'hui.

« Une petite fille échappa en outre à ce terrible massacre. Les Oyacoulets la trouvèrent blottie dans les herbes, ils ne la tuèrent pourtant pas et

l'élevèrent avec leurs enfants. Plus tard, elle s'enfuit, se réfugia chez les Bosh et de là à Surinam
où elle habite maintenant. Elle se nomme Afiba[1].

« Vous voyez, compère, que nous avons quelques raisons de connaître les Oyacoulets.

— C'est vrai malheureusement, mon brave Angosso, mais arrivons maintenant à la dernière catastrophe.

— Depuis deux ou trois ans nous n'avions pas
vu nos ennemis. Défiez-vous des Oyacoulets, répétait toujours mon respectable père, le vieux Koakou, ils se cachent comme les serpents, veillez toujours, enfants, ils viennent au moment où l'on ne
pense pas à eux.

« Il avait raison, il y a autant de jours que mes
deux mains et un de mes pieds comptent de doigts,
mes fils étaient occupés à récolter le manioc,
moi, je pêchais le koumarou avec ma femme Agéda.

« Nous aperçûmes une colonne de fumée noire
qui montait au-dessus du village. Nous saisimes
nos pagayes, et notre canot vola sur les flots de
la crique. Toutes les cases flambaient. Une troupe
nombreuse d'Oyacoulets, après avoir égorgé les
femmes et les enfants qui se trouvaient seuls,

[1] Historique. Mon ami, M. Cazals, a connu le capitaine
Koakou, son fils et ses petits-fils.

L. B.

avaient incendié le village entier. La plupart des
hommes valides étaient à la récolte ou à la pêche.

« Ils accoururent aussi à la vue de la fumée,
croyant à un accident et furent massacrés par les
bandits trois fois plus nombreux, qui se tenaient
cachés dans les herbes. Mes fils arrivaient de l'a-
batis. Nous nous élançâmes au plus dru, résolus à
faire payer cher notre vie. Nous nous sommes bien
battus. Je suis fier de mes enfants comme vous des
vôtres, mon cher compère blanc. Je tombai frappé
à la tête et peu s'en est fallu que je ne subisse le
sort de mon père. Agéda me sauva, elle ramassa
un tison enflammé, et le lança dans la barbe d'un
Oyacoulet qui s'enfuit en hurlant.

« Hélas, nous succombâmes sous le nombre.
Vingt des nôtres sont morts ; les autres sont dis-
persés, nos champs ravagés, le village n'est plus.

« Votre pensée habitait toujours mon cœur.
Je dis à Agéda, qui pleurait : « Viens chez le
blanc. » Je dis à mon fils, dont les sabres rouges
voulaient encore boire du sang : « Venez aussi
chez mon frère blanc. » Ils ne me firent aucune
question et nous partîmes.

« J'avais la fièvre. Mais qu'importait à mon
cœur désespéré la plaie de ma tête. Ma volonté fut
plus forte que la douleur du corps. Mes fils fran-
chirent les rapides. Je reconnus la crique. **Nous**

nous y engageâmes sans nous arrêter une minute.
Lòmi et Bacheliko ne connaissent pas la fatigue.
Nous arrivâmes près des cocotiers. Je vis les arbres
abattus, les feuilles du moucou-moucou et les
plantes vertes aux longues épines. Je dis : « là sont
les serpents. » Nous cachâmes la pirogue dans les
herbes, et nous gagnâmes par un détour le sentier
que je voyais avec les yeux de la pensée.

« Je vis Casimir, je vis le blanc qui s'appelle
Nicolas, je vis la femme blanche qui est la mère de
vos enfants. Et je lui dis : — Le Tigre-Blanc a dit
au Boni : « Quand tu seras malheureux, sans carbet, sans manioc, sans poisson, sans chair bou-
canée, viens ». Je n'ai plus rien, me voici. Celle-là
est Agéda, ma femme. La femme blanche l'embrassa et lui dit : « Sois ma sœur! » Agéda pleura
de bonheur. Ceux-là sont mes enfants. — Ils
seront les frères de mes fils ! dit-elle de sa voix
douce comme le chant de l' « arada » en leur ten-
dant les mains. Lòmi et Bacheliko dirent : « Notre
vie est à vous. »

« Je lui demandai : « Où est le Tigre-Blanc ? Je
veux voir mon ami le grand chef blanc. Nous
voulons voir nos frères, ses fils, dirent Lòmi et
Bacheliko. — Il est parti avec eux, répondit
Nicolas. Je dis à mes fils : « Allons les rejoindre.»
Nous retrouvâmes votre trace et nous arrivâmes

au moment où l'immonde Peau-Rouge osait porter la main sur des blancs! termina le Boni en
crachant dédaigneusement à terre.

— Mon cher Angosso, répondit Robin, tu me
donnes toujours le nom de Tigre-Blanc. J'accepte
volontiers de toi cette appellation comme jadis.
Si ce nom me reporte aux temps douloureux de
l'infortune, il me rappelle aussi le moment de la
délivrance, et le jour, à jamais béni, où je te
trouvai sur l'îlot avec les miens.

« Je n'ai rien à ajouter aux paroles de celle
que tu nommes la femme du Tigre-Blanc. Ta
compagne et tes fils sont pour la vie confondus
dans une même pensée d'affection, nous ne ferons
plus désormais qu'une seule famille.

« N'est-ce pas, mes enfants? »

Une énergique poignée de main et une chaleu-
reuse affirmation fut la réponse des jeunes gens,
dans le cœur desquels le souvenir de l'excellent
noir tenait une si large place. Quant à ses deux
fils, ils auraient trouvé, par cela même qu'ils
étaient ses enfants, la sympathie la plus vive et la
plus complète, quand bien même la reconnaissance n'en eut pas été la cause immédiatement occasionnelle.

Angosso admirait en connaisseur la robuste
stature des trois jeunes gens dont il se rappelait

17.

et les traits et les noms, tant est prodigieuse la mémoire de ces primitifs enfants de la nature. L'affectueuse familiarité des Robinsons avec ses fils le ravissait, et il manifestait à tout moment la joie que lui causait cette fraternelle camaraderie. Le brave Boni semblait pourtant inquiet. Il n'osait faire part à Robin du motif de cette préoccupation, quelque désir qu'il en eût. Le proscrit lui en fit la remarque.

Angosso entraîna son compère à l'écart, et lui demanda d'une voix basse, que l'appréhension d'une mauvaise nouvelle rendait mystérieuse, où était : « Pitit mouché Sarles... Tout pitit... pitit moun. »

— Tu veux dire Charles, n'est-ce pas, mon plus jeune fils?

— Ça même. Qué côté li fika?

— Mais, tu ne l'as donc pas vu à la case avec sa mère, Nicolas et Casimir?

— Non, compé, mo pas voué li.

— C'est étrange. Sa mère ne t'a pas parlé de lui?

— Madame ou, pas pouvé. Mo arrivé, mo parti caba coté ou. (Votre femme n'a pas pu, à peine arrivé, je suis venu de votre côté).

— Cette absence m'étonne et m'inquiète. Rentrons au plus vite à la case. Qui peut prévoir les surprises que réserve en deux jours la vie des bois. N'en sommes-nous pas la preuve vivante, et vivante grâce à toi.

La dernière halte fut brûlée. Les Robinsons anxieux, exténués, arrivaient à la case une heure avant le coucher du soleil. Ils étaient partis depuis quarante-huit heures.

Madame Robin, revenue à la Bonne-Mère avec la femme d'Angosso, Casimir et Nicolas, se tenait sous la veranda, dans une attitude d'attente douloureuse. Près d'elle, le jaguar accroupi léchait une plaie légère qui trouait d'un point rouge son pelage fauve.

Le proscrit éprouva le pressentiment d'une catastrophe. Une douleur aiguë lui traversa le cœur comme un fer rouge.

— Charles !... Où est Charles, cria la pauvre femme d'une voix déchirante, en voyant qu'il n'était pas avec ses frères. Robin, muet, atterré, pâlit, et ne trouva pas un mot de réponse.

Le jaguar reconnaissant Henri bondissait vers lui en rugissant, se dressait sur les pattes de derrière, en appliquant celles de devant sur les épaules du jeune homme.

— Charles !... répondit comme un écho désespéré la voix des trois frères.

— Disparu depuis vingt-quatre heures, sanglota Nicolas, qui s'avançait les yeux rougis, vieilli de dix ans en quelques heures.

« Cat vient de rentrer blessé. J'allais partir !

— Où est mon enfant ? hurla d'une voix terrible le proscrit dont la prostration ne dura pas le temps d'un éclair.

L'infortunée mère se dressa, pâle comme un cadavre, ouvrit et referma convulsivement ses yeux sans regards, et s'abattit lourdement sur le sol.

Agéda, éperdue, la reçut dans ses bras et lui prodigua les soins les plus affectueux et les plus empressés.

Robin était tout à coup devenu méconnaissable. Nul n'eût pu reconnaître en lui cet être habituellement si bon et si doux, cet apôtre de l'humanité, dont le noble visage reflétait toujours le même sourire affectueux et triste.

Il était redevenu le formidable Tigre-Blanc, et apparaissait tel qu'il se révéla dix ans auparavant, sous le feu des gardes-chiourmes, dont les balles menaçaient sa femme et ses enfants ! Ses yeux noirs flamboyaient sous la ligne brune de ses sourcils rapprochés par une sorte de froncement léonin — les tigres sont les cousins germains des lions — et que coupait verticalement un sillon livide. Sa voix sèche, ardente, avait des vibrations

de métal froissé. La malheureuse mère reprenait
lentement ses sens.

— Partons à sa recherche, dit-elle d'un accent
brisé... Seul !... mon fils... Un enfant... Dans la
forêt... Partons.

— Demain, reprit le proscrit dont les traits se
creusaient encore, et dont la pâleur augmentait.
Henri, Nicolas, apprêtez les provisions. Edmond,
Eugène, préparez les armes... toutes nos armes.
Casimir, les hamacs.

« Nous partons au lever du soleil.

— Attendre... Encore attendre, gémit la pauvre
femme !... Mais mon fils nous appelle ! Mais il
meurt peut-être en ce moment ! Et c'est la nuit...
la nuit des fauves ! Oh ! terre maudite de l'exil, je
te hais !

Les préparatifs du départ s'opéraient rapidement, avec le sang-froid hâtif qui préside à un
sauvetage. Une douleur immense broyait le cœur
à tous ces vaillants, une lugubre atmosphère de
deuil tombait sur la Bonne-Mère, naguère si joyeuse;
mais les larmes étaient refoulées, les sanglots
comprimés, les plaintes étouffées. Toute trace de
fatigue avait disparu. Le souvenir du drame lugubre de la veille ne fut même pas évoqué.

Rien d'étrange comme le calme douloureux
de ces êtres habitués dès l'enfance à toutes les

luttes, et qui, perdus dans cette solitude pleine
d'horreur, s'apprêtaient, avec la simplicité du
véritable héroïsme, à engager un suprême combat
contre l'inconnu !

C'était bien en effet l'inconnu, avec tous ses dangers, ses multiples surprises, ses complications les
plus inattendues, ses aspects les plus monstrueux,
l'inconnu de la nature inexplorée, dans lequel ils
allaient se lancer à corps perdu.

Casimir et Nicolas ne pouvaient donner aucun
éclaircissement relatif à la disparition de l'enfant.
Il était parti la veille au matin vers l'abatis du
nord, avec Cat, le jaguar d'Henri. La claustration lui pesait. Il était allé, armé de son arc,
dans l'intention de tuer un aigle, une *harpia
ferox*, qui depuis quelques jours commettait aux
dépens de la basse-cour de nombreuses dépréda-
tions. Sa mère, habituée aux courses quotidiennes
des Robinsons, l'avait vu partir sans inquiétude. La
journée se passa rapidement, grâce à l'incident
inattendu et si agréable produit par l'arrivée
d'Angosso et de sa famille. Mais l'absence de
Charles se prolongeant jusqu'au soir, les membres de la colonie s'alarmèrent sérieusement.
Pendant le jour et la nuit qui suivirent, les angoisses de tous furent inexprimables.

Le Parisien et le vieux noir cherchaient à ras-

surer Madame Robin, à se rassurer eux-mêmes,
en émettant cette opinion que l'enfant ayant peut-
être retrouvé son père et ses frères avait pu se
joindre à eux. Mais l'arrivée du jaguar blessé vint
détruire cette fragile espérance, et changer les
angoisses en désespoir. Nicolas allait partir seul,
à tout hasard, quand les Robinsons avec le Boni
et ses fils se présentèrent à l'habitation. Charles
n'était pas avec eux. On sait le reste.

Et maintenant, quel pouvait bien être le sort
du pauvre petit? Nul n'y pensait sans frémir,
tant était vaste le champ des suppositions, tant
pouvaient être complexes les motifs de cette
disparition mystérieuse. Le retour du jaguar était
également inexplicable. Cat n'était pas un animal
ordinaire. Docile et discipliné comme le meilleur
chien de chasse, fidèle comme lui, dressé à tous
les combats, vigoureux et fort autant que peut
l'être un jaguar de dix ans, rien ne pouvait motiver
son incompréhensible retraite. Sa blessure, fort
légère en somme, n'indiquait rien. Ce n'était ni
une morsure, ni un coup de griffe, ni un coup
d'instrument tranchant. Une pointe de flèche en
bambou, soit une branche taillée en biseau par
le sabre d'abatis eussent pu seules produire cette
piqûre étroite, à bords rétractés, qui n'avait
amené qu'une hémorragie insignifiante.

Les heures qui précédèrent le lever du soleil, s'écoulèrent avec une lenteur horriblement pénible. Les Robinsons, pâles d'insomnie douloureuse, évoluaient en silence, sans oser se regarder. Stoïques comme les hommes primitifs, ils avaient conservé en présence les uns des autres, la rude impassibilité des soldats de l'ancienne Sparte. Mais qui dira les larmes brûlantes que cacha l'impénétrable nuit équinoxiale!

La petite troupe, bien armée, abondamment pourvue de vivres, était prête au moment où le doux roucoulement du *toccro* annonçait la prochaine arrivée du jour. Les étoiles pâlissaient, une légère bande d'opale ourlait les sombres masses des arbres géants.

Madame Robin apparut accompagnée d'Agéda, dont la silhouette noire, éclairée par une bougie de cirier, se découpait sur le gauletage de la case. La femme du proscrit, coiffée d'un chapeau à larges bords, vêtue d'une robe courte en tissu épais de coton blanc, à plis lourds, était chaussée d'une paire de mocassins à semelles en peau de maïpouri.

— Partons, dit-elle brièvement et d'une voix résolue, contrastant avec l'exquise douceur de son accent habituel.

Robin fit un brusque mouvement de surprise.

Il allait protester, elle ne lui en laissa pas le temps.

— C'est inutile, mon ami, l'attente me tuerait. Je veux venir.

— Mais, tu n'y penses pas! Il te sera impossible de supporter malgré ton énergie une pareille fatigue, la marche dans les bois est écrasante...

— Je suis mère, je serai aussi forte qu'aucun de vous.

— Chère et vaillante compagne! Tu es bien la digne mère de ces enfants, de ces hommes, dont la vigueur peut à peine triompher des rigueurs de cette terre ingrate! Je ne puis que te prier!... t'implorer! Reste ici. Nulle femme au monde ne pourrait marcher même une heure dans cette fournaise.

— Quand ils étaient tout petits, je suis venue sans hésiter à travers l'Océan. J'ai bravé les fureurs de la tempête, surmonté les fatigues de la navigation. Cela a duré des jours, des semaines, des mois. Ai-je faibli?

— Mère, dit doucement Eugène, qui avec son frère Edmond se détacha du groupe, et s'en vint lui prendre la main, mère, je joins mes prières à celles de notre père... Tiens, puisqu'il le faut, nous resterons avec toi, tous les deux!

La noble femme comprit tout ce que cette

proposition renfermait de tendresse et d'abnégation. Elle secoua doucement la tête.

— Nous le retrouverons, mon cœur me le dit,
je veux l'embrasser la première. Quel est celui
d'entre vous qui voudrait me condamner à l'attente, et me priver de cette ineffable joie ?

Angosso avait entendu et compris la signification
du débat, il s'avança accompagné de ses deux
fils.

—Lômi et Bacheliko, dit-il de sa voix lente, sont
forts comme le maïpouri et agiles comme le kariakou. Que mon frère le Tigre-Blanc se rassure,
qu'il laisse venir dans le grand bois ma sœur la
femme blanche, Agéda marchera près d'elle.
Quand ma sœur sera lasse, mes fils la porteront
dans un hamac, elle pourra nous suivre sans fatigue comme sans danger.

« Ma sœur, venez. Ne craignez rien, les fleurs de
la forêt peuvent braver sous les grands arbres les
rayons du soleil.

CHAPITRE IX

— Cat !... Ici !... criait la voix impérieuse
d'Henri.

— Je ne m'explique pas la soudaine terreur
de cet animal, disait Robin inquiet.

— Son attitude est identique à celle qu'il
gardait en revenant seul à l'habitation, interrompit Nicolas.

— Cat !... Cat !... reprit plus doucement le jeune homme.

Le jaguar, la queue basse, les oreilles aplaties, le museau rasant le sol, avançait en rampant, mais avec une lenteur, une hésitation inqualifiables. Il tremblait, cherchait à se dérober, et ne voulait plus rester en tête de la file. Il fallait toute l'autorité de son maître, sur les talons duquel il se tenait piteusement, pour l'empêcher de se réfugier à l'arrière-garde.

Rien de suspect ne se révélait pourtant aux sens toujours en éveil des Robinsons noirs et blancs. Ils marchaient depuis vingt-quatre heures, rivés à la piste de l'enfant qu'ils suivaient comme des limiers. Charles avait été enlevé à moins d'un kilomètre de l'habitation, après avoir tué l'aigle, dont les plumes jonchaient le sol. Il n'y avait pas eu de lutte. Quelques branches froissées, des herbes foulées indiquaient une surprise dont le jeune chasseur avait été victime. Puis, sa trace se confondait avec des empreintes nombreuses, laissées par des Indiens pesamment chargés. Ces derniers, d'ailleurs, soit indifférence, soit confiance dans leur nombre, ne se préoccupaient aucunement de dissimuler leur passage.

Un fait capital était acquis désormais. Charles n'avait pas été la proie d'un fauve ou d'un reptile.

Il n'avait pas disparu dans une savane tremblante, il n'était pas égaré dans la forêt, ni écrasé
par la chute d'un arbre. Il n'était pas libre, mais
il vivait. Bien que les suites de cet enlèvement
mystérieux, n'eussent en elles-mêmes rien de rassurant, les Robinsons pleins d'espoir imprimaient
à leur course une allure de plus en plus rapide. Il
s'agissait de faire de la route, et de rejoindre au
plus vite les ravisseurs.

Madame Robin, en dépit de son énergie, n'eût
pu suivre la troupe. La fatigue l'eût infailliblement
tuée au bout de quelques heures. Aussi, les deux
Bonis l'avaient-ils commodément installée dans
un hamac suspendu à une perche longue et
solide, dont les deux extrémités reposaient sur leurs
robustes épaules. Telle était leur vigueur, que jusqu'alors ce précieux fardeau n'avait apporté nulle
entrave à leur infatigable célérité. Cette méthode
si simple est du reste l'unique moyen de transport
employé pour ramener à travers bois, jusqu'aux
canots, les malades ou les blessés. Elle est d'un
usage fréquent en Guyane, où manquent également les bêtes de somme et les routes.

On fit halte au bord d'une crique. Il n'était pas
question de repos pour ces intrépides marcheurs
qui prirent à peine le temps de s'asseoir et d'en-
tasser quelques larges bouchées. Le jaguar, con-

servant toujours son attitude de chien fouetté, vint
se blottir derrière Henri indigné de cette inquali-
fiable poltronnerie. Ce phénomène singulier mettait
complétement en défaut l'habituelle sagacité de
l'aîné des Robinsons, qui de guerre lasse dut l'attribuer à quelqu'une de ces manœuvres familières
aux Peaux-Rouges.

Casimir, le vieux veneur sauvage, expert en
toutes sortes de ruses, furetait, mais en vain, de
tous côtés. Angosso dépité ne trouvait aucune
explication plausible. Le mystère devenait de plus
en plus insondable. Quant au rapt de l'enfant,
chacun s'accordait à le rattacher au drame dont
Robin et ses trois fils avaient failli être victimes
l'avant-veille. Tout concourait à corroborer cette
opinion, jusqu'à la direction prise par la seconde
troupe, qui marchait vers le point où l'ouragan
s'était abattu sur la forêt.

Le malheureux père frémissait à cette pensée
que Charles, innocente victime expiatoire, agonisait
peut-être au lieu même où ses frères eussent en-
duré un si épouvantable supplice, sans l'intervention d'Angosso.

Deux heures s'écoulèrent encore sans incident.
Henri ouvrait la marche, suivi bon gré mal gré
de Cat, qui semblait se rasséréner peu à peu. La
piste, parfaitement régulière, pratiquée par des

hommes expérimentés, s'enfonçait toujours dans l'interminable sous-bois. En dépit de la chaleur accablante, les Robinsons suffoqués, aveuglés par la sueur qui ruisselait jusque dans leurs yeux, conservaient leur allure, quand le jaguar, revenu soudain à ses terreurs, s'arrêta net à la vue d'une large feuille de balisier enroulée sur le sol en forme de cornet. Il n'y avait pas de balisier à plus de deux kilomètres. Cette feuille avait donc été apportée de la crique, et déposée en ce lieu avec intention. Si elle eût été simplement jetée sur la terre, elle eût attiré les regards des chercheurs de piste, car un vestige, quelque futile qu'il paraisse, peut avoir quand même de l'importance. Sa forme spéciale devait, à plus forte raison, la signaler à leur attention.

Il fallait l'examiner avec défiance. Si d'une part on pouvait trouver entre les plis de son limbe une indication précieuse, elle pouvait également cacher un piège, quelque substance vénéneuse ou un petit serpent.

La file s'arrêta. Henri s'approcha avec d'infinies précautions, et déroula patiemment le cornet avec la pointe d'une flèche emmanchée à une longue hampe. La feuille ne contenait rien. Le jeune homme la souleva, la saisit délicatement, et l'approcha de sa figure. Un cri de surprise

joyeuse lui échappa, à la vue de larges caractères
tracés avec une pointe mousse dans la substance
vert-sombre.

Il lut lentement et d'une voix tremblante :

« *Ma vie respectée pour l'instant. Influence
protectrice mystérieuse. On m'emmène. Suis étroitement gardé. Soyez prudents. Charles.* »

L'audition de ce document aussi étrange qu'inattendu, produisit l'impression de bonheur que l'on
peut s'imaginer. Toutes les poitrines, jusqu'alors
comprimées par les angoisses de l'attente, éprou-
vèrent comme une détente instantanée.

— Il vit! s'écria, la première, Madame Robin. Il
vit!... le cher petit...

Et la feuille tremblait entre ses mains... et ses
yeux pouvaient à peine déchiffrer les caractères
tracés par son dernier-né. Nicolas riait, pleurait,
criait.

— Madame !... Mes enfants !... Patron !... Je
suis fou ! J'ai envie de crier vive quelque chose.

« J'ai un quintal de moins au creux de l'estomac.

— Sais-tu bien, frère, que, pour un novice,
Charles débute par un coup de maître.

— C'est admirable, extraordinaire, répondit le
proscrit rasséréné. Le cher enfant. Casimir, tu as
entendu.

— Oh ! compé. Mo content, oui. Li malin passé Indien.

— C'est ton élève, mon vieux compère.

— Li passé nég' caba, oui. Oh ! ça pitit moun là !

— Mais, vois donc, Henri, dit à son tour Edmond, comme tous ces caractères sont bien imprimés dans cette substance charnue et résistante qui forme la feuille.

— Il n'a rien déchiré, continua Eugène, également ravi de l'habileté de son cadet. Il a pris une épine à pointe mousse, puis il a appuyé suffisamment pour contusionner le tissu, et non pour le trouer.

« C'est lisible comme un manuscrit.

Angosso contemplait presque avec crainte ce lambeau végétal dont la vue avait tout à coup rempli d'espoir ses amis. A cette époque éloignée déjà, les noirs du Maroni n'étant pas familiarisés avec les usages des blancs qui exploitent aujourd'hui les terrains aurifères, le Boni ignorait l'emploi du « papyra », (lisez lettre, papier).

Il fallut lui expliquer ce procédé de communication, et son admiration pour ses chers blancs s'en accrut d'autant. Un des membres de l'expédition ne partageait pas l'allégresse générale. C'était Cat. La vue de ce grimoire semblait produire sur son organisme une incroyable impression d'hor-

18

reur. Nos chats européens, plaisamment nommés
greffiers, manifestent pour les papiers un amour
bizarre qui leur a valu ce sobriquet. Par quel
singulier phénomène, leur congénère, l'énorme
matou équatorial, témoignait-il autant de répul-
sion? Elevé dans le cénacle des Robinsons, il n'é-
tait pourtant pas étranger à la littérature. Non
seulement il s'enfuyait en grondant quand on lui
présentait la feuille, mais encore, il refusait opi-
niâtrement les caresses des mains qui l'avaient
touchée.

Angosso voulut en avoir le cœur net.

— Baïe mo ça bagage-là, dit-il à Henri.

Il prit la feuille, la tourna, la mit au soleil, puis
la porta à son nez.

Il éclata de rire, et s'écria joyeux :

— Mo savé. Ça *kosy-kosy*.

— Qu'appelles-tu kosy-kosy? demanda Robin.

— C'est, répondit-il dans son patois, une plante
bien curieuse dont l'odeur met en fuite le tigre.

— Pas possible.

— Oui, compère. Les Indiens prennent les graines, les font bouillir, se frottent le corps avec la
décoction, frottent aussi leurs chiens, et jamais ils
ne rencontrent le tigre qui s'enfuit à leur approche,
quand bien même il mourrait de faim.

— Pourrais-tu me trouver cette plante ?

— C'est facile, attendez « pitit morceau », dit-il en s'enfonçant dans la forêt.

L'attente fut courte en effet. Cinq minutes ne s'étaient pas écoulées que le Robinson noir accourait en agitant triomphalement une plante que le proscrit reconnut aussitôt.

— Mais, je connais cela ; c'est l'*Hibiscus Abelmoschus*, de la famille des Malvacées, plus connue sous le nom d'*Ambrette*.

« Et tu dis que cette petite odeur musquée, si suave, si pénétrante, suffit à mettre en fuite le jaguar?

— Ça même. Il croit sentir le patira, le serpent ou le caïman, ses ennemis les plus acharnés.

— Je comprends, moi, dit Nicolas. C'est l'inverse de l'effet produit sur les chats par la valériane qui les affole. La valériane est, vous le savez, l'appât irrésistible employé par ces trappeurs en veste blanche, nommés gargotiers, pour dépeupler les garennes situées sur les combles et dans les gouttières des maisons parisiennes.

— Je comprends aussi, interrompit Henri, et je vois d'ici la scène qui a accompagné l'enlèvement de notre frère. Charles, saisi par les Indiens lavés d'ambrette, ceux-ci, terrifiés à la vue du jaguar apprivoisé, autant que lui par l'odeur détestée et sa blessure résultant d'une flèche mal

dirigée. Sa fuite, son arrivée à la case sont facilement expliquées, ainsi que sa répugnance à
suivre la piste pratiquée par ces mêmes Indiens,
et la peur que lui inspire la feuille de balisier
involontairement imprégnée de cette odeur par
Charles.

— Qui sait même, renchérit Nicolas, s'ils n'ont
pas jeté de temps à autre, quelques gouttes de
leur décoction sur la piste, pour empêcher Cat
de remplir son office de chien de chasse ?

— C'est bien possible. Mais, comme nous n'a-
vons pas les mêmes préjugés, nous allons marcher de l'avant, et rondement. Il est malheureusement à craindre que les Indiens ne s'en
tiennent pas toujours à ces moyens platoniques
de défense.

« Quoi qu'il en soit, nous aurons avant peu du
nouveau.

Il ne se trompait pas. Bien que les Indiens soient
de robustes marcheurs, leur allure ne pouvait
rivaliser avec celle des Robinsons. Ces derniers
reconnurent bientôt, à des signes infaillibles, que
la distance qui les séparait allait toujours dimi-
nuant. Les feuilles des branchages fauchés par
les sabres des fugitifs n'avaient pas eu le temps
de se flétrir. Bientôt, les tiges tranchées en bi-

seau à quarante centimètres de hauteur apparurent encore humides de sève.

On approchait. Dans quelques moments, on serait en présence des ravisseurs. La nuit vint. On fit halte, et Robin détacha en éclaireurs Henri et Angosso auxquels il recommanda la plus grande circonspection. Leur absence dura une heure à peine, et ils revinrent au campement improvisé, en étouffant de telle façon le bruit de leurs pas, que l'aile du vampire lui-même n'eût pas été plus silencieuse.

Robin veillait, le sabre à la main. Cat, enfin revenu de ses terreurs, se tenait à ses pieds.

— Père, dit à voix basse Henri, nous les avons rencontrés.

— Et Charles? demanda-t-il anxieusement.

— Nous ne l'avons pas vu. Il doit être sous un grand carbet placé au centre, et autour duquel se tiennent plusieurs Indiens accroupis.

— Mais, comment avez-vous pu percer ainsi les ténèbres?

— Par la raison que les feux sont allumés.

— C'est étrange. Cette particularité semblerait indiquer que les Peaux-Rouges ne nous attendent pas, ou qu'ils s'apprêtent à repousser toute attaque par la force.

18.

— Je partage plutôt cette dernière opinion.
D'autant plus qu'ils m'ont paru très nombreux.

— Mais, quel est l'agencement de leur campement.

— Voici. Ils sont sur l'emplacement où nous
avons failli être torturés. Au milieu, comme je
viens de te le dire, est un grand carbet. Ce carbet
est entouré de huit foyers symétriquement installés
deux par deux sur chaque face. Enfin, du côté
débarrassé d'arbres, c'est-à-dire situé en regard
de nous, s'étend un large brasier, formant une
bande continue, affectant la forme d'un demi-
cercle. La partie non éclairée s'appuie naturellement sur la forêt.

— Mais, c'est un véritable système de fortifications.

— Oui, père, et nous aurons fort à faire pour
donner l'assaut.

— C'est pourtant ce que nous allons tenter sans
désemparer.

— J'y compte bien aussi, va, père. Mais de quel
côté nous jetterons-nous sur eux ?

— Il n'y a pas d'hésitation possible. La partie
qui semble la mieux défendue et qui, conséquem-
ment, est moins bien gardée, est la zône éclairée ;
tandis que le côté dans l'ombre doit être hérissé
de flèches, et constellé d'yeux largement ouverts,

Ce foyer en demi-cercle est un vulgaire trompe-l'œil, bon tout au plus à effaroucher les fauves. C'est là qu'aura lieu l'attaque. Je gagerais qu'il n'y a pas deux hommes en faction sur ce point.

— Quels sont ceux d'entre nous qui formeront la colonne d'attaque?

— Les plus robustes. Toi, Angosso, un de ses fils, Nicolas et moi. Il faut que ce premier effort soit irrésistible.

« Nous nous élancerons à travers le brasier, la hache d'une main, le sabre de l'autre. Ce sera l'affaire de quelques secondes. Comme nous ne pouvons associer ta mère aux difficultés d'une semblable aventure, et que nous ne devons pas disséminer nos forces, voici ce que j'ai résolu : Edmond, Eugène, le second fils du Boni et Casimir, formeront le corps de réserve, qui se portera sans bruit dans l'ombre du côté opposé à celui par où nous attaquerons.

« Edmond prendra mon fusil, Bacheliko celui de son père. Embusqués dans la forêt comme dans une forteresse inexpugnable, ils repousseront les fuyards qui tenteront de s'échapper par là.

— Père, ton plan est parfait. Il réussira. Une seule chose nous reste à faire.

— Laquelle, mon cher ami?

— L'exécuter sans retard.

— Je n'attendais pas mieux de toi. Bravo, et en route !

Si chez les Robinsons la conception était presque instantanée, l'exécution ne se faisait pas longtemps attendre. Moins de deux heures après ce rapide conseil de guerre, les deux troupes étaient à leur poste. Le camp des Indiens se trouvait investi à l'est par la réserve, blottie derrière les troncs et les lianes, et à l'ouest, par la colonne d'attaque.

La grande ligne demi-circulaire de feu ne jetait plus que des lueurs mourantes; mais de gros blocs de charbon en ignition, formaient comme un ruisseau de feu, large de près de trois mètres. Peu importait à ces hommes qui, d'un saut, pouvaient franchir un espace d'un tiers plus considérable.

Les cinq assaillants s'avancèrent en rampant le plus près possible de la zône éclairée; puis Robin lança d'une voix de tonnerre le cri de : En avant !

Ils bondirent comme des tigres et se trouvèrent aussitôt dans le campement. Quelque instantané qu'eût été leur élan, il leur sembla qu'une flamme ardente les consumait tout à coup au moment où ils traversaient ce large foyer. A l'instant où ils touchaient terre, ils se sentirent comme aveuglés, suffoqués, étouffés. Une toux horrible leur déchira la poitrine, un éternûment aigu, con-

vulsif, continu, les secoua douloureusement ; leurs
yeux gonflés, pleins de larmes brûlantes, ne pouvaient plus voir. Ils étaient terrassés sans combat.

Une clameur horrible, poussée par les Indiens,
emplit aussitôt la clairière. . . . .

. . . .

. . . .

Les Indiens préposés par Benoît et Ackombaka à la garde des canots trouvaient aux journées une incroyable longueur. La provision de
vicou était épuisée, les éléments indispensables
à la confection du cachiri manquaient, et l'alcool
des blancs, était renfermé dans des dame-jeanne
bouchées, ficelées, cachetées, de façon à défier
toute indiscrétion. Les pauvres diables s'ennuyaient,
comme peuvent s'ennuyer des Indiens sans boisson, sans tabac, et réduits à la portion congrue
de cassave et de poisson sec.

Une semblable situation ne pouvait durer longtemps. Puisque la montagne ne venait pas à eux,
ils iraient à la montagne. L'exécution de ce
projet si simple romprait la monotonie d'une existence par trop cénobitique. Car, en somme, que
sert de ne rien faire, si l'on ne boit pas ? Il ne fut
pas besoin de longs discours pour provoquer
séance tenante cette belle équipée. Les préparatifs furent moins longs encore. Les pagaras furent

garnis de provisions, et chargés sur la tête des
déserteurs; les pirogues furent cachées dans les
herbes aquatiques ; puis, le départ s'effectua
comme une chose toute naturelle. Il n'y avait
pas d'ailleurs désertion proprement dite, puisque
les Peaux-Rouges rejoignaient le gros de l'expédition, mais abandon d'un poste d'une importance assez problématique. Un casuiste eût peut-
être trouvé la distinction quelque peu spécieuse,
mais les conseils de guerre sont si bons enfants
chez les Peaux-Rouges !

Ils s'engagèrent sur la piste précédemment
suivie par leur capitaine et le chef blanc, et passèrent non loin de l'abatis situé au nord de la
Bonne-Mère. Une véritable fatalité les mit en présence de Charles, au moment où le jeune homme
venait, ainsi que son frère l'avait supposé, de tuer
le « *Harpia ferox*. »

Les Indiens des Guyanes sont généralement
inoffensifs. Ils accueillent sans cordialité comme
sans méchanceté le voyageur, tâchent de pratiquer avec lui une transaction aussi avantageuse
que possible, et se retirent après un échange de
quelques mots pleins le banalité. Ils respectent
les blancs et les redoutent plus encore, car s'ils
ont de l'alcool et du tabac, ils portent aussi des
fusils.

En temps ordinaire, cette rencontre n'eût été
pour le jeune Robinson qu'un incident sans aucune
importance. Malheureusement, Charles n'était pas
un blanc ordinaire. Armé à l'indienne, vêtu d'habits formés d'un tissu grossier, les bras et la fi ·
gure tannés par le soleil de l'Équateur, sa vue
devait provoquer l'étonnement de ces naïfs et
défiants sauvages. Etait-il bien un blanc? Etait-ce
un Indien ou un métis? Ils lui adressèrent quelques
questions auxquelles il ne put répondre, et pour
cause, vu son ignorance de leur langage.

Ils avaient en outre la cervelle farcie d'histoires
relatives aux Oyacoulets, ces terribles Indiens à
peau blanche, qui parlent une langue incompréhensible et vivent à l'écart des indigènes dans une
solitude pleine d'un dédain farouche.

« C'est peut-être un Oyacoulet », opina timidement l'un d'eux, en osant à peine prononcer le nom
redouté. Puis, voyant qu'ils avaient affaire à un
enfant, ils s'enhardirent en se comptant. Ils étaient
huit, heureux de rompre la monotonie de leurs
pérégrinations.

— C'est un Oyacoulet! beuglèrent-ils à l'unisson
pour se donner de l'assurance.

Le silence de Charles les encouragea encore,
en dépit de la fermeté de son attitude et de la
présence de Cat qui montrait les dents. Ils vou-

lurent se persuader qu'il était un ennemi, et y
réussirent en raison de ce phénomène psycholo-
gique bizarre, grâce auquel une idée a d'autant
plus de chance d'obtenir du crédit qu'elle est fausse,
et qu'elle est émise par des intelligences primi-
tives.

Charles bombardé Oyacoulet, résista rudement
aux bonshommes rouges qui voulaient porter sur
lui des mains non seulement irrévérencieuses, mais
hostiles. La lutte engagée, il devait succomber. Le
premier pas est le seul qui coûte, le premier coup
est le plus difficile à donner. Cat gronda, mais
n'attaqua pas. Les Indiens, fidèles à leurs habitudes de prudence, s'étaient frottés « d'ambrette »
avant de se mettre en route. Le jeune Robinson
terrassé allait être rudement malmené. Peut-être
allait-il lui arriver pis encore, quand sa veste de
chasse déchirée laissa entrevoir la blancheur de
son épiderme d'enfant.

Cette preuve indiscutable de l'authenticité de
sa race, eût dû convaincre et désarmer les brutes.
Il n'en fut rien. Charles était bel et bien un Oyacoulet, ils n'en voulurent pas démordre. Ils allaient
le martyriser et le mettre à mort, — des Indiens à
jeun peuvent devenir féroces, et, s'ils sont si inoffensifs, cela doit tenir à leur état d'ivresse permanente
— quand leurs regards tombèrent sur un collier

bizarre qui entourait le cou de leur victime. Ce
collier devait être un *piaye* d'une bien grande vertu,
car son influence se manifesta aussitôt avec une
singulière efficacité. Le joyau n'avait pourtant
rien de bien extraordinaire. C'était une simple
brasse de *ouabé*, dans laquelle étaient enfilées une
demi-douzaine de jades assez bien polis, égalant
le volume d'une merise. Au centre était accrochée
une pépite de la grosseur du pouce. Ce collier avait
appartenu à Jacques l'Aramichau, qui, au moment
de son départ, l'avait donné à son jeune ami,
comme étant l'objet le plus précieux dont il pût
disposer. Il avait prié Charles de le porter en souvenir de lui, et l'enfant, sans y ajouter la moindre importance, l'avait enroulé autour de son cou.

Bien lui en prit, car les Emérillons, frappés de
respect à la vue du talisman, témoignèrent à leur
prisonnier des égards plus étranges encore que
leur inconcevable brutalité. Malheureusement, ils
ne lui rendirent pas la liberté. Bien au contraire.
Ils laissèrent à ses mains tous leurs mouvements,
et entravèrent ses jambes de façon à lui permettre
de marcher assez commodément, mais à empêcher toute tentative de fuite.

Ils résolurent de le conduire à Ackombaka, espé-
rant que la vue du piaye apaiserait la colère que le
chef ne manquerait pas de ressentir à leur aspect, et

19

que leur tribu bénéficierait dans des proportions considérables de l'arrivée de cette recrue. Charles allait être bon gré, mal gré, bel et bien indianisé.

Il put, grâce à cette liberté relative dont il jouissait, écrire sur une feuille de balisier l'état de sa situation actuelle, et bénéficier de ses immunités de piaye « in partibus », pour assurer l'inviolabilité de son message qu'il déposa sur sa trace. Cat ne put à son grand chagrin, obtenir le même privilège. Le jaguar, qui nourrissait à l'endroit des Peaux-Rouges une haine qui, pour être irraisonnée, n'en était pas moins vivace, constituait pour ceux-ci une perpétuelle appréhension. Ils n'osèrent le frapper mortellement, mais ils se saturèrent d'ambrette avec une telle profusion, que le pauvre animal, n'y tenant plus, tourna un beau matin les talons et reprit, écœuré, le chemin de la Bonne-Mère. Une pointe de courmouri, habilement lancée dans les chairs de l'arrière train, accéléra encore cette fuite, et Charles se trouva seul, en route pour une destination ignorée de ses conducteurs eux-mêmes.

Ils rejoignirent pourtant le gros de la troupe, mais par une véritable fatalité, ce fut seulement quelques heures après la délivrance et le départ des Robinsons. La clairière commençait à s'emplir de tumulte. Les Indiens, revenus de leurs terreurs, poussaient des cris lugubres à l'aspect du corps sans tête de leur chef Ackombaka. Benoît, la face tuméfiée, n'était pas mort, mais il râlait affreusement.

L'arrivée de la seconde troupe produisit une heureuse diversion et surtout la vue de Charles, auquel son talisman fit rendre des honneurs incroyables. Les Indiens, avec la versabilité inouïe qui fait le fond de leur caractère, oubliaient déjà le mort pour ne penser qu'au vivant. Ou plutôt ils entrevoyaient la perspective d'une bombance en partie double, destinée à honorer la mémoire du défunt, et à célébrer l'avènement de son successeur.

Car, pour que nul n'en ignore, ils pensaient tout simplement à élire le jeune Robinson comme chef des Emérillons et de la fraction des Thïos.

L'enfant, étonné de cette succession d'évènements singuliers, se laissait faire avec une indifférence qui ajoutait encore à l'admiration qu'il inspirait. Le pauvre petit pensait avec douleur aux siens que sa longue absence devait torturer, il devinait les angoisses de sa mère. Il attendait avec une impatience fébrile le moment de son investiture, afin de ramener, si besoin en était, ses sujets à la Bonne-Mère, et embrasser au plus vite ces êtres chéris après lesquels son cœur soupirait.

Les trois forçats avaient disparu après la bagarre, et les Indiens ignoraient ce qu'ils étaient devenus.

Ils avaient dû s'assassiner afin de s'approprier la
pépite, seul résultat palpable de leur expédition.
Quant à Benoît, son état demandait des soins
immédiats, et Charles, reconnaissant en lui un
blanc, fit signe qu'on ait à les lui donner. Il fut ponc-
tuellement obéi, sans se douter hélas, qu'il serait la
cause bien involontaire d'une irréparable catastrophe.

Le moyen employé pour ramener le mécréant à
la vie fut très simple et fort ingénieux. Un Indien
saisit deux fragments de quartz et les frappa rudement l'une contre l'autre, sous le nez de l'ancien
surveillant. Des faisceaux d'étincelles jaillirent, et
l'odeur caractéristique des silex heurtés se répan-
dit dans l'atmosphère. Le Peau-Rouge continua
pendant dix minutes sa manœuvre, en opérant
le plus près possible de la bouche et du nez du blessé.
Celui-ci, chose extraordinaire, râla bientôt moins
fort. Il semblait que cette odeur agissait comme
un puissant spécifique sur l'enflure causée par le
venin des guêpes. La respiration devint de plus en
plus facile, elle se régularisa, le bandit put parler et demander à boire. La tuméfaction des muqueuses était en partie disparue, puisqu'il put
absorber, sans trop de difficultés, la moitié d'un
coui plein d'eau.

Quant aux nodosités dures, violâtres qui marbraient sa face, obstruaient ses orbites, bossuaient son front, hypertrophiaient ses lèvres, et lui donnaient le hideux aspect d'un lépreux, elles furent simplement enduites d'une couche de terre glaise assez molle pour prendre l'empreinte de la figure, et adhérer sur les téguments comme un masque. Cette application eut pour résultat de calmer presque instantanément les horribles douleurs qui le tenaillaient. Il cessa de gronder, de jurer; — le vieil homme s'était réveillé en lui — bientôt il s'endormit.

Le lendemain il était guéri. Ses traits portaient encore les empreintes livides laissées par les terribles hyménoptères, mais il pouvait y voir d'un œil. L'autre semblait fortement endommagé. Son garde-malade lui apprit les événements de la veille, la délivrance des prisonniers, la mort d'Ackombaka, la disparition de ses complices, et l'arrivée de l'héritier présomptif de la couronne... de plumes du feu roi.

Benoît qui avait rêvé peut-être de s'appeler Ackombaka, II, de trôner majestueusement sur le caïman de bois sculpté [1] et d'envoyer ses sujets

[1] Les Indiens sculptent grossièrement dans des troncs d'arbres leurs sièges auxquels ils donnent la forme de quadrupèdes, de reptiles ou de sauriens. Rien d'original, comme de les voir les jours de cérémonie, assis côte à côte, sur un caïman de bois, le plus haut en grade accroupi sur la tête,

en corvée aux champs d'or, Benoît pensa tout
d'abord à renverser le représentant de la future
dynastie. Il ne lui paraissait pas bien difficile de
se substituer au nouveau venu, dût-il pour cela
recourir à l'assassinat.

Avant de rien entreprendre, il lui fallait pourtant
voir le prétendant, gagner autant que possible ses
bonnes grâces, user, si besoin en était, de duplicité,
au cas où il eût été de taille à se défendre énergi-
quement.

Son étonnement n'eut d'égal que sa fureur à la
vue de l'enfant, dont les traits rappelaient trop vivement ceux de Robin et de ses fils pour que l'aventurier pût conserver le moindre doute sur son origine.

— Ah ça! grogna-t-il, il y en a donc toujours
de cette engeance-là!... Encore un des petits de
ce fagot de malheur. Attends un peu, va, mouche-
ron, je vais t'arranger proprement ton affaire.

Sans perdre un moment, il appela la flûte et le
tambour de feu Ackombaka, fit exécuter au premier
une série de couacs retentissants, et au second un
roulement sonore. Les Peaux-Rouges accoururent,
sauf pourtant les gardes du corps de Charles, et

et ses subordonnés, occupant successivement, d'après leur
dignité, les places s'étendant jusqu'au bout de la queue.

L. B.

se groupèrent autour de lui. Il leur fit un long discours, pour leur démontrer que celui qu'ils voulaient se donner pour capitaine appartenait à cette
famille maudite dont le chef avait tué leur piaye.
Il fut tour à tour insinuant, pathétique et mena-
çant. Il promit des montagnes de cassave, des torrents de cachiri, des fleuves de tafia, et termina par
le classique : « Prenez mon ours » en d'autres termes, agréez-moi pour capitaine.

Vains efforts. L'antique formule : « J'ai dit,
l'esprit de mes pères a entendu. » fut froidement
accueillie. Le blanc avait beaucoup promis et fort
peu tenu jusqu'alors. Son étoile avait bien pâli
depuis la mort d'Ackombaka et la délivrance des
prisonniers. De deux choses, l'une : ou l'esprit de
ses pères battait la breloque, ou les auteurs du
trépas du sorcier possédaient un piaye plus puissant que le sien. Il devenait donc urgent de s'en
faire des amis. Que venait-il ensuite parler d'histoires de l'autre monde, du sorcier mort, enterré,
et dont la mémoire avait été superlativement arro-
sée. Il s'agissait bien de ces contes surannés,
quand le corps du pauvre : « *Qui-Vient-Déjà* »
privé de sa tête n'aurait hélas ! qu'une sépulture
de dernière classe.

Il fallait au plus vite conjurer l'arrivée de nouveaux malheurs, et conférer le rang suprême, à

ce bel adolescent dont la fière mine, la robuste prestance et surtout le collier mystérieux, inspiraient déjà une confiance sans bornes.

Benoît connaissait les Indiens. Il vit la partie perdue et n'essaya même pas de lutter. Ses deux complices étaient toujours en fuite, son ascendant sur les Peaux-Rouges, qu'il ne dominait que grâce à la pression constante exercée sur Ackombaka, n'existait plus. Il résolut de se retirer dans le bois, tout en restant à portée du campement, afin de profiter des évènements ultérieurs, de les provoquer au besoin.

Il enroula son hamac, emplit son havre-sac de provisions, chargea méthodiquement son fusil, fit un geste de menace et s'en alla lentement.

L'investiture du nouveau capitaine allait avoir lieu le lendemain. Ses guerriers, appréhendant pour lui comme pour eux un vague danger, une de ces surprises comme en réservent trop souvent les grands bois aux voyageurs, se fortifièrent ainsi qu'il a été dit précédemment. Ils allumèrent des feux, et posèrent des sentinelles, chargées de répandre à profusion de quart d'heure en quart d'heure, sur les charbons ardents, des baies de ce terrible poivre de Cayenne, appelé aussi piment enragé.

La combustion du petit fruit rouge de cette

solannée, produit une vapeur âcre, irritante, suffo-
quante, dont l'absorption, bien qu'exempte de graves dangers, amène instantanément les phénomènes
qui brisèrent l'élan des Robinsons et les livrèrent
sans défense aux Indiens.

Les sabres sont levés sur eux, ils vont être égor-
gés. Mais Charles a entendu le commandement
proféré en français, et le cri d'angoisse qui l'a aussitôt suivi. Il bouscule sa garde d'honneur avec une
vigueur irrésistible, bondit et renverse la muraille
humaine. Il écarte les lames qui vont s'abattre
sur les siens, et s'élance dans les bras de son père.

— Mon père !... Henri !...

— Charles ! mon enfant, s'écrie le proscrit
encore aveuglé, et chez lequel le sens de l'ouïe a
seul survécu. Charles !...

La fureur des Indiens tombe aussitôt devant cette
manifestation du jeune homme dont toutes les
volontés sont déjà autant d'ordres pour eux. On
s'empresse autour des nouveaux venus, bien que
leurs intentions premières eussent pu paraître sus-
pectes, mais le capitaine le veut ainsi. On bassine
leurs paupières, on leur fait respirer de puissants
antidotes, et bientôt leurs yeux peuvent s'ouvrir
à la lumière.

Pendant ce temps, les membres de la seconde
troupe, tapis au milieu des ombres impénétrables

19.

de la forêt, sentent grandir leur inquiétude. Aux premières clameurs des assaillants, aux cris de surprise et de fureur des Peaux-Rouges a succédé un lugubre silence. Leur inquiétude est tellement poignante, que Madame Robin, préférant tout à cette immobilité, ordonne d'aller en avant.

Ses forces sont centuplées par l'angoisse et la terreur. Elle s'élance légère comme un oiseau dans la direction des feux, franchit cet étroit espace, sans voir les obstacles, sans être arrêtée par eux, et apparaît toute blanche dans cette nuit rouge, comme un génie d'amour et de délivrance. Les Indiens, frappés à son aspect d'une respectueuse terreur, se précipitent à ses pieds. Ils n'ont jamais vu d'Européenne!

Elle s'arrête au milieu de la clairière, aperçoit Charles au centre du groupe formé par son père, son frère, le Boni et Nicolas. Elle tend les bras; l'enfant, affolé, en délire, s'y précipite et l'étreint convulsivement. L'héroïque femme, qui jusqu'alors n'a donné aucun signe de faiblesse, éclate en sanglots. Ses yeux sont noyés de larmes. Impassible devant la douleur, elle peut à peine supporter le poids de ce bonheur surhumain.

A ce moment délicieux, où le proscrit savoure avec les siens la joie de cette délivrance inespérée, surgit lentement près du tronc d'un aouara une horrible apparition. Une figure hideuse, grisâtre, livide, terreuse, émerge de la pénombre. Deux yeux, aux reflets de métal, une bouche tordue par un rictus haineux, donnent à cette physionomie une expression infernale.

— C'est Benoît, va s'écrier Robin, qui reconnaît le bandit, debout à quinze mètres.

Il n'a pas le temps de prononcer un seul mot. Le canon d'un fusil s'allonge soudain dans sa direction, une détonation retentit, et la voix du misérable vocifère avec l'accent de la haine satisfaite :

— A toi ! Robin. A bientôt les autres.

Un cri d'angoisse et d'agonie suit d'une seconde à peine le coup de fusil. Le proscrit reste debout, mais le pauvre Casimir s'abat lourdement sur le sol, la poitrine percée par une balle. Le bon vieillard a vu la tentative du scélérat. Concentrant dans un dernier effort toute sa vigueur d'octogénaire, il s'est élancé, et a fait à son ami un rempart de son corps.

Les Indiens partent à la poursuite de l'assassin qui, semblable à un fauve aux abois, troue bruyamment les broussailles, et disparaît dans la nuit.

Robin, éperdu, fou de douleur, soulève le corps du pauvre noir qui pousse un cri plaintif. Le proscrit sanglote comme un enfant. Des larmes coulent

de tous les yeux. Les Robinsons pleurent comme
s'ils voyaient agoniser leur père.

— Casimir !... murmure d'une voix entrecoupée
Robin !... Casimir !

Au son de cette voix aimée, le vieillard entr'ouvre son œil unique, et couvre son cher blanc d'un
suprême regard d'affection et de regret.

— Mon cher fils bien-aimé... ne pleure pas, dit-il
de cette voix si étrangement musicale chez certains noirs, et en employant son doux langage
créole ; ne pleure pas, mon cher enfant. Ton père
blanc t'a donné la vie !... Ton père noir a eu le
bonheur de te la conserver... Ne m'appelais-tu pas
aussi ton père... Tu m'as aimé... Tu as embelli mes
dernières années... Sois béni, mon fils !

« Puisses-tu goûter de longs jours de bonheur,
sur cette terre où tu as tant souffert!

Sa voix s'embarrassait, et son corps se marbrait
de taches grises. Robin voulait inspecter la blessure, lui prodiguer des soins. Le sang coulait
rouge et écumeux de la plaie qui trouait le thorax
un peu au-dessous de la clavicule gauche.

— C'est inutile, mon cher « compé », reprit-il
en souriant doucement. Mets ta main sur le trou,
afin que je ne meure pas trop vite. Ça même.
Maintenant, place-toi bien en face... à la lumière...
pour que je te voie jusqu'à la fin.

Robin obéit, et une expression d'indéfinissable bonheur illumina les traits du moribond.

— Et maintenant, mes chers enfants... vous que j'aimerai jusqu'à mon dernier souffle... moi, dont les vieux os tressailleront de bonheur quand vous foulerez la terre qui les recouvrira... adieu! Adieu! madame... vous, si bonne et si douce au pauvre vieux nègre... Adieu, Henri... Edmond... Eugène... mon petit Charles... adieu!... Adieu, Nicolas... toi qui connais aussi le dévouement! Adieu Angosso... Lômi... Bacheliko... bons noirs qui aimez mon fils blanc... Adieu, Agéda, leur bonne mère...

« Mon cher blanc!... ta main!...

Robin retira sa main sanglante. Le sang ruissela. Il leva cette main rouge vers le ciel comme pour le prendre à témoin de son serment et, d'une voix déchirante, il s'écria :

— Meurs en paix! Toi que j'aime comme un père et que je pleurerai toujours! Tu seras vengé!

Le moribond, sur le visage duquel la mort avait déjà posé son empreinte glacée, entr'ouvrit encore les lèvres. Il eut la force de murmurer :

— Tu m'as appris le pardon!... Ne le tue pas!... Je meurs content.

Il poussa un profond soupir, un flot de sang sortit de sa gorge... Ce grand cœur ne battait plus dans sa modeste enveloppe.

Robin le coucha sur le sol, lui ferma doucement
les yeux, l'embrassa respectueusement sur le front,
et resta agenouillé près de lui, absorbé tout entier
dans sa douleur.

. . . .

Cette triste veillée de mort ne fut pas troublée
par ces hurlements familiers aux Indiens. Ils res-
pectèrent la douleur silencieuse de leurs hôtes, et
se mirent à leur disposition avec une bonne grâce
tout à fait inusitée. Pendant que les uns se hâtaient
de terminer un hamac tout neuf, destiné à servir
de suaire à la dépouille du vieillard, les autres
apportaient des faisceaux de palmes vertes, en
formaient un épais matelas, et dressaient à la hâte
un léger carbet.

Le jour était venu sans que les Robinsons, tout
entiers au deuil qui les frappait, eussent pensé à
prendre un moment de repos. Seul, Nicolas avait
été un moment distrait par la vue d'un objet blanc
dont il put, aux premiers rayons du soleil, reconnaître la nature. C'était un petit morceau de
papier, tout froissé, tout noirci.

Le papier est rare, dans les forêts guyanaises.
Le Parisien n'en avait pas vu le moindre fragment
depuis dix ans! Ce chiffon ne pouvait être que la
bourre du fusil dont la balle avait tué Casimir.
Cédant à un désir bien naturel, Nicolas le prit en

dépit de son origine lugubre, le déplia, sans intention bien arrêtée et comme obéissant à un secret
pressentiment. Il vit tout d'abord qu'il était couvert de caractères d'imprimerie. Ces caractères,
maculés par les produits de combustion de la poudre, étaient illisibles d'un côté, mais absolument
intacts de l'autre. C'était un fragment de journal.

Le Parisien lut, puis pâlit affreusement. Etait-ce
de joie ou de douleur? Il relut encore, craignant
de s'être trompé. Puis, incapable de contenir plus
longtemps l'émotion qui l'étouffait, il se leva
brusquement, et s'en vint, la sueur au front, près
de Robin, toujours immobile près du cadavre de
son vieil ami.

Il serra à le lui briser le bras du proscrit et lui
tendit le papier. Robin, d'un regard doux et triste,
lui montra la silhouette rigide du vieillard, étendu
sur son lit mortuaire de feuilles vertes. Ce coup
d'œil éloquent semblait lui dire :

— Ne peux-tu attendre... Pourquoi me distraire
de mon chagrin. Pourquoi m'enlever quelques-unes
des dernières minutes que je dois passer près de
lui?

Nicolas comprit ce reproche muet et insista:

— Mon bienfaiteur!... Mon ami!... L'instant est
solennel. Je vous en prie... lisez, dit-il d'une voix
vibrante.

Robin prit l'imprimé, jeta un rapide regard sur les caractères, pâlit aussi, et poussa un cri sourd.

Sa femme et ses enfants, inquiets à la vue de cette soudaine émotion, se groupèrent autour de lui.

Il relut encore, lentement et à demi-voix, les lambeaux de phrase, dont une seule était complète : « .... clémence ...... empereur... crimes et délits politiques.... Par décret en date du 16 août 1859, amnistie générale, sans condition et sans exception est accordée à tous... à l'étranger... dans les lieux de déportation, pourront rentrer en France.., promulgation... décret inscrit au *Bulletin des lois*... »

Les Robinsons écoutaient sans presque comprendre ces mots hachés, dont la signification avait une portée susceptible de révolutionner leur existence. Robin reprit de son accent voilé :

— Je ne suis donc plus un homme qu'on emprisonne, un numéro qu'on couche sur la liste de proscription, un forçat que torture la chiourme.

« Je ne suis plus l'évadé qu'on poursuit, le fauve qu'on traque. Le Tigre-Blanc après lequel hurle la meute des argousins ! »

« Je suis un libre citoyen de la France équinoxiale !

Puis, se tournant vers le cadavre du vieux noir, il ajouta d'une voix brisée :

— Mon pauvre ami! faut-il que ma joie soit empoisonnée par une douleur qui ne s'apaisera jamais!

CHAPITRE X

Les funérailles de Casimir eurent lieu le lendemain. Robin voulut rendre lui-même les derniers
devoirs au vieillard. Il l'ensevelit dans le hamac
tissé pendant la nuit, et creusa seul une fosse profonde, au grand étonnement des Indiens qui ne
pouvaient concevoir tant de respect de la part d'un
blanc pour la dépouille d'un noir.

Il désira que son ami reposât en ce lieu où, dans
un moment d'abnégation sublime, il avait héroï-
quement terminé sa longue existence d'amour et

de dévouement. Les arbres abattus par l'ouragan seraient brûlés plus tard, les Robinsons y installeraient une habitation, sorte de succursale de la Bonne-Mère, et viendraient y passer, de temps à autre, quelques moments. La tombe de Casimir ne serait pas délaissée.

Robin creusait toujours. Chose étrange, la terre friable semblait avoir été précédemment remuée. Le travail avançait pourtant avec lenteur, grâce à un amoncellement de roches pesantes dont le dépôt n'avait pu être opéré fortuitement. Il les lançait une à une du fond de l'excavation, et reprenait incontinent son terrassement. Sa bêche de bois dur, habilement façonnée en forme de pagaye avec le sabre d'abatis, traversa bientôt un lit épais de feuillages verts à peine flétris. Cette fraîcheur relative attestait que la terre avait été fouillée depuis quelques jours à peine.

Il hésita un moment avant de continuer.

— Vais-je donc trouver ici un autre cadavre? Serais-je un inconscient violateur de sépulture? murmura-t-il en hésitant.

Il allait renoncer à son entreprise et sortir de la fosse, quand son pied nu enfonça brusquement et rencontra un corps dur, dont le contact érailla douloureusement son épiderme. Il se baissa et reconnut avec surprise le couvercle d'un pagara,

entouré d'une liane, et que la pression avait effon-
dré. Il tira fortement à lui le câble végétal et
éprouva une sérieuse résistance. Enfin, après
d'énergiques efforts, il parvint à arracher le panier
de jonc qu'il eut toutes les peines à soulever au-
dessus de sa tête, tant il était pesant.

Il le déposa hors de l'excavation, sortit un second
pagara semblable au premier, puis un troisième,
puis un quatrième. Henri s'approcha, lui tendit
la main, et l'aida à se hisser. Les pagaras furent
ouverts.

Ils étaient pleins d'or !

Chacun d'eux renfermait une quantité de métal
en pépites que les Robinsons évaluèrent à plus de
cent cinquante kilogrammes, soit environ quatre
cent cinquante mille francs.

On connaît le souverain mépris que tous profes-
saient pour les richesses. Nul ne sera étonné si
aucun cri, si aucune manifestation de joie n'accueillit la découverte de cette fortune. Les Indiens,
ignorant la valeur de l'or, s'approchaient curieusement, et témoignaient tout l'étonnement que leur
causait la vue des pépites, dont quelques-unes atteignaient un volume considérable.

Robin regardait ce trésor d'un œil indifférent.

— Pauvre ami, dit-il, comme si Casimir pouvait
l'entendre, pauvre cher mort ! Après avoir été ma

providence aux jours de l'adversité, après avoir
sacrifié ta vie pour moi, faut-il que même après ta
mort, tu nous donnes l'opulence !

— Père, s'écria brusquement Henri, je crois être
l'interprète de la pensée de ma mère, de mes frères
et de Nicolas, notre frère aussi, en te disant : « Que
nous importe la richesse ! Quel besoin avons-nous
de cet or que nous méprisons ! La forêt avec ses
ressources n'est-elle pas à nous ? N'avons-nous pas
nos bras pour travailler, nos champs pour vivre ?
Que nous importe aussi la vie civilisée avec ses luttes
mesquines, ses appétits désordonnés, ses nécessités
que nous ignorons et ses haines encore inassouvies !
Nous sommes les *Français de l'Équateur*, les libres
colons de cette Guyane que nous aimons, bien
qu'elle ait été le pays de l'exil. Elle nous fournira
notre pain et nous ferons une terre de rédemption
de celle qui fut la terre de malédiction.

— Bien, mes fils. Vous êtes des hommes et
je suis fier de vous. Qu'il soit fait comme vous le
désirez. Je suis trop heureux de souscrire à votre
volonté.

Et les Robinsons, sans plus tarder, poussèrent
dédaigneusement du pied les pépites qui tombèrent
pêle-mêle dans la fosse, avec les pagaras et les
roches. L'excavation fut comblée, le terrain nivelé
comme précédemment. Nul vestige ne pouvait

désormais révéler la présence de l'opulente cachette.

Les funérailles un moment interrompues par cet
incident, furent achevées au milieu d'un profond
recueillement, et Casimir reposa dans un tombeau
creusé à une dizaine de mètres du trésor. Une roche
énorme fut roulée sur sa sépulture par ses amis
aidés des Indiens, et Robin, avec la pointe de son
sabre, grava sur le roc ces simples mots:

« CI-GIT UN HOMME DE BIEN »

Le *secret de l'or* était enfoui de nouveau. Reste-
rait-il pour l'éternité confié à la garde de celui qui
fut le lépreux de la vallée sans nom ?

La triste cérémonie étant achevée, les Robinsons pensèrent à retourner à l'habitation de la
Bonne-Mère. Mais les Indiens, tenaces comme de
grands enfants, voulaient absolument investir
Charles de la suprême dignité dont celui-ci ne se
souciait en aucune façon. Les explications eussent
été complètement impossibles, si Angosso qui, par
bonheur, parlait fort couramment leur langue,
n'eût servi d'interprète et de médiateur. Les pour-
parlers étaient interminables et la discussion menaçait de s'éterniser, quand Charles résolut fort à
propos la question

Il avait, au cours de sa captivité, remarqué un jeune Indien, âgé d'environ vingt ans, qui lui avait, dès le premier moment, témoigné une vive sympathie. Ce Peau-Rouge, d'une taille élevée, d'une figure agréable, semblait doué d'une intelligence supérieure à celle de la plupart de ses compagnons. Charles pensa qu'il ferait un excellent capitaine. Il fit part de son idée à son père, qui naturellement lui donna toute son approbation. Le difficile était de le faire admettre par le clan des Émérillons et des Thïos réunis. Le prétendant malgré lui était fort perplexe, quand la pensée lui vint de passer au cou de son remplaçant le collier de Jacques, ce *piaye* merveilleux dont la possession était l'objet d'une si grande vénération.

L'enfant ne s'était pas trompé. La remise de l'emblème, qu'il opéra avec la gravité, la solennité d'un monarque conférant le collier de la Toison d'Or, eut pour résultat de faire entrer immédiatement son protégé en jouissance de la succession de feu Ackombaka.

A propos d'Ackombaka, un dernier mot relativement à cette peu intéressante victime du secret de l'or. Son cadavre sans tête ayant été abandonné pendant une nuit aux multiples éventualités d'un séjour dans la Forêt Vierge, fut dévoré par les fourmis-manioc. Il fallait bien s'y attendre.

Les cérémonies de l'investiture de son successeur furent courtes. Les Indiens n'avaient pas une goutte de liquide pour la célébrer. Pour comble d'infortune, toutes leurs provisions étant épuisées, la famine allait s'abattre sur eux. Heureusement que la Bonne-Mère avec ses inépuisables ressources n'était pas éloignée. Robin, par l'entremise d'Angosso, leur proposa de s'y rendre, leur promettant de les héberger abondamment et de pourvoir à leurs besoins ultérieurs. Ce serait pour Charles le don de joyeux avènement..... sans avènement.

Cette proposition obtint un succès d'enthousiasme. La troupe se mit en route et arriva sans incident à l'habitation, dont les pensionnaires avaient été bien délaissés depuis quelque temps. La réception n'en fut pas moins cordiale, en dépit de l'augmentation du nombre des habitants.

Les Indiens furent émerveillés à la vue de cette abondance, fruit du travail de quelques hommes, mais d'un travail continu, méthodique et intelligent. Ils s'installèrent commodément, selon les habitudes particulières à leur race, et bientôt l'habitation offrit le spectacle curieux et réconfortant d'une ruche en travail. Les fêtes eurent lieu les jours suivants, et, chose rare, avec une sobriété relative, exempte de tout désordre. Le contact des blancs, leurs leçons, leurs exemples portaient déjà

des fruits et faisaient naître un germe de civilisation. Les progrès de cette remarquable évolution
furent à ce point rapides, que les Peaux-Rouges,
heureux, transformés, régénérés, demandèrent à
Robin la faveur d'élire domicile près de lui, et de
faire définitivement partie de la colonie.

Vous pensez si cette autorisation fut accordée de
bon cœur. Il fut convenu qu'une délégation partirait dans le plus bref délai à la recherche des
femmes, des vieillards et des enfants dont l'arrivée
doublerait l'effectif des Français de l'Equateur.
Angosso et ses fils, revenus des préventions sécu-
laires des hommes de leur race contre les Indiens,
vivaient en parfaite intelligence avec les nouveaux
venus. C'était merveille de voir les athlètes noirs,
ardents à la chasse, intrépides au travail, adroits,
industrieux, complaisants, évoluer familièrement
au milieu de leurs ennemis de la veille qui, de leur
côté, comprenant les bienfaits de l'association et du
sédentarisme, ne demandaient pas mieux que de renoncer à leur vie nomade, et de former une grande
famille, sans distinction d'origine et de couleur.

Un mois se passa de la sorte, sans le plus léger
nuage, sans que la proverbiale paresse des Indiens
amenât pour les autres membres de la colonie le
moindre surcroît de travail. L'existence était large,
facile, abondante pour tous, et la fatigue insigni-

20

fiante. C'est que nul ne cherchait à se dérober à la
loi commune. Aussi les forces individuelles étant
unifiées, il était facile de les porter sur les grandes
entreprises d'installation, de récolte et de défrichement. L'effort général avait son action sur un
seul point sans la moindre déperdition. Tel travail
qu'il n'eût été possible d'accomplir qu'au prix de
fatigues écrasantes et après un temps d'une durée
considérable, était terminé en quelques moments, à
la grande stupéfaction des Peaux-Rouges, ignorant
la méthode, et pratiquant le gaspillage des heures
et des productions naturelles.

Le jour du départ des délégués pour le village,
situé, l'on s'en souvient, à plusieurs journées de
canotage, tout travail cessa. Il y eut fête à la Bonne-
Mère. L'on fit la conduite aux voyageurs; puis, sur
la proposition de Robin, la colonie entière se trans-
porta, comme en pélerinage, au tombeau de Casimir.

L'aspect de la clairière où s'étaient accomplis
tant de dramatiques évènements avait subi de sen-
sibles modifications. Les feuilles des géants renversés par l'ouragan, chauffées par les rayons du
soleil équatorial, avaient pris des tons roux, semblables à ceux de nos forêts de chênes pendant
l'hiver. Le moment approchait où le feu consu-

merait ces débris. La terre vierge serait bientôt
mise en culture.

Les Robinsons, précédés du chef de la famille,
s'avancèrent lentement, en silence, vers l'endroit
où reposait leur vieil ami. Le roc, servant de pierre
tumulaire, leur apparut bientôt entouré d'une
folle profusion de fleurs. Un cri de surprise leur
échappa, à la vue de ce parterre embaumé, aux
corolles éclatantes, sur lesquelles rutilait un
éblouissant écrin d'oiseaux-mouches, de libellules
et de papillons.

La main gracieuse de la fée des fleurs avait-elle
spontanément transformé en parterre la sépulture
de l'homme de la nature ? Le génie de l'or avait-
il donné ce témoignage de regret à l'innocente
victime du secret violé ? Les mystérieux déposi-
taires du trésor dédaigné par les blancs avaient-ils
voulu attester ainsi leur gratitude par cette pieuse
offrande ?

Au cri de surprise des colons répondit un hurlement suivi d'un râle étouffé. C'était une voix
humaine, rendue méconnaissable par une indicible
expression de souffrance. Le râle reprit, rauque,
saccadé, comme une dernière révolte d'un agonisant contre l'étreinte de la mort. Robin, le
sabre à la main, se dirigea, suivi de ses fils,
vers le point rapproché d'où partait ce bruit. Il

écarta de sa lame les herbes folles qui, depuis un mois, avaient acquis un développement de près d'un mètre, et s'arrêta, cloué au sol, à dix pas à peine du tombeau.

Il était sur le sol dans lequel les pépites avaient été enfouies. Un spectacle épouvantable s'offrit à ses regards. Un homme, un Européen, couvert à peine de vêtements en lambeaux, les mains crispées sur deux poignées de terre, la barbe souillée d'une écume sanglante, se tordait au bord d'une excavation profonde. Un de ses yeux, rongé par un mal horrible, avait disparu. L'orbite sans paupière, s'ouvrait béant, bleui comme un ulcère. L'autre paraissait sans regard. Les cartilages des oreilles ne présentaient plus que des morceaux informes, la bouche aux lèvres tuméfiées faisait au milieu de ce visage décomposé une double saillie violâtre. Enfin, de ces hideux lambeaux de figure s'exhalait une écœurante odeur de putréfaction. Robin reconnut cependant le misérable. C'était Benoît !

— Lui ! s'écria-t-il avec horreur. C'est lui ! Ah ! mon pauvre Casimir, tu es cruellement vengé.

Le râle devenait de plus en plus saccadé. L'assassin n'avait que peu d'instants à vivre. Le proscrit, dont le grand cœur ignorait la haine, s'approcha, ému malgré lui à la vue de cette terrible représaille dont seule était responsable la destinée. Il se baissa, malgré les émanations suffocantes, et fit signe à ses fils d'avancer.

Le regard d'Henri plongea au fond du trou au bord duquel se débattait l'ancien surveillant. L'excavation était complétement vide. L'œil n'apercevait plus aucune trace d'or sur le fond, minutieusement débarrassé de tous les corps étrangers.

Le trésor avait disparu.

A ce moment suprême, le moribond, tordu par une dernière convulsion, s'accroupit sur les roches nues, puis son corps robuste, qui luttait désespérément contre la mort, se dressa, rigide, convulsé. Son visage, dont la peau fluctuait, tour à tour gonflée et creusée par un mystérieux fourmillement, se tourna vers les Robinsons. Son œil unique avait-il encore un vague sentiment de vision? Le misérable pouvait-il soupçonner leur présence? Sa haine survivait-elle à la sensibilité? Ce suprême regard implorait-il le pardon?

Il poussa un dernier cri, une sorte d'aboiement bref, rauque, étouffé.

Alors se passa quelque chose d'effroyable. Sa peau se crevassa et s'ouvrit en vingt endroits, les chairs quittèrent les os et tombèrent à terre au milieu d'une véritable pluie de larves blanchâtres.

20.

Une face de squelette, disséqué vivant par ces milliers de larves, apparut. Benoit battit l'air de ses bras, et tomba lourdement à la renverse, au fond de la fosse qui avait renfermé le trésor.

— Sa victime a pardonné! Qu'il repose en paix à ses côtés, dit Robin d'une voix basse et triste.

— Qu'il repose en paix! répondirent les Robinsons.

La fosse fut comblée pour la seconde fois, et bientôt il ne resta plus trace des hideux restes de la dernière victime du *secret de l'or*.

Les jeunes gens et leur père revinrent à la clairière et firent part de cet étrange et dramatique évènement à leur mère inquiète.

— Mais c'est horrible, répétaient à satiété Henri et ses frères écœurés. Le malheureux! Il était bien coupable, mais comme il a dû souffrir!

— Rien ne saurait vous donner une idée des tortures qu'il a endurées. Depuis plusieurs jours peut-être, il était là, près de cette fosse béante, d'où s'étaient envolées ses espérances. Incapable de mouvement, en proie à un mal terrible, il s'est senti rongé, lambeau par lambeau, sans que la mort vînt le débarrasser.

— Quel est donc ce mal qui l'a tué?

— Il a succombé sous les atteintes d'un insecte, plus redoutable à lui seul que tous les fauves, tous

les insectes, tous les reptiles, qui pullulent dans
les solitudes du Nouveau-Monde.

« C'est la *Mouche-Hominivore.*

— Cette mouche doit être d'aspect formidable.

— Non, mes enfants, bien au contraire. La mouche anthropophage, appelée par les naturalistes
« *Lucilia-Hominivorax* », semble absolument inof-
fensive. Elle n'a ni l'aiguillon douloureux de la
mouche-sans-raison, ni le dard empoisonné du
scorpion, ni même la trompe venimeuse du marin-
gouin.

« Rien ne la désigne à l'attention de sa victime;
on dirait la vulgaire mouche à viande, dont elle
possède la taille et le léger bourdonnement. Elle
habite ordinairement les grands bois. Elle s'introduit dans les fosses nasales ou les oreilles de
l'homme endormi, y dépose ses œufs, et s'en va
tranquillement. Cet homme est perdu, et la science
elle-même, avec toutes ses ressources, est huit
fois sur dix impuissante à le sauver.

« En effet, ces œufs, grâce à la température am-
biante, et le milieu de développement dans lequel
ils se trouvent, subissent une transformation rapide. Le sujet les couve, en quelque sorte. Au bout
d'un temps d'incubation assez court, ils accomplissent une première métamorphose et deviennent
des larves. Les sinus frontaux, les fosses nasales, la

cavité de l'oreille moyenne, deviennent le réceptacle où s'accomplit ce phénomène.

« Les larves fouissent alors dans l'épaisseur du tissu musculaire aux dépens duquel elles prennent leur subsistance. Elles se substituent à la chair, comme le poussin à l'œuf qui le nourrit. Elles isolent la peau des os en prenant la place des muscles, et s'agitent sous la couche épidermique avant de la percer, jusqu'au moment où, devenues insectes parfaits, elles prendront leur vol.

« Le malheureux, ainsi disséqué vivant, succombe fatalement, quand bien même, ainsi que je l'ai vu à l'hôpital de Saint-Laurent, on parviendrait à le débarrasser des larves par une médication énergique. En effet, les désordres inflammatoires causés par la présence de ces insectes dans le voisinage du cerveau, produisent une méningo-céphalite, toujours mortelle.

— Mais, c'est affreux. Et nous sommes exposés à une pareille catastrophe, pendant notre sommeil !

— Rassurez-vous, mes chers enfants. Le docteur C..., qui a étudié les mœurs de ces redoutables hyménoptères, a remarqué qu'elles s'attaquent de préférence aux personnes malsaines, et surtout à celles qui exhalent par les narines une mauvaise odeur. Cette odeur les attire comme celle des chairs corrompues, sur lesquelles se jettent avidement certains animaux et certains rapaces.

— Et tu penses, père, qu'il n'y a pas de remède à ce fléau ?

— Tu dis bien, un fléau. Heureusement qu'il est assez rare. La plupart des tentatives furent opérées sans succès, et pourtant les essais ont été bien variés.

« On a employé tour à tour l'essence de thérébentine, le chloroforme, l'éther et la benzine. Ces substances, portées directement dans les foyers d'infection, ont amené des émissions de larves, qui sortaient par centaines, soit des oreilles, soit des fosses nasales, soit de trajets fistuleux, consécutifs à la perte de substance organique. C'est ce dernier agent, la benzine, qui semble jusqu'à présent avoir seul entravé le progrès du mal. Encore faut-il que la maladie soit prise dès le début, et que les migrations des larves ne les aient pas portées près du cerveau.

— Quelle horrible mort, dit en frissonnant Eugène, que semblait poursuivre le souvenir de l'agonie du misérable.

— Quelle effroyable expiation !

— Cet homme était notre mauvais génie. Aujourd'hui seulement, nous sommes soustraits à cette menace, qui, comme un glaive à double tranchant,

était suspendue sur nos têtes : sa haine !... la proscription !

« Il est mort !... Je suis libre !...

« Que ne puis-je, hélas ! presser sur mon cœur
celui qui me recueillit moribond, qui me sauva, qui
m'aima.

« Pourquoi le bonheur que procure à mon âme
ce mot magique de Liberté ! est-il à jamais empoisonné !

« Et maintenant, mes fils, une vie nouvelle
commence pour les Robinsons de la Guyane. Nous
fûmes les naufragés de cet ouragan qui désola notre
chère patrie, qui broya tant d'existences et fit
couler tant de larmes. Pendant de longues années,
cet asile, que nous offrirent dans leur repaire les
fauves, moins féroces que les humains, fut au moment d'être violé. Il nous fallait éviter et l'approche de l'homme primitif, et le contact de celui qui
se targue de civilisation. Il nous était interdit, sous
peine de dangers imminents, de compléter notre
œuvre de colonisation, en conviant au banquet de
l'intelligence, ceux qui depuis tant d'années se mé-
connaissent et se haïssent au milieu des splendeurs de notre pays d'adoption.

« Il ne suffit plus aujourd'hui d'arracher à la
terre ses secrets, de défricher, de planter et de recueillir. Notre mission est plus haute. Il est d'au-

tres broussailles qu'il nous faut saper, d'autres marais que nous devons assainir, d'autres semences à faire germer.

« Vous m'avez compris. Sur ce sol fécondé par notre travail, et qui ne demande qu'à produire, végètent des hommes dont l'esprit exige une culture analogue, des soins plus assidus encore. La grandeur de l'entreprise est digne de notre vaillance.

« A moi! mes fils. A l'œuvre, Français de l'Equateur! En avant, pionniers de la civilisation. Improvisons ici un coin de France, conquérons pour notre patrie des hommes et de la terre, sauvons de l'anéantissement cette race indienne qui s'éteint, et collaborons de toutes nos forces à la prospérité de notre France équinoxiale!

FIN DU *SECRET DE L'OR**

---

* L'épisode qui fait suite au *Secret de l'or*, et qui porte pour titre : LES MYSTÈRES DE LA FORÊT VIERGE, forme un volume du même format et du même prix que le présent ouvrage.

TABLE DES MATIÈRES

CHAPITRE III

CHAPITRE IV

CHAPITRE V

CHAPITRE VI

CHAPITRE VII

CHAPITRE VIII

CHAPITRE IX

CHAPITRE X

ÉVREUX, IMPRIMERIE DE CH. HÉRISSEY.

www.ingramcontent.com/pod-product-compliance
Lightning Source LLC
Chambersburg PA
CBHW070301030726
47505CB00004B/875